Das Buch

»Schüchtern folgte er ihr in das Zimmer, wo er die Möbel kaum wiedererkannte, derart waren sie mit Kleidern, Hüten, Schachteln bedeckt. Eine weißseidene Bluse öffnete auf dem Schaukelstuhl mit einer Art Schamlosigkeit die Ärmel, und auf dem ungemachten Bett lagen fleischfarbene Strümpfe und ein pfirsichrosa Nachthemd übereinander. Entsetzt wandte er sich ab.« Joseph Day, ein unberührter Jüngling »aus den Bergen«, studiert 1920 Griechisch, Geschichte, englische Literatur und Bibelexegese. Er ist sehr religiös und von schlichtem Gemüt. Hier nun kommt er zum ersten Mal mit dem Leben zusammen und erkennt, wie sehr er unter seinen sexuellen Spannungen leidet. Mit seinem religiösen Eifer und dem feurig-roten Haarschopf sticht er seinen Kommilitonen in die Augen. Sie wollen ihn mit einem Streich kurieren: Moira, eine sinnliche und verführerische junge Frau, erklärt sich bereit, dabei mitzuspielen. Aus dem Spiel wird jedoch Ernst.

Der Autor

Julien Green, französischer Schriftsteller amerikanischer Herkunft, wurde am 6. September 1900 in Paris geboren, er wuchs zweisprachig auf und wurde protestantisch erzogen. 1916 konvertierte er zum Katholizismus. Mit siebzehn Dienst als Sanitäter an der Front. 1919–22 studierte er in Charlottesville/Virginia Philologie. Seit 1922 wieder in Paris. Bereits mit seinem dritten Roman, ›Leviathan‹ (1929), erlangte er Weltruhm. 1940–45 Emigrant in Amerika. 1971 Mitglied der Académie françai[illegible]

Julien Green:

Moira

Roman

Deutsch von Georg Goyert

Deutscher
Taschenbuch
Verlag

dtv

Von Julien Green
sind im Deutschen Taschenbuch Verlag erschienen:
Junge Jahre (10940)
Paris (10997)
Jugend (11068)
Leviathan (11131)
Von fernen Ländern (11198)
Meine Städte (11209)
Der andere Schlaf (11217)
Mont-Cinère (11234)

Ungekürzte Ausgabe
Juli 1991
2. Auflage Oktober 1991
Deutscher Taschenbuch Verlag GmbH & Co. KG,
München

Titel der französischen Originalausgabe:
›Moïra‹

ISBN 3-446-15505-8
Die erste deutsche Ausgabe erschien 1952 in München
Umschlaggestaltung: Celestino Piatti unter Verwendung
des Gemäldes ›Eine Tochter Evas‹ von Dorothy Seton
Gesamtherstellung: C. H. Beck'sche Buchdruckerei,
Nördlingen
Printed in Germany · ISBN 3-423-11404-5

Erster Teil

1

Seit einem Augenblick rührten sie sich nicht, standen ein paar Schritte voneinander entfernt, und Frau Dare tat so, als läse sie den Brief, den er ihr übergeben hatte; aber schon seit mehreren Sekunden wußte sie, was das Dokument enthielt, und nun beobachtete sie mit einem Seitenblick den Neuangekommenen. Ohne zu wissen weshalb, scheute sie sich, ihm offen ins Gesicht zu sehen. »Jedenfalls«, sagte sie sich zu ihrer eigenen Beruhigung, »sieht er ganz anständig aus.«

Sie betrachtete sein Gesicht von der Seite, auf das die Sonnenstrahlen fielen, die durch die Blätter der Bäume in das Zimmer glitten, und gegen ihren Willen fand sie ihn schön, wenn er auch rothaarig war. Sein flammend rotes Haar verwirrte sie und auch seine milchweiße Gesichtsfarbe, und sie beherrschte sich, damit er nicht den Widerwillen merkte, den er ihr einflößte. Daß er schwarze Augen hatte, erkannte sie nicht gleich. Er war groß, und der dunkle Anzug, der seinen langen Körper umgab, schien nicht für ihn gearbeitet. Er hatte die Arme verschränkt und sah herausfordernd hinaus auf die Straße. Zu seinen Füßen stand eine gelbe Reisetasche, deren Leder hier und da geplatzt war. Sie war derartig vollgestopft, daß sie fast einer Kugel glich. Dann änderte er seine Haltung, streckte eine große Hand nach der Tasche aus und verrückte sie geräuschlos um ein paar Zentimeter. Er richtete sich wieder auf und steckte die Fingerspitzen in die Jackentaschen. Sein Blick war in die Ferne gerichtet.

Vielleicht merkte er, daß er beobachtet wurde. Er ließ ein paar Minuten verstreichen, dann wagte er einen raschen Blick nach Frau Dare, die immer noch las. Als hätte das lange Warten ihn dazu berechtigt, blickte er nun kühner um sich.

Das Zimmer war niedrig, und die Wände waren mit einer verblaßten Tapete bedeckt, die ins Gelbliche spielte. In der Nähe des Fensters standen sich zwei Schaukelstühle gegenüber. Sie waren durch einen kleinen Teppich voneinander getrennt, dessen blaue und malvenfarbene Wolle verblichen war. Ein runder, gestrichener Holztisch trug eine große Pflanze mit kräftigen und glänzenden Blättern. Sie bildete den Hauptschmuck des kleinen Salons. In einer Ecke stand ein Klavier, und auf dem Notenpult ein Album mit Schlagern, deren fettgedruckte Titel wie gemeines Lachen wirkten. Der junge Mann wandte den Kopf ab. »Das ist die Universität«, dachte er. »Auf der Universität ist es nun mal so.« Zu Hause, bei seinen Eltern, wurde das Klavier nur sonntags benutzt, wenn man die Kirchenlieder sang. Die ganze Woche über bedeckte ein langer Streifen aus olivenfarbenem Tuch die Tasten.

Wieder verging einige Zeit, ohne daß etwas verriet, ob Frau Dare den Brief zu Ende gelesen hatte, denn sie hielt ihn immer noch in ihren mageren Fingern und rührte sich nicht. »Ich kann ihn doch seiner roten Haare wegen nicht fortschicken«, sagte sie sich. Sie betrachtete seine staubigen Schuhe und vermutete, daß er zu Fuß vom Bahnhof gekommen war, um zu sparen. Wieder fragte sie sich: »Ob er wohl riecht? Rothaarige haben oft einen scharfen Geruch. Das könnte ich nicht ertragen. Bisher habe ich noch nichts gerochen.«

Plötzlich faltete sie den Brief und steckte ihn wieder in den Umschlag.

»Sie wissen ja wohl, was in dem Brief steht, Herr Day?« sagte sie.

»Ja«, erwiderte er, »ich habe ihn nach dem Diktat meines Vaters geschrieben.«

Seine Stimme klang etwas dumpf, sie war gleichzeitig heiser und sanft.

Er erläuterte:

»Mein Vater ist blind.«

Frau Dare hob die Augenbrauen. Weder jung noch alt, hager und aufrecht in ihrem weißgeblümten grauen

Kleid, mit flachen, rotgeschminkten Backen und dem schwarzen, nach hinten gezogenen Haar hatte sie einen zu großen Mund und eine zu spitze Nase, um hübsch zu sein; aber der junge Mann glaubte, daß sie sich für schön hielt, denn sonst hätte sie sich sicher nicht so geschminkt. Er mochte ihre hellen Augen nicht, die ihn fast schamlos betrachteten und ihm in den Schädel zu dringen schienen; man hätte glauben können, daß die schwarze und bösartige Pupille, die in der Mitte der hellblauen Iris wie ein kleineres Auge aussah, ihn an die Wand nagelte.

»Blind«, wiederholte sie wie ein Echo.

Einem plötzlichen Impuls gehorchend, wandte sie sich um.

»Folgen Sie mir«, sagte sie, »ich will Ihnen Ihr Zimmer zeigen.«

Sie gingen nach oben. Die Treppenstufen ächzten unter ihren Schritten, und eine der Stufen machte einen Lärm, als würde mit einer Peitsche geknallt.

Jetzt standen sie in dem hellen, kahlen Zimmer, und der junge Mann blickte um sich. Ein Arbeitstisch stand zwischen dem flachen Kamin und dem vorhanglosen Fenster, und das Metallbett, das seltsam schräg stand, gestattete nicht, daß man die Tür ganz öffnete. In einer Ecke schien sich ein Strohstuhl mit einem Schaukelstuhl zu unterhalten, auf dessen Armlehnen ein Brett lag, das als Pult dienen konnte. Kein Stückchen Teppich bedeckte den Fußboden, dessen schwarze Farbe stellenweise abgetreten war und so von der Tür bis zum Fenster eine Art Spur zog. Aber so ärmlich die Ausstattung auch war, sie wurde reich durch das viele Licht, das durch die Bäume fiel und Wände und Decke rosa färbte. Der amerikanische Herbst färbte mit seinen kräftigen Farben die Sykomoren, die am Rande der Straße standen, von dunkel violett bis zu rot und kupfergelb.

»Herrlich«, murmelte der junge Mann. In Betrachtung all dieses Goldes versunken.

Frau Dare ließ ein paar Sekunden vergehen. Dann sagte sie, als machte sie eine vertrauliche Mitteilung: »Die Toilette befindet sich am Ende des Flurs, rechts.«

Er schwieg schamhaft, mit einer linkischen Bewegung stellte er die Reisetasche vor sich hin, und da er nicht wußte, wohin mit den Armen, verschränkte er sie wieder.

»Ich habe Sie noch gar nicht gefragt, woher Sie kommen«, sagte Frau Dare.

Er nannte eine kleine Stadt in einem Nachbarstaat.

»Ah«, sagte sie mit leichtem Lächeln, »aus den Bergen.«

»Ja, aus den Bergen.«

Er sagte diese Worte in so hartem Ton, daß die Hausherrin die Brauen hochzog.

»Wenn ich richtig verstanden habe«, fuhr sie fort, »sind Sie achtzehn Jahre alt.«

»Ja, achtzehn Jahre«, antwortete der junge Mann.

Sie ging zum Bett und warf einen schnellen Blick auf das Bettzeug.

»Wenn Sie etwas brauchen, lassen Sie es mich durch das Mädchen wissen. Sieh da, Moira hat ihr Zigarettenetui vergessen.«

Ihre lange Hand nahm vom Kopfkissen eine Dose aus schwarzem Metall, die sie sofort öffnete.

»Haben Sie vielleicht ein Streichholz?« fragte sie und hob eine Zigarette an den Mund.

Als hätte ihn jemand bei den Schultern gepackt, drehte er sich um. Eine plötzliche Röte überzog seine Stirn.

»Was haben Sie denn?« fragte Frau Dare. »Rauchen in Ihrer Heimat die Frauen nicht?«

Er antwortete nicht gleich.

»Ich habe keine Streichhölzer«, sagte er schließlich. »Ich rauche nicht.«

»Sie mögen nicht, daß Frauen rauchen?«

Sie stand jetzt so dicht neben ihm, daß er unter der Schminke, die ihn empörte, ihre körnige Haut sah, und er merkte, daß sie unmerklich den Kopf vorbeugte und die Luft in die Nase zog.

»Nein«, sagte er und richtete sich auf.

Sie lachte laut. Ihr Lachen klang wie eine Reihe von Schreien.

»Junger Mann«, sagte sie, während sie zur Tür ging, »ich weiß nicht, was man Ihnen in den Bergen beigebracht hat. Hier werden Sie auf jeden Fall noch allerlei lernen müssen.«

Wieder rötete sich sein Gesicht, aber er rührte sich nicht. Bald vernahm er Frau Dares Absätze mit einer Art Hochmut auf den Stufen knallen, und als sie das Ende der Treppe erreicht hatte, zerriß das gleiche Lachen wie eben die drückende Schwüle des Nachmittags.

2

Als er allein war, öffnete er die Tasche, entnahm ihr die Kleidungsstücke, die er in den Schrank hängte, und ein paar zerfledderte Bücher, die er in einer Reihe auf dem Kamin aufstellte. Die Fotografie seiner Eltern fand ihren Platz auf dem Tisch. Da er nicht wußte, wohin mit der Leibwäsche, ließ er sie in der Tasche, die er unter das Bett schob.

Nun war alles in Ordnung. Er fühlte sich ruhiger, fast glücklich, und ihm kam der Gedanke, an seine Eltern zu schreiben, um ihnen von seiner Reise zu erzählen und sein Zimmer zu schildern. Nachdem er einen Augenblick lang die beiden Gesichter betrachtet hatte, die ihn aus dem Lederrahmen heraus ansahen, zog er mit dem Bleistift einige Linien am oberen Rand eines Blattes Papier, aber dann gab er das gleich wieder auf: Was sollte er von dem Empfang berichten, der ihm zuteil geworden war? Vielleicht war es besser, von

Frau Dare und ihrer Zigarette nichts zu erwähnen. Seine Eltern würden das nicht verstehen und sich nur beunruhigen. Und wenn sie erfuhren, daß Frau Dare sich schminkte ... Er legte den Bleistift auf den Tisch. Es ärgerte ihn, daß er nicht alles sagen konnte, daß er etwas verheimlichen mußte, denn einen Teil der Wahrheit mußte er verbergen. Weshalb hatte diese Frau so zu ihm gesprochen? Und weshalb hatte sie gelacht? Gewiß hätte er liebenswürdiger sein können, aber dieses geschminkte Gesicht war ihm furchtbar erschienen. In seiner Heimat sprach ein anständiger Junge nicht mit einer geschminkten Frau, und die hier war angemalt wie eine Dirne.

Er wußte nicht, was er tun sollte. Er stand vom Tisch auf, ging zum Bett und dann zum Fenster. Kein Hauch bewegte die großen Blätter aus Gold und Purpur; die feuchte und drückende Luft schien auf der Haut zu kleben. Der junge Mann zog seinen Rock aus, band die Krawatte los und öffnete den Hemdkragen. Mit seinen ernsten Augen betrachtete er die kleine Straße, durch die ein alter Neger einen Karren mit Wassermelonen zog, während er seine Ware mit melancholischer Stimme ausrief: »Vielleicht ist sie mir begegnet, damit ich sie rette«, dachte Joseph plötzlich.

In diesem Augenblick betrat jemand das Zimmer, dessen Tür offengeblieben war, und stellte sich neben ihn.

»Viel Farbe in dem Bild: der alte Schwarze in seinen hellblauen Lumpen, die dicken, dunkelgrünen Früchte, die wie emailliert aussehen, und in den Bäumen diese Feuerfarbe. Das ist ganz der alte Süden, mit dem man uns in den Ohren liegt.«

Diese halblaut gesprochenen Worte kamen aus dem Munde eines achtzehn- bis neunzehnjährigen jungen Mannes. Er war dick und dunkelhäutig, hatte krauses Haar und flinke Augen, die dauernd von einem Gegenstand zum andern flogen. Er fügte hinzu:

»Ich bin Ihr Nachbar. Wir sind vier Studenten im Haus. Ich heiße Simon Demuth. Und Sie?«

»Joseph Day.«

»Guten Tag, Jo«, sagte Simon Demuth und legte eine runde, feuchte Hand in die große, weiße von Joseph Day. »Ich habe Sie vorhin gesehen, als Sie das Tor öffneten. Da die Tür offen war, wollte ich mir mal Ihr Zimmer besehen. Die beiden anderen Studenten sind noch nicht da. Sie werden heute abend oder morgen früh erwartet. Frau Dare hat mit jemandem darüber am Telefon gesprochen.«

Er machte eine Pause, um Luft zu holen. Dann fuhr er fort:

»Ich habe auch gehört, was Sie mit ihr sprachen ... natürlich ganz unbeabsichtigt. Die Tür war offen. Wissen Sie, Jo, die Frau ist hart wie eine alte Rothaut. An Ihrer Stelle ...«

Joseph wich unmerklich zurück.

»Kennen Sie Frau Dare?« fragte er.

»Nein. Ich bin heute nachmittag angekommen. Aber ich habe ein ziemlich sicheres Gefühl dafür. Zufällig habe ich auch erfahren, wie alt sie ist. Ihr Geburtstag steht in der dicken Familienbibel, die Sie vielleicht unten auf dem kleinen Tisch gesehen haben. Nein?«

»Nein«, erwiderte Joseph und vergrub seine Hände mit düsterem Gesicht in den Hosentaschen.

Simon sah ihn unruhig an.

»Vielleicht glauben Sie, ich rede zuviel«, sagte er traurig. »Aber ich kann nicht anders, wenn ich mit jemandem zusammen bin, der mir wirklich sympathisch ist. Sie kommen also aus den Bergen, wo man noch Balladen singt. Ich liebe Balladen.«

Joseph machte eine ungeduldige Geste, die auf Simon Demuths rundem Gesicht Unruhe hervorrief.

»Ich falle Ihnen auf die Nerven«, rief er. »Seltsam, allen Menschen falle ich auf die Nerven.«

»Durchaus nicht«, erwiderte Joseph plötzlich entwaffnet.

Simon hüpfte auf der Stelle wie ein Kind.

»Wir werden sicher gute Freunde«, sagte er. »Ich bin nicht von hier. Ich komme aus dem Norden. Ich studiere hier, weil es so romantisch ist. Ganz bestimmt: die kleine, verschlafene Stadt des Südens in ihrem Tal, mit den Häusern mit den weißen Säulen, mit ihrer Tradition und ihren Vorurteilen... Ich kränke Sie doch nicht?«

»Nein, ich bin ja auch nicht von hier.«

»Ja, richtig, das hatte ich vergessen. Finden Sie, daß ich wie jemand aus dem Norden spreche?«

»Ein wenig schon.«

»Ärgerlich. In dieser Gegend liebt man die Leute aus dem Norden nicht besonders. Mein Vater ist Schneider, aber wenn ich mein Examen gemacht habe, werde ich Maler. Sehen Sie mal.«

Er zog ein kleines Skizzenbuch aus der Tasche, öffnete es und zeigte ihm mehrere Seiten. Joseph sah Männer- und Frauenköpfe, eine kleine Landschaft mit Bäumen, die aussahen wie Rauch, und Hände, viele Hände.

»Das ist meine linke Hand«, erläuterte Simon. »Ein Künstler aus New York meinte, ich hätte Talent. Ich werde Ihnen mal von ihm erzählen, wenn wir uns besser kennen. Was halten Sie von meiner Arbeit?«

Joseph runzelte die Brauen und fuhr sich mit einer Bewegung durch die Haare, die aufmerksam beobachtet wurde. Er fand Simon lächerlich, und diese Unterhaltung war ihm peinlich. Er schämte sich für diesen kleinen Mann, der ihm zu lebendig war und dessen Stimme oft eine unerwartete Höhe erreichte.

»Ich weiß es nicht«, sagte er schließlich, »ich verstehe nicht viel davon.«

In diesem Augenblick rief eine Klingel zum Essen.

3

Joseph setzte sich auf den Platz, den Simon ihm anwies, als wäre er der Herr des Hauses. Auf dem weißen Tischtuch verliehen zwei silberne Leuchter dem kümmerlich ausgestatteten Zimmer, in dem die letzten Strahlen der untergehenden Sonne eine Fußbodenleiste beleuchteten, einen falschen Anschein von Reichtum. Über dem Kamin hing ein Stich in schwarzem Rahmen und betonte die Kahlheit der Wände, deren graue Tapete unter dem Gesims mit langen, kaffeebraunen Flecken bedeckt war.

»Sehr typisch«, sagte Simon und zeigte auf diese Spuren der Feuchtigkeit und dann auf die silbernen Leuchter. »Man stirbt vor Hunger, aber man hängt an den Familienerinnerungen.«

Joseph antwortete nicht. Er hatte den Eindruck, sein Gefährte öffnete nur den Mund, um Meinungen zu äußern, die höchst angreifbar waren oder einen reizten, und er biß sich auf die Lippen bei dem Gedanken, bei allen Mahlzeiten einen so langweiligen Nachbarn zu haben. Aber die Angst, jemanden zu beleidigen, ließ ihn gefällig sein, was er hinterher meist bereute; und dann kam ihm immer wieder der Gedanke, daß die Menschen, die sich in sein Leben mischten, ihm von Gott gesandt wären. An diesem Abend indessen konnte ihm auch Simons Geschwätz nicht die Freude verderben, sich in einer Stadt zu befinden, die er nicht kannte, und er betrachtete nachsichtig das kleine, trostlose Zimmer, das sein Licht nur durch ein schmales Schiebefenster erhielt. Wenn es dunkel war, wurden sicher die roten Kerzen in den Leuchtern angezündet. Und wie ein kleines Kind wünschte er sich, daß es vor dem Nachtisch noch dunkel würde. Zu Hause wurde in der Küche gegessen. Nur zu Weihnachten wurden Kerzen angezündet, aber die Menschen in den großen Städten hatten ihre eigenen Vorstellungen, die teils gut, teils schlecht waren. Frau Dare zum Beispiel schminkte sich. Dieser Gedanke verwirrte ihn wieder. »Ich will ihr helfen«, dachte er, »ja, ich will ihr helfen, ihre Seele zu retten.« Von plötzlichem Glaubenseifer gepackt, sah er sich dieser Frau Tränen der Scham, Versprechungen, echte Reue, vielleicht sogar eine öffentliche Beichte ihrer Sünden, wie man das früher tat, entreißen. Welcher Sieg!

Dieses eingebildete Schauspiel fesselte ihn derart, daß er nicht mehr hörte, was sein Nachbar sagte, und als die Tür plötzlich geöffnet wurde, fuhr er zusammen. Im Helldunkel der Dämmerung sah er die Silhouette eines hochgewachsenen jungen Mannes, der das Zimmer betrat und sich an das andere Ende des Tisches setzte, als wollte er zwischen sich und den beiden anderen Gästen einen möglichst großen Raum schaffen. Einige Minuten vergingen, dann stellte eine stark nach Schweiß riechende Negerin einen Teller Suppe vor den Neuangekommenen und zündete die Kerzen an. Auf diesen Augenblick hatte Joseph schon lange gewartet. Zuerst bildeten die kleinen Flammen, die den Docht noch nicht richtig entzündet hatten, in der Dunkelheit nur zwei rote Punkte, die kein Licht spendeten; dann wurden sie plötzlich länger und entfalteten sich, und die Augen, die Hände auf dem Tischtuch, die Wasserkaraffe, die weiße Schürze des Dienstmädchens, alles, worauf das Licht fiel, tauchte aus der Nacht empor.

Es herrschte kurzes Schweigen. Dann äußerte Simon ein paar Platitüden, die sein Künstlertum dartun sollten, während der Unbekannte seine Blicke durch den Raum schweifen ließ, einen Augenblick lang Joseph ansah, dann den Kopf neigte und auf seinen Teller blickte. In seinem Gesicht mit den rosigen Backenknochen bildeten die Brauen zwei lange, schwarze Striche, die aussahen, als wären sie mit Kohle gezeichnet, und auf dem Kopf folgte ein großer, gebogener Lichtreflex der Form seines dichten und glänzenden Haares. Mehr sah Joseph nicht, denn er ahmte die Zurückhaltung des neuen Gastes nach und richtete seinen Blick auf das Bild über dem Kamin. Er hätte gern etwas Nettes gesagt, aber seine Lippen öffneten sich jedesmal umsonst; denn um sich verständlich zu machen, hätte er seinen Nachbarn zum Schweigen bringen müssen. In seinem tiefsten Inneren hatte Joseph den Wunsch, den Unbekannten merken zu lassen, daß er und Simon nicht befreundet waren, daß sie kein Geheimnis miteinander hatten, wie Simons Flüstern vermuten lassen konnte, und daß sie einander kaum kannten, aber das alles konnte er nicht tun, ohne die Eigenliebe des Schwätzers grausam zu verletzen. »Macht nichts«, sagte er sich, »dann werde ich eben warten. Wenn er aufsteht, gehe ich zu ihm.« In diesem Augenblick fragte ihn eine innere Stimme: »Warum?« Und er war bestürzt und wußte nicht, was er auf eine so einfache Frage antworten sollte. Augenscheinlich legte der Fremde Wert darauf, in Ruhe gelassen zu werden: er aß schnell, ohne den Kopf zu heben, und hatte es eilig, fertig zu werden und diesen Raum zu verlassen. Kaum hatte er den Nachtisch heruntergeschlungen, als er sich erhob, ein wenig lächelte, was ebensogut Simon wie Joseph gelten konnte, und das Zimmer verließ. Seine Schritte hallten durch das Vorzimmer und dann über die Veranda, deren Gittertür sich mit dem Geräusch einer Schußwaffe hinter ihm schloß.

Simon beantwortete jetzt eine Frage, die Joseph schon lange gern gestellt hätte:

»Er kommt aus Süd-Karolina. Ich glaube, er heißt Bruce Praileau. Er ist im zweiten Jahr hier. Ich weiß noch nicht, wo er wohnt, aber das werde ich schon noch erfahren. Jedenfalls hat er mit Frau Dare ein Abkommen getroffen, daß er hier essen kann. Macht einen aufgeblasenen Eindruck, was?«

Joseph zögerte mit der Antwort.

»Finde ich nicht«, sagte er schließlich. Dann stand er auf und ging in das Vorzimmer. Simon eilte hinter ihm her.

»Wollen wir nicht etwas spazierengehn, Jo? Der Mondschein auf dem Rasen vor der Universität ist wunderbar.«

Aber Joseph hatte keine Lust, mit Simon im Mondschein spazierenzugehen, und er suchte nach einer Entschuldigung, die Simons Empfindlichkeit schonte; denn schon senkten sich die Mundwinkel in dem enttäuschten Gesicht.

»Ich muß an meine Mutter schreiben. Ich habe es versprochen.«

Als er in seinem Zimmer allein war, dachte er: »Du hast gesagt, du würdest schreiben; nun tu es auch.« So setzte er sich denn an den Tisch, überlegte einen Augenblick und begann einen Brief. Seine Hand schrieb ohne Hast Zeilen von vollkommener Regelmäßigkeit. Er berichtete über alles, die Reise, die Unterhaltung mit Frau Dare, deren rotgeschminktes Gesicht er beschrieb, dann die Unterhaltung mit Simon und das Abendessen. Sollte er auch von Bruce Praileau erzählen? Er wußte nicht recht. Das interessierte sie doch sicher nicht. Aber es gehörte nun einmal zu seinem Tag wie alles andere, und es machte ihm Freude, im letzten Absatz seines Briefes diesen seltsam klingenden Namen zu schreiben.

Als er den Brief beendet hatte, öffnete er die Bibel und, den Kopf in die Hände gestützt, las er ein paar Seiten mit leidenschaftlichem Eifer. Eine halbe Stunde später machte er das Licht aus. Dann erst zog er sich aus, um zu Bett zu gehn.

4

Die nächsten zwei oder drei Tage vergingen in verhältnismäßiger Ruhe. Jeder Student mußte die Vorlesungen angeben, die er hören wollte, und sich einschreiben lassen, aber von Arbeit war noch keine Rede. Schon am Tag nach seiner Ankunft erfuhr Joseph den Namen des Professors, der ihm, wie es an der Universität üblich war, als Mentor dienen sollte. Am gleichen Tage noch suchte er den Professor auf. Herr Tuck, Professor für Mathematik, empfing ihn in einem kleinen Arbeitszimmer, dessen Fenster von schweren Trauben gelber Glycinen umgeben war, durch das man eine bewaldete Hügelkette sah, deren Gipfel sich gegen den Himmel als langer, graublauer Strich abzeichneten. Joseph sah einen dicken, jovialen Mann mit unkomplizierten Umgangsformen auf einem Drehstuhl sitzen, den er mit plötzlicher Geschwindigkeit bald nach dieser, bald nach jener Seite wandte, als wollte er auf diese Weise die Langsamkeit vergessen lassen, zu der seine Fettleibigkeit ihn verdammte.

»Nehmen Sie Platz, Herr Day«, sagte er. »Ich habe den Bericht Ihrer Schule gelesen. Mathematik liegt Ihnen wohl nicht? Um so schlimmer für mich. Aber trotzdem werden wir uns schon vertragen. Ich sehe, daß Sie sich für Griechisch entschieden haben. Sie interessiert wohl vor allem das Altertum?«

Joseph errötete.

»Ich will das Neue Testament im Urtext lesen«, sagte er mit der Energie eines Glaubensbekenners vor einem römischen Präfekten.

»Ausgezeichnet«, erwiderte Herr Tuck und beschrieb einen Viertelkreis, so daß er dem Fenster gegenüber saß. Er tat so, als betrachtete er die Landschaft, um Joseph Gelegenheit zu geben, seine natürliche Farbe wiederzuerlangen. »Aber Sie wissen doch wohl, daß das Neue Testament dem Unterricht im

Griechischen nicht mehr zugrundegelegt wird? Schon im zweiten Semester werden Sie sich mit Xenophon herumschlagen, und dann kommt in den folgenden Semestern die Ilias. Wenn Sie durchhalten, werden Sie dann im dritten Jahr zwei Dialoge Platons lesen. Wenn ich richtig verstanden habe, wollen Sie auch alte Geschichte belegen?«

»Ja.«

»Griechisch, alte Geschichte, amerikanische Geschichte, englische Literatur und Bibelliteratur. Das wäre es wohl?«

Der junge Mann nickte zustimmend. Er konnte sich eines Lächelns nicht enthalten, so sehr gefiel ihm die Freundlichkeit des andern, denn er hatte mit einer majestätischen Strenge und düsteren Verachtung gerechnet, und nun sprach man mit ihm wie mit einem Freund. Er bereute jetzt seine Worte über das Neue Testament, die ihm plötzlich sehr anmaßend vorkamen, aber solche Äußerungen entschlüpften ihm unwillkürlich, als würde er von einer inneren Kraft dazu getrieben. Herr Tuck fand ihn vielleicht naiv.

Nach ein paar Minuten verabschiedete sich Joseph.

Draußen überflutete die Sonne die großen, von Bäumen gesäumten Rasenflächen. Studenten gingen ohne jede Eile vorbei, mit einer ganz besonderen Nonchalance, die der junge Mann nachzumachen versuchte, denn alles schien ihm gut und richtig in der Universitätsstadt, und er wollte sein wie die anderen, wollte denen gleichen, die er für sich als die »anderen« bezeichnete. Die Studenten riefen einander zu, wechselten ein paar Scherzworte. Das konnte er nicht, wagte es nicht, aber er hatte für mehrere Unbekannte ein Lächeln. Man betrachtete ihn voller Staunen. Vielleicht waren seine Gesichtsfarbe und sein Haar daran schuld. In seiner Heimat fiel er niemandem auf, aber schon in der Eisenbahn hatten Männer und Frauen ihn betrachtet, und hier las er in fast allen Augen diesen seltsamen

Ausdruck, den er so gut kannte und der gereizt und überrascht zugleich war. Er nahm sich vor, nicht mehr ohne Hut auszugehen, und bemühte sich, an etwas anderes zu denken.

Von da aus, wo er jetzt stand, sah er die Bibliothek, deren dicke, dorische Säulen in einer Hülle aus Geißblatt steckten, und weiter, in einem Halbkreis, andere Gebäude aus weißem Stein, die von Magnolien halb verdeckt waren. Er bummelte zu einer Terrasse, die die Buchsbaumgärten beherrschte. Die Sonne, durch ein Sieb aus leuchtendem Nebel gedämpft, vergoldete die Sandwege, und wundrote Vögel flogen schreiend in den Bäumen einer langen Allee umher, die die Gärten nach der Stadt hin abschloß.

Die Hände in den Taschen, betrachtete Joseph die in der Ferne vorbeifahrenden Wagen, als er hinter sich sprechen hörte. Ein besonders deutlich gesprochener Satz drang an seine Ohren und ließ ihn erbeben:

»Meine Herren«, sagte eine schleppende und höhnische Stimme, »kennt jemand von Ihnen vielleicht die Adresse der hiesigen Feuerwehr? Meiner Meinung nach wäre es ratsam, sie zu alarmieren.«

Joseph rührte sich nicht. Diesen billigen Witz hatte er schon zu oft gehört, als daß er ihn hätte überraschen können, aber doch fühlte er sich jedesmal getroffen. Manchmal rief auch jemand: »Es brennt!« Er ließ ein paar Sekunden verstreichen, um der Wut Herr zu werden, die in ihm hochstieg; dann wandte er sich plötzlich um. Vier elegant gekleidete junge Männer betrachteten ihn mit ziemlich spöttischem Lächeln. Aber Joseph bemerkte nur einen von ihnen, der ein wenig vor den andern stand, die Faust in die Hüfte gestemmt und breitbeinig: es war Bruce Praileau. Joseph machte einen Schritt auf ihn zu.

»Haben Sie das eben gesagt?« fragte er.

Bruce Praileau betrachtete zuerst das Gesicht, dann die Schultern und schließlich die Füße seines Gegenübers. Als er diese Besichtigung beendet hatte, sagte er in eisigem Ton:

»Nein, aber ich nehme es auf mich. Es gefällt mir.«

Wie durch ein Dröhnen vernahm Joseph diese Worte, die er nicht verstand. Einen Augenblick lang meinte er, er könnte nichts mehr sehen, denn trotz der hellen Sonne war die kleine Gruppe für ihn in Dunkel gehüllt. Niemand rührte sich. Dann ertönte wie aus der Tiefe eines großen Loches wieder Praileaus Stimme:

»Für die, die mich aufsuchen wollen: ich wohne Ost-Galerie Nr. 44.«

»Weshalb sagt er das?« dachte Joseph. »Wenn ich jetzt die Hand gegen ihn erhöbe, würde ich ihn totschlagen.«

Plötzlich wandte er sich um und ging durch die Gärten, um die Allee zu erreichen. Hinter ihm wurde kein Wort laut, und ihn begleitete ein derartiges Schweigen, daß er hätte meinen können, er wäre allein. Doch dieses Schweigen war bedrückender als lautes Lachen.

Jetzt ging er durch die große Allee. Seine Füße sanken in das tote Laub ein wie in rauschendes Gewässer, und ein paar Minuten lang ließ ihn dieses geschwätzige Flüstern nicht zum Nachdenken kommen. Erst als er wieder in seinem Zimmer war, konnte er Ordnung in seine Gedanken bringen. In der Erinnerung sah er die ganze Szene mit neuer, erbarmungsloser Genauigkeit vor sich. Praileau trug einen rötlich-braunen Anzug, und auf seinem weißen Hemd bildete die schwarze Krawatte einen großen, hochmütigen Flecken. Warum hochmütig? Weil alles an Praileau Hochmut war. Simon hatte schon recht: dieser junge Mann war von Kopf bis Fuß stolz. In seinem Gesicht mit den leicht geröteten Backenknochen leuchteten die tintenfarbenen Augen unter kühn geschwungenen Brauen, und er hielt den Kopf stolz erhoben wie jemand, der befiehlt. Das hatte Joseph blitzschnell erkannt, und etwas in seinem Innern hatte sich gegen diese Haltung empört, und dann war dieses herausfordernde Gesicht plötzlich wie in einem Nebel verschwunden.

Den ganzen Tag über wurde er seine Wut nicht los. Er hatte keinen Appetit. Er schloß sich in sein Zimmer ein und zwang sich, mehrere Kapitel in der Bibel zu lesen. Aber die Sätze, die ihn sonst immer beruhigten, konnten seine Aufmerksamkeit nicht fesseln. Die Fäuste gegen die Schläfen gepreßt, betrachtete er, ohne sie zu begreifen, die Worte in ihren kleinen, engen Spalten, und umsonst formten sich auf seinen Lippen die ernsten Klänge dieses archaischen Englisch. Eine Stimme übertönte das fromme Gemurmel, und diese Stimme gehörte Praileau. Hart und ruhig wiederholte sie immer wieder: »Wer mich aufsuchen will... Für die, die mich aufsuchen wollen...« »Hätte ich dich heute morgen geschlagen, ich hätte dich umgebracht«, erwiderte Joseph für sich. »Ich bin doppelt so stark wie du.« Dann sagte er plötzlich laut:

»Warum hast du das zu mir gesagt? Warum? Warum? Was habe ich dir getan?«

Mit wütender Gebärde klappte er die Bibel zu und stand so plötzlich auf, daß er fast den Tisch umgeworfen hätte, auf dem ein Haufen Bücher zusammenstürzte. »Ich kann weder essen noch lesen oder beten«, dachte er. »Ich habe mich benommen, als wenn ich Angst hätte, und der Herr verabscheut die Feigen.«

In diesem Augenblick öffnete sich die Tür, und Simon betrat mit dem spähenden Blick eines Tieres das Zimmer.

»Was ist denn los, Jo? Ich hörte Lärm. Weshalb warst du nicht beim Frühstück? Bist du krank?«

»Nein, laß mich in Ruhe.«

»Hast du schlechte Nachrichten erhalten?«

Joseph schüttelte ungeduldig den Kopf. Simon faßte eine seiner Hände. Aber die Hand entzog sich der seinen sofort.

»Was hast du denn?« sagte Simon, dessen Gesicht

vor Dummheit strahlte. »Ich weiß Bescheid, du bist verliebt.«

»Verschwinde!« rief Joseph und drängte ihn hinaus.

Gegen Ende des Nachmittags kamen, wie Simon angekündigt hatte, die beiden anderen Studenten, die bei Frau Dare wohnen wollten. Der erste machte einen kümmerlichen und erbärmlichen Eindruck. Er schien nur sein Studium im Kopf zu haben. Er trug eine Brille mit Metallgestell, sagte kaum vernehmbar, er hieße John Stuart, und verschwand in das kleine Zimmer, das für ihn bestimmt war. Der zweite hingegen, der weder größer noch wohlhabender wirkte, stellte sich mit der Sicherheit eines jungen Hahnes vor. Blond, mit einem großen, geschwätzigen Mund und grauen, ewig lachenden Augen, erzählte er mit lauter Stimme, er käme aus Georgia und hieße Frank MacAllister. Er ging gleich in Simons Zimmer, den er mit einem kameradschaftlich-verächtlichen Schlag auf den Bauch bedachte, und dann, mit derselben Unbekümmertheit, in das benachbarte Zimmer. Aber hier machte er plötzlich halt. Ein paar Sekunden erstarrte das Lachen auf seinem Gesicht, und er blieb unbeweglich einen Schritt vor der Schwelle stehen.

»Treten Sie ein«, sagte Joseph mit finsterem Gesicht.

Seine Sicherheit wiederfindend, durchschritt der Besucher den Raum, der ihn von Joseph trennte. Joseph runzelte die Stirn, als er sah, daß MacAllister ein grünseidenes Taschentuch hervorzog, als wollte er sich das Gesicht abwischen.

»Ich habe Ihren Namen eben gehört«, sagte Joseph schnell. »Sie sind Frank MacAllister? Ich heiße Joseph Day. Damit wäre die Vorstellung beendet. Gehen wir an die Arbeit.«

»An die Arbeit!« rief MacAllister. »Keine vier wilden Pferde könnten mich an die Arbeit schleppen! Ich bin hier aus Umständen, die nicht von meinem Willen abhängen, und ich habe die Absicht, meinen Kummer jeden Abend in Alkohol zu ersäufen. Was lesen Sie denn da? Die Bibel?«

»Nehmen Sie sich in acht«, sagte Joseph und bedeckte das offene Buch mit der Hand.

»Was ist denn in Sie gefahren?« fragte MacAllister.

Er hob den Finger nach der Decke und sagte mit tiefer Baßstimme:

»Sechs Tage sollst du arbeiten, aber den Sabbat sollst du heiligen, weil ich, der Ewige, dein Gott, es so befohlen habe.« – Joseph sprang auf.

»Herr MacAllister«, sagte er, »das Zimmer, in dem Sie sich befinden, hat zwei Öffnungen: die Tür und das Fenster. Welche wählen Sie?«

»Mich können Sie nicht bange machen«, entgegnete MacAllister und schwenkte herausfordernd sein Taschentuch. »Wenn Sie absolut 'ne Keilerei wollen, ich bin dabei.«

Er reckte sich und stemmte die beiden Fäuste in die Hüften.

»Lieber Freund«, sagte Joseph plötzlich milde und versöhnlich, »gestatten Sie, daß ich Sie hinausbringe.«

Er näherte sich ihm, legte ihm einen Arm um den Leib, hob ihn hoch und trug ihn bis auf den Treppenabsatz, wo er ihn losließ. Als er wieder in seinem Zimmer war, schloß er die Tür und drehte den Schlüssel um. Tiefe Stille herrschte im Hause. Nach einigen Minuten vernahm der junge Mann die trompetende Stimme MacAllisters, der in Simons Zimmer Shakespeare deklamierte:

»Freunde, Römer, Mitbürger, leiht mir euer Ohr. Ich komme, Cäsar zu begraben ...«

»Jedenfalls«, dachte Joseph, »hat er versucht, es mit mir aufzunehmen.«

An diesem Abend sagte er bei Tisch kaum ein Wort, trotz aller Bemühungen Simons, der leise zu ihm sprach und ihn manchmal mit dem Ellbogen anstieß. Alle Plätze waren besetzt, und Stimmengewirr füllte den kleinen Raum. Der schüchterne John Stuart saß am Ende des Tisches, wo am Abend vorher Bruce Praileau gesessen hatte, und der kümmerliche junge Mann senkte jeden Augenblick den Kopf, denn wenn er die Augen hob, begegnete er Josephs Blick, und diesen Blick konnte er nicht aushalten.

Von den vier Neuankömmlingen stammte der eine augenscheinlich vom Lande: er war groß und mager, hatte ein rotes Gesicht und langes, schwarzes Haar, das ihm in die Augen hing. Er hielt die Gabel ungeschickt in seiner großen Hand und wenn er sich unbeobachtet glaubte, stopfte er sich schnell die Fleischstücke mit den Fingern in den Mund. Durch welches Mißverständnis hatte er sich auf eine Universität verirrt? Das hätte Simon zu gern gewußt, und er flüsterte Joseph zu, daß er sich danach erkundigen wolle.

»Hast du auch bemerkt«, fügte er leicht gereizt hinzu, »daß Bruce Praileau nicht wiedergekommen ist? Für einen Jungen aus einer so feinen Familie ist das hier natürlich nicht immer fein genug.«

»Eine so feine Familie...«, wiederholte Joseph, der, als Bruce Praileaus Name fiel, den Kopf gewandt hatte.

»Eine jener Familien, die in ihren alten Schlössern verhungern. Die fallen mir schon lange auf die Nerven mit ihrem Getue und ihrem Silberzeug..., diese Leute aus dem Süden«, sagte er leiser. »Ärgern die dich nicht auch?«

Joseph antwortete nicht, aber seine Augen richteten sich auf John Stuart, dessen Blick hinter der Brille gleich zu flackern begann.

Unterdessen hielt seit Beginn der Mahlzeit MacAllister mit vielen Gebärden große Reden, und obwohl er sich beim Sprechen an seine Nachbarn rechts und links wandte, galten seine Worte einem, den er nicht nannte und der nur Joseph sein konnte.

Sich an einen dicken, friedlichen Jungen wendend, dessen rosige Backen mit gelbem Flaum bedeckt waren, sagte er:

»Welche Waffe würden Sie wählen, Ben, wenn man Sie forderte? Doch sicher den Säbel, um Ihrem Gegner die Fresse zu zerhacken und ihm die Brust zu durchbohren – dort, wo die Spitze Ihrer Waffe das Herz trifft, vorausgesetzt, daß der Kerl eins hat.«

Ben öffnete seinen gierigen Mund und füllte ihn mit Erbsen.

Zu seinem linken Nachbarn gewandt, der einen Kopf größer war als er und viel breitere Schultern hatte, rief MacAllister:

»Sie wählten sicher den Revolver? Das gäbe dann kein großes Blutvergießen. Nur ein Loch in den Schädel, morgens in aller Frühe. Was, George? Das wäre eine famose Lehre für den Burschen, für diesen großen Lümmel. Sic semper tyrannis!«

»Sei doch still«, erwiderte George und goß sich ein Glas Wasser ein.

Er hatte ein flaches und bleiches Gesicht, in dessen Mitte sich eine kleine gerade Nase mit roten Flecken befand. Seine schmalen Lippen öffneten sich wieder:

»In meiner Heimat regeln wir unsere Streitigkeiten mit der Faust.«

Kaum war dieser Satz gesprochen, als Joseph die Serviette zusammenfaltete und das Eßzimmer verließ. Auf der Veranda atmete er tief durch. Die frischere Luft roch immer noch nach Staub, und auf der anderen Seite der Straße leuchteten die weißen Säulen der Häuser im Halbdunkel. Er ging bis auf das Trottoir und dann ein paar Schritte weiter. Im Eßzimmer war ihm plötzlich übel geworden. Aber jetzt ging es ihm schon besser. Mit falscher Unbekümmertheit steckte er die Hände in die Taschen und begann eine Melodie zu pfeifen, die er gehört hatte, als er vom Bahnhof kam. Fast alle Studenten gingen hier mit den Händen in den

Taschen spazieren, und er wollte es ihnen gleichtun. Dennoch hörte er nach einigen Minuten auf zu pfeifen und nahm aus der Jacke einen Zettel, den er beim Lichte einer Laterne genau betrachtete. Es war ein Plan der Universität, den man ihm im Sekretariat gegeben hatte.

Ein Irrtum war ausgeschlossen. Der Weg zog sich wie ein langer gebeugter Arm um die Gärten, und in der Höhe der Bibliothek verließ man ihn, um die große Rasenfläche zu erreichen, die von Galerien eingefaßt war. Da war es. Er steckte den Plan wieder in die Tasche und, seine Schritte beschleunigend, erreichte er das Ende der Straße, bog dann nach rechts ab und überquerte die Allee.

In der kleinen, niedrigen Mauer, die die Grenze der Gärten bildete, sah er eine Öffnung, die auf eine mit Backsteinen gepflasterte Allee ging. Sie führte schräg nach der Bibliothek, aber er zögerte, diesen Weg einzuschlagen, als witterte er irgendein Verbot, dann aber, durch die Einsamkeit beruhigt, kletterte er über die Mauer und befand sich unter den Bäumen. Um diese Stunde war hier kein Mensch zu sehen: die meisten Studenten waren noch beim Abendessen, und diejenigen, die gegessen hatten, waren in der Stadt. Joseph ging auf die Bibliothek zu, deren große Marmorsäulen sich gegen den dunklen Himmel abhoben, dann verschwand sie plötzlich hinter Bäumen. Er ging weiter, verließ die Allee, um die Stufen hinaufzusteigen, die ihn an den Anfang einer überdachten Passage führten. Er dachte einen Augenblick daran, umzukehren: vielleicht wäre es richtiger gewesen, den Weisungen des Planes zu folgen, als diesen Seitenweg zu benutzen. Nach kurzem Überlegen wandte er sich nach links, ging an einer Backsteinmauer entlang und stieg dann wieder ein paar Stufen hinauf.

5

Zu seiner großen Überraschung befand er sich an dem Ort, den er auf seinem Plan gesucht hatte. Seine Augen blickten bis an das Ende der beiden Galerien, die sich zu beiden Seiten der langen Rasenfläche hinzogen wie die Trottoirs einer Straße, deren Fahrdamm aus Gras bestanden hätte. Weiße Säulen stützten die Gewölbe dieser Galerien, schienen sich, in dem Maße wie sie kleiner wurden, einander zu nähern, so daß sie sich in der Ferne berührten und eine Schranke bildeten. In dieser Art Kloster hob sich eine doppelte Reihe dunkelgrün gestrichener Türen schwarz gegen das Blaßrosa des Mauerwerks ab, und über jeder Tür sah man eine Zahl in kupfernen Ziffern und eine Visitenkarte, die mit einem Nagel an der Tür befestigt war.

Joseph wußte bereits von Simon, daß die Zimmer, die auf die große Rasenfläche hinausgingen, an Studenten vermietet waren, die sie sich schon mehrere Jahre vorher hatten reservieren lassen, denn diese Zimmer waren sehr begehrt, und es bedeutete allerhand, wenn man sagen konnte: »Ich wohne in der West- oder Ostgalerie.« Unwillkürlich nahm Joseph die Hände aus den Taschen und ging geräuschlos weiter, bis er Nr. 44 erreicht hatte. Eine Visitenkarte verriet ihm, daß er sich nicht geirrt hatte, und obwohl er nicht wußte, weshalb, ließ ihn der Name, den er las, leicht erröten. Er hatte Simon den Namen sagen hören, hatte ihn selbst in seinem Brief an die Mutter geschrieben, aber in schönen großen Buchstaben auf dieser weißen Karte stürzte ihn dieser Name, der seinem Feind gehörte, in Verwirrung. »So eine Arroganz!« dachte er. Innerlich wiederholte er mehrere Male diesen Ausruf, und dann klopfte er nach kurzem Zögern an die Tür.

Zuerst antwortete niemand. Endlich öffnete sich eine der benachbarten Türen, und in einem großen

Rechteck aus gelbem Licht erschien ein junger Mann in Hemdsärmeln auf der Schwelle.

»Praileau ist nicht zu Hause«, sagte er zu Joseph.

»Wann ist er wieder da?« fragte Joseph.

Ein Schulterzucken antwortete ihm, und dann wurde die Tür wieder geschlossen. Joseph hörte, wie eine Gitarre gestimmt wurde.

Was sollte er tun? Er verließ die Galerie und ging ein paar Minuten lang über den Rasen. Dann setzte er sich ins Gras, schlang die Hände um die Knie und blickte hinauf nach den Sternen. Sie funkelten herrlich in der Tiefe des schwarzen Himmels, und manche zitterten ein wenig. Wie in seiner Kindheit suchte er den Großen Bären, weil man ihm früher gesagt hatte, sein Geburtshaus läge genau unter diesem Sternbild. Nach kurzer Zeit legte er sich auf den Rücken. Jetzt kam ihm der Himmel vor wie ein großer Fluß, der auf seinem Wasser Tausende von Lichtern trug. Er pflückte einen Grashalm, nahm ihn in den Mund und sah dann nach Praileaus Tür. »Wenn's nötig ist, warte ich die ganze Nacht«, dachte er.

Die ganze Nacht. Er verabscheute ihn also? Aber die Frage war nicht so einfach: er verabscheute ihn nicht. Er wollte ihn schlagen. Gegen seinen Willen entlockte dieser Gedanke ihm ein Lächeln. Er verzieh Praileau seine Unverschämtheit, er verzieh sie ihm wirklich. Was nützte alles Lesen im Evangelium, wenn er nicht verzieh? Dann überkam ihn der Zorn. Die Bösen zu tadeln und sie, wenn's nötig war, zu ihrem eigenen Wohl zu züchtigen, schien ihm eine Art Pflicht. Man konnte zornig werden, ohne zu sündigen. Das Evangelium sagte: »Wer seinem Bruder ohne Grund zürnet...« Plötzlich schlief er ein.

Studenten, die singend über den Rasen kamen, rissen ihn aus dem Schlaf. Einer von ihnen kam, ohne ihn zu sehen, ganz nahe an ihm vorbei und wäre beinahe über ihn gestolpert, denn er war betrunken und suchte beim

Gehen im Leeren nach einem unsichtbaren Halt. Nicht ohne Ekel betrachtete Joseph diese schwankende Silhouette, die sich in der Dunkelheit entfernte, dann sprang er auf und durchquerte den Raum, der ihn von der Galerie trennte. Ein schmaler Lichtstreifen unterstrich den unteren Teil der Tür, und im Zimmer hörte man jemanden leise singen.

»Was soll ich zu ihm sagen?« fragte sich Joseph. Plötzlich merkte er, daß ihm der Schweiß über die Stirn rann. Bevor er an das Türfenster klopfte, wischte er sich mit der geballten Faust den Schweiß aus dem Gesicht. Sofort verstummte die Melodie, und fast im gleichen Augenblick wurde die Tür geöffnet.

»Sieh da, Sie sind es«, sagte Praileau, »treten Sie ein.«

Das Zimmer war von bescheidenem Ausmaß. Es hatte ein großes, in kleine Scheiben aufgeteiltes Fenster und einen Backsteinkamin, den oben ein gestrichenes Brett abschloß. Auf dem Eisenbett waren die Decken unordentlich zurückgeschlagen; in einer so lauen Nacht genügte ein einfaches Laken. Der unvermeidliche Schaukelstuhl, ein Stuhl und ein kleiner Arbeitstisch vervollständigten die Ausstattung dieses kargen Zimmers, in dem fünf Studentengenerationen einander gefolgt waren, und das an eine Mönchs- oder auch an eine Gefängniszelle denken ließ.

»Ich habe mich schon gefragt, ob Sie wohl kämen«, sagte Praileau. »Aber ich dachte, Sie würden es nicht tun.«

Er hatte seinen Rock ausgezogen, und das weiße Hemd unterstrich seine Gesichtsfarbe, die zwischen Dunkelrot und Braun lag. Eine schwarzseidene Krawatte korrigierte in gewisser Weise das Nachlässige seines Anzugs, und auf diese Krawatte starrte Joseph, als wollte er seine Blicke nicht höher erheben; denn dieses verächtliche und ruhige Gesicht brachte ihn außer sich.

»Na?« sagte Praileau nach ein paar Sekunden.

Mit plötzlicher Bewegung packte Joseph die schwarze Krawatte. »Was Sie heute morgen sagten, mag ich nicht«, murmelte er mit erstickter Stimme.

»Gut«, erwiderte Praileau, »aber lassen Sie mich los. Hier können wir uns nicht schlagen.«

Josephs Hand öffnete sich und sank herab.

Mit der größten Ruhe lockerte Praileau ein wenig die Krawatte und zog die Jacke an, die er auf einen Stuhl geworfen hatte. Sein Gesicht verriet keine Spur von Zorn, sondern nur etwas Müdigkeit, und gegen seinen Willen bewunderte Joseph diese Selbstbeherrschung, die von seiner eigenen Erregung so verschieden war.

Einen Augenblick später aber, als sie das Zimmer verlassen hatten und Praileau die Tür hinter sich zuzog und sie abschließen wollte, sah Joseph ihn so ungeschickt mit dem Schlüssel hantieren, daß er sich näherte, um ihn genauer zu beobachten. Mit Staunen sah er, daß Praileaus Hand ziemlich stark zitterte, und mit einer Bewegung instinktiver Scham wich er zurück, als hätte er etwas gesehen, was nicht für ihn bestimmt war.

»Wir gehen nach dem Friedhof«, sagte Praileau und steckte den Schlüssel in die Tasche. »Hinter dem Haus des Dekans der medizinischen Fakultät kenne ich eine Stelle, wo niemand uns stört.«

Sie gingen schräg über den Rasen, dann an der Westgalerie entlang, über eine Rampe, die sie zu den Buchsbaumgärten führte. Praileau ging mit großer Sicherheit, und Joseph versuchte, mit ihm im gleichen Schritt zu gehen, aber keiner von beiden öffnete den Mund, bis sie draußen im Freien waren. Sie gingen am Haus des Dekans vorüber, einem alten Gebäude, dessen dünne, weiße Säulen vom Wege aus nur schwer erkennbar waren, als Praileaus Stimme aus der Dunkelheit ertönte:

»Sie kennen meinen Namen. Sie haben ihn an meiner Tür gelesen. Aber ich weiß nicht, wie Sie heißen.«

»Joseph Day.«

Dann herrschte Schweigen. Ihre Schritte klangen dumpf und weich im Staub der Straße. In den Höhlungen der Bäume hörte man die Stimmen der Laubfrösche, die ihr helles zerbrechliches Quaken ertönen ließen. Joseph benutzte die Dunkelheit, um sich umzusehen nach seinem Gefährten, aber er konnte nur die schwarz umrahmte Stirn und die Augenhöhlen erkennen, in deren Tiefe ein leuchtender Punkt funkelte. Zwei- oder dreimal hatte er das brennende Verlangen, auf diesen hochmütigen Kopf einzuschlagen, um ihn für das zu strafen, was er gesagt hatte, für alles, was er heimlich dachte, aber dann wieder wich diese innere Gewalttätigkeit einer plötzlichen und berauschenden Milde, dem seltsamen Bedürfnis, alle Wesen zu lieben, das bei ihm mit religiöser Inbrunst verschmolz. Mit welcher Freude verzieh er dem jungen Mann, an dessen Seite er ging, die Beleidigungen von heute morgen! Am liebsten hätte er plötzlich, ohne jede weitere Erklärung, seine Hand ergriffen. Aber das hätte Praileau nicht verstanden. Er hätte die Geste für ein Zeichen der Angst gehalten. Welche Worte der Verachtung wären ihm über die Lippen gekommen! Bei diesem Gedanken fühlte Joseph wieder den schwindelerregenden Zorn, der ihn so oft blind machte.

»Wir sind da«, sagte Praileau und blieb stehen. »Die Mauer da drüben ist die Friedhofsmauer. Hinter uns ist der Teich, wo die Jungen baden. Hier stört uns kein Mensch.«

Sie verließen die Straße und gingen ein paar Schritte durch das Gras unter den Bäumen.

»Ziehen Sie Ihren Rock aus«, befahl Praileau, »dann kann ich Sie besser sehen.«

Er selbst entledigte sich dieses Kleidungsstücks und warf es auf die Erde. Mit Wut im Herzen gehorchte Joseph. Praileaus Stimme brachte ihn außer sich durch ihren Klang, der zu sagen schien: »Ich bin mehr als du.« Schon Praileaus Sprache verriet eine Herkunft, auf die er stolz sein mußte. Und wie nonchalant er Befehle gab...

Plötzlich stürzte Joseph sich auf ihn. Etwas Unwiderstehliches hatte ihn gepackt, eine blinde Kraft, die ihn vorantrieb. Der Anprall war so plötzlich, daß Praileau das Gleichgewicht verlor und zusammen mit seinem Gegner zu Boden stürzte. Mehrere Minuten lang wälzten sie sich hin und her, wehrten sich einer gegen den andern und keuchten in der Dunkelheit wie zwei wütende Tiere; aber Joseph, der schwerer und etwas größer war, trug den Sieg davon. Plötzlich überkam ihn wilde Freude über seine Kraft, und er meinte, einen geheimnisvollen Hunger zu stillen. Vergeblich und voller Wut wand sich sein Feind in seinen Armen. Jetzt hielt er ihn unter sich im Schraubstock seiner Beine und drückte ihn so auf die Erde, daß er sie mit beiden Schultern zugleich berührte. Unbeweglich keuchte Praileau. Joseph packte seinen Kopf und rief mit rauher, vor Anstrengung keuchender Stimme:

»Wenn ich wollte, könnte ich dir den Schädel zerschlagen wie ein Ei.«

Keuchend kam die Antwort:

»Das wagst du nicht, du hast Angst.«

In dem kurzen Schweigen, das diesen Worten folgte, hörte Joseph das Keuchen ihres Atems, während um sie herum das Quaken der Laubfrösche die Nacht mit einem einzigen hellen Ton füllte, der nie abriß, und beides, das Keuchen ihres Atems und das Quaken der Frösche, vermischte sich seltsam. Er versuchte zu lächeln:

»Vor wem sollte ich Angst haben?«

»Wenn du keine Angst hättest«, sagte die langsame Stimme des Besiegten, »hättest du mich nicht so plötzlich überfallen. Du hast Angst vor mir.«

»Das ist nicht wahr.«

»Das glaube ich erst, wenn du dich regelrecht mit mir schlägst.«

Bei diesen Worten ließen Josephs Hände Praileaus Kopf los und legten sich zitternd und scheinbar zögernd um seinen Hals.

»Nein«, brüllte Praileau. »Man wird dich aufhängen!«

Durch eine plötzliche Drehung der Hüften gelang es ihm, seinen Gegner auf die Seite zu werfen. Er bekam einen Arm frei und schlug ihm mit der flachen Hand ins Gesicht.

»Steh auf«, befahl er.

Joseph ließ ihn los und erhob sich verwirrt, während Praileau, der ebenfalls aufgesprungen war, einen Schritt nach rückwärts machte. Mit beiden Händen riß er sich das Hemd vom Leib, das ihm auf der Haut klebte, und sein Oberkörper, der von Schweiß glänzte, wurde sichtbar. Instinktiv wandte Joseph den Blick ab.

»Zieh dein Hemd aus«, sagte Praileau.

»Nein«, erwiderte Joseph mit dumpfer Stimme.

»Wie du willst. Du hast mich mit beiden Schultern auf die Erde gedrückt. Du sollst auch bald zu meinen Füßen liegen, aber meine Methode ist anders als deine. Bist du fertig?«

Joseph ging vorsichtig einen Schritt auf ihn zu. Im gleichen Augenblick traf ihn ein Schlag von ungeheurer Genauigkeit am Kiefer, so daß er umfiel. Vor Überraschung blieb er unbeweglich liegen und hörte Praileaus Stimme, die ganz ruhig zu ihm sagte:

»Wenn du willst, kannst du dasselbe noch mal haben.«

Wie durch einen Nebel drangen diese Worte zu Joseph, der ein Gefühl hatte, als erwachte er langsam aus einem bösen Traum. Er nahm seine Kräfte zusammen, erhob sich auf die Knie und dann auf die Füße.

»Gut«, sagte er schließlich. »Wir sind quitt. Reichen wir uns die Hand.«

»Höre erst, was ich dir zu sagen habe«, erwiderte Praileau, »dann kannst du selbst entscheiden, ob du noch Wert darauf legst, mir die Hand zu geben. Du hast ja wohl bemerkt, daß ich nicht mehr bei Frau Dare esse.«

»Ja, das habe ich bemerkt.«

»Deinetwegen.«

»Warum?« fragte Joseph.

»Das wirst du vielleicht eines Tages erfahren. Jedenfalls will ich dich nicht mehr sehen, und wenn wir uns zufällig begegnen, sprechen wir kein Wort miteinander.«

»Was hast du gegen mich?«

»Nichts. Aber ich bin noch nicht fertig.«

Er hob sein Hemd auf, mit dem er sich langsam Arme und Brust abwischte.

»Ja, da ist noch etwas anderes«, sagte er mit dumpfer Stimme. »Du bist ein Mörder.«

»Was sagst du?« knurrte Joseph und ging auf ihn zu.

Praileau rührte sich nicht. Aber die Hand, die sein Hemd hielt, verharrte unbeweglich auf seiner Brust.

»Du wolltest mich eben töten«, sagte er. »Aber du hast es nicht gewagt. In dir schlummert ein Mörder.«

Kein Laut kam aus Josephs Mund. Er stand so dicht neben Praileau, daß er dessen Körperwärme fühlte. Aber dennoch rührte er sich nicht.

Kurz darauf erklang die schleppende Stimme wieder:

»Willst du immer noch, daß wir uns die Hand reichen, Joseph Day? Entscheide dich: jetzt oder nie.«

»Ich weiß es nicht«, murmelte Joseph.

»Also nicht«, sagte Praileau, und es klang etwas wie Bedauern in seiner Stimme. »Vielleicht ist es besser so. Wir hätten ja sowieso kein Wort mehr miteinander gesprochen. Geh jetzt nach Hause. Ich bleibe hier. Ich bade erst noch im Teich.«

Ein paar Sekunden lang sah es so aus, als wollte Joseph etwas sagen. Seine Hand zögerte, aber dann besann er sich anders. Praileau entfernte sich ein paar Schritte. Als er unter den Bäumen stand, knöpfte er die Hose auf, die an seinen Beinen hinabglitt. Da wandte sich Joseph um und ging auf die Straße. Plötzlich machte er eine Kehrtwendung und rief in die Dunkelheit hinein:

»Ich verzeihe dir, was du gesagt hast, Praileau.«

Aus der Ferne antwortete ihm ein lautes, höhnisches Lachen: »Du bist ein ausgemachter Dummkopf, Joseph Day. Deine Verzeihung braucht kein Mensch.«

Im selben Augenblick hörte Joseph einen Körper ins Wasser klatschen und dann den dumpfen Takt der Schwimmbewegungen. Etwas zwang ihn, diesem milden und ruhigen Geräusch zu lauschen, das sich in dem großen kristallklaren Quaken der Frösche verlor, und es kostete ihn einige Mühe, weiterzugehen.

Als er an einem Wäldchen vorbeikam, verließ er die Straße, trat unter die Bäume und streckte die Hände aus, um die Zweige zur Seite zu biegen. Unter seinen Füßen rauschten die Blätter der vergangenen Sommer wie fließendes Wasser, und der bittere Geruch verfaulender Pflanzen stieg ihm in die Nase. Seine Augen gewöhnten sich an das dichtere Dunkel, und bald erkannte er eine halbkreisförmige Lichtung, auf der er stehenblieb.

Inmitten dieser Bäume kam er sich unendlich allein und verlassen vor, weit weg von der Universität, von Bruce Praileau, von allem. Kein Mensch wußte, daß er hier war. Plötzlich fing er an zu schreien. Er konnte nicht anders. Eine furchtbare Wut schüttelte ihn. Er zitterte, machte ein paar Schritte in die Dunkelheit hinein, stieß gegen einen dicken Ast, der auf der Erde lag, und hob ihn auf, um ihn zu zerbrechen. Aber der Ast war stark und leistete ihm Widerstand. Vergeblich stemmte er ihn mit der Kraft seiner beiden Arme gegen das Knie. Dann schwang er ihn wie eine Keule, machte ein paar Schritte nach vorn und schlug mit dem Ast gegen einen Baumstamm, der einen dumpfen Ton von sich gab. Es war eine junge Sykomore. Wieder schlug Joseph auf den Baum ein. Ein leichtes Beben in den Blättern, dann ein stärkerer Schlag gegen den Baum, und der junge Mann fühlte ein Blatt, das im Fall seine Backe streifte wie eine Hand. Jetzt hatte er ein Gefühl, als bewegten sich seine Arme von selbst, als wären sie die Arme eines anderen: sie hoben sich und sausten in schräger Richtung wieder herab. Er hörte das pfeifende Geräusch des Astes, der die Luft zerteilte.

Mehrere Minuten lang schlug er mit aller Kraft auf die Sykomore ein, die Füße fest in den weichen Boden gestemmt und den Kopf nach hinten geworfen. Plötzlich überkam ihn ein Schwindel: er wich ein paar Schritte zurück, drehte sich wie ein Betrunkener um sich selbst und fiel, die Hände noch immer um den Ast gekrallt, auf den Rücken. Der Ast, den er im Fallen losließ, traf seine Stirn, und er stieß einen kleinen Schmerzensschrei aus. Dann sank er in tiefen Schlaf.

6

Kurz nach Mitternacht kam er nach Hause. Als er die Haustür öffnete, brannte Licht im Vorzimmer, und Frau Dare kam ihm, die Zigarette zwischen den Fingern und vollständig angezogen, entgegen.

»Ich werde Ihnen einen Hausschlüssel geben«, sagte sie leise. »Heute abend habe ich die Tür Ihretwegen offengelassen.« Sie betrachtete ihn mit kaltem Blick und blinzelte durch den Rauch der Zigarette.

»Sie sind ja verletzt«, fügte sie in demselben Ton hinzu. »Ihr Haar ist voller Blut!«

»Ja«, sagte Joseph.

Mit zurückgelegtem Kopf sog sie an ihrer Zigarette.

»Vermutlich eine Schlägerei.«

Er zögerte, dann antwortete er:

»Ja, eine Schlägerei.«

»Natürlich«, dachte sie. »Ein Rothaariger…«

»Hoffentlich sind Sie nicht meinetwegen so lange aufgeblieben.«

Die Naivität des Jungen ließ Frau Dare lächeln.

»Nein. Ich gehe nie vor eins zu Bett. Ich hätte Ihretwegen nicht auf meinen Schlaf verzichtet. Ich schrieb einen Brief.«

Sie schwieg. Joseph bemerkte, daß im Licht der elektrischen Lampe die Schminke auf dem Gesicht der Frau noch röter und künstlicher aussah als bei Tage. Aber sie machte jetzt doch einen besseren Eindruck auf ihn und schien ein wenig zugänglicher.

»Gute Nacht, Frau Dare«, sagte er und setzte den Fuß auf die unterste Treppenstufe.

Leicht überrascht zog Frau Dare die Augenbrauen hoch. Zweifellos hätte sie die Unterhaltung gern noch etwas fortgesetzt, aber er hielt die Uhrzeit für nicht geeignet und ging geradewegs in sein Zimmer.

Als Frau Dare die Haustüre abgeschlossen hatte, begab sie sich in ihr Zimmer, das sie einen Augenblick lang ärgerlich betrachtete. Eine kleine Lampe mit rosafarbenem Schirm erhellte eine Ecke dieses Zimmers, von dem drei Viertel im Halbdunkel lagen. Dennoch erkannte man die Laken eines Bettes, dessen Decken über die Kupferstäbe des Fußendes zurückgeworfen waren, und einen Schaukelstuhl mit blaßgrünen Kissen. Ein Ventilator auf einer Kommode erfüllte das Schweigen mit gleichmäßigem Surren und hob mit seinem lauen Hauch den Rand einer Tüllgardine. Dann und wann stießen Nachtfalter mit einem kleinen, dumpfen Geräusch gegen das Mückennetz, das vor das offene Fenster gespannt war.

Ein paar Minuten lang lauschte Frau Dare den Schritten in dem Zimmer über ihr. Es war Josephs

Zimmer. Wollte er denn nicht zu Bett gehen? Sie wartete. Dann setzte sie sich an den Tisch und befaßte sich wieder mit ihrem Brief.

Hoffentlich ist die neue Sorge, die Du mir bereitest, nun die letzte. Sollte das nicht der Fall sein, mußt Du Dich an den Gedanken gewöhnen, daß Du mit meiner Hilfe nicht mehr rechnen kannst.

Sie zerdrückte den Rest ihrer Zigarette im Aschenbecher und schrieb weiter:

Zwischen uns, ich sage das, weil Du mich dazu zwingst, besteht keinerlei Verwandtschaft. Niemand weiß, woher Du kommst. Nur aus Herzensgüte habe ich Dich aufgenommen …

Wieder sah sie die Winternacht des Jahres 1902 vor sich und das in eine Zeitung gewickelte Kind auf der Veranda.

Du hast mich nicht belohnt. Fünfzehn Jahre lang war Dein schwacher Charakter mein Kreuz, und doch habe ich Dich aufgezogen, als wärest Du meine leibliche Tochter. Nichts ist Dir abgegangen, aber Du hast ja nie sehen wollen, daß ich mir Deinetwegen Opfer auferlegte. Was mir an Jugend blieb, das habe ich in Langeweile und ewiger Bedrängnis verbracht, um Dir eine gute Erziehung angedeihen zu lassen. Das hast Du mir sogar verübelt. Alles hast Du mir verübelt. Du hast mir getrotzt. Im Grunde Deiner Seele verabscheust Du mich. Den großen Spiegel in meinem Zimmer hast Du absichtlich zerschlagen. Meine Rubinbrosche hast Du mir gestohlen. Du hast alle schlechten Anlagen. Außerdem bist Du ordinär. Ich schäme mich Deiner. Als Du noch ein kleines Kind warst, wußte ich schon, daß Du niemals eine Dame werden würdest. Woher Du kommst, weiß kein Mensch. Ich gebe Dir einen Rat: laß niemanden Deine Hände sehen. Sie würden Dich verraten. Vor allem Deine Nägel. Ich habe da so meine besondere Theorie. Dein Verhalten dem kleinen Armstrong gegenüber ist unverantwortlich. Wenn Du glaubst, ich hätte Euch auf der Veranda nicht gehört... Wenn Du glaubst...

Plötzlich zog sie die Schultern hoch, warf den Federhalter auf den Tisch und zerriß den Brief. Daß sie das alles geschrieben hatte, erleichterte sie ein wenig, als hätte sie geweint oder geschrien... aber einen solchen Brief konnte sie doch nicht abschicken... Auch wollte sie nicht, daß jemand glaubte, sie beklagte sich. Moira war genau wie alle anderen Mädchen auch. Die junge Generation war eben nichts wert. Das hörte man immer wieder. Zweifellos war das eine der Folgen des Krieges. An der Universität passierten Dinge, die man früher nicht für möglich gehalten hätte.

Versunken betrachtete sie den kleinen Ventilator, dessen Flügel sich um eine Achse drehte. Die Achse bewegte sich erst nach rechts, stand einige Sekunden still und bewegte sich dann langsam nach links. Frau Dare, die den Ventilator betrachtete, legte ihm menschliche Gefühle bei. Als wäre der Ventilator ein großes, schwarzes Auge, das jemanden suchte und nicht fand. Rechts nicht und auch links nicht. Und dieses Surren schien bald gereizt, bald traurig zu klingen.

Sie riß sich von ihren Gedanken los, nahm die Feder wieder in die Hand und schrieb mit wütender Hand ein paar sehr schwarze und steile Zeilen:

Mein lieber Engel, einverstanden. Schicke mir die Rechnung, aber laß es die letzte sein. Die Direktorin hat mir geschrieben, daß Du nicht viel arbeitest. Niemand kann Dich zum Studium zwingen, wenn Du keine Lust dazu hast. Später aber wirst Du es bereuen.

Und dann trinkst Du zuviel. Widersprich nicht – ich weiß, daß es wahr ist. In Deinem Alter trank ich sonntagmorgens einen Julep und wöchentlich höchstens zwei harmlose kleine Cocktails. Mein Vater ohrfeigte mich, nicht wegen des Juleps, den er selbst zubereitete (er zerdrückte zuerst ein wenig Minze, nur Verrückte machen das anders), nein, er ohrfeigte mich, wenn ich nach Gin roch. Da half kein Wassertrinken und auch kein Herumlaufen in der frischen Luft, wenn ich einen Cocktail getrunken hatte. Er ließ sich nichts vormachen. Ich mußte ihm ›Halt‹ ins Gesicht rufen, und wenn ich nach Gin roch, setzte es Ohrfeigen. Aber ich komme ins Reden. Schreib mir unbedingt, wenn es nötig ist.

Immer Deine
Mary Dare.

Dann fügte sie hinzu, wie man einen Satz in einem Atemzug hervorstößt:

PS. Vor den Weihnachtsferien kannst Du nicht nach Hause kommen, weil Dein Zimmer von einem rothaarigen Studenten bewohnt wird.

Ein rothaariger Student! Wie seltsam das klang! Als hätte sie sagen wollen: wenn der Student andersfarbiges Haar gehabt hätte, hätte Moira nach Hause kommen können. Aber sie hatte es nun einmal geschrieben und wollte es nicht ändern.

»Sei's drum«, sagte sie und schrieb die Adresse auf einen Umschlag.

Einen Augenblick später zog sie sich aus. Ihr blauschwarzes Kleid glitt über ihren mageren Körper mit einem leichten Geräusch, das wie ein Seufzen klang.

»Verrücktes Frauenzimmer!« rief sie plötzlich, ohne zu sagen, wem diese Beleidigung galt.

Sie zog das Hemd aus. Ihre flachen Brüste, ihr rundlicher Bauch zeigten sich in dem Spiegel über der Kommode. Mit beiden Händen wühlte sie in ihrem Haar, als wollte sie nichts sehen.

Dann kniete sie vor ihrem Bett nieder, bewegte ihren Kopf auf dem weißen Laken hin und her und murmelte wirre Gebete. Nach einiger Zeit erhob sie sich und glitt mit der Behendigkeit eines jungen Mädchens ins Bett. Ihr langer, hagerer Arm reckte sich nach der Lampe, um sie auszudrehen. Die Laubfrösche quakten immer noch in den Bäumen, und in der Dunkelheit schwoll dieser Lärm zu neuer Fülle.

Über ihr waren die Schritte verklungen. Zweifellos hatte der rothaarige Student sich schlafen gelegt. Durch einen Zufall, dessen sie sich jetzt erst bewußt wurde, standen ihre Betten in der gleichen Weise, das eine direkt unter dem anderen. Könnten ihre Augen die Dunkelheit und die Dichte der Gegenstände durchdringen, so dachte sie, dann würde sie den Körper des Schläfers, seinen großen, milchweißen Körper sehen ...

»Mach die Augen zu und schlaf, du verrücktes Frauenzimmer«, dachte sie.

Aber sie fand keinen Schlaf.

7

Am nächsten Tag begannen die Vorlesungen. Schon ein Viertel vor acht befand sich Joseph als erster in einem großen Saal, dessen offene Fenster in das Land hinausblickten. Jenseits der Wälder, die die Stadt umgaben, sah man eine Reihe rauchblauer Hügel, und als der junge Mann nach dieser Richtung blickte, dachte er, er brauchte nur immer geradeaus zu gehen, um seine Heimat zu erreichen. Aber er hielt sich nicht lange bei diesen Gedanken auf. Er fühlte sich ganz wohl hier, in diesen Räumen, deren Wände von Büchern bedeckt waren. Noch nie hatte er so viele Bücher gesehen, und über den Regalen aus weißem Holz zeigten schwarzgerahmte Stiche Ruinen von verschwundenen Städten, einen von der Zeit zernagten Triumphbogen oder drei Säulen in einer Wüste. Alles innerhalb dieser Wände sprach nur von Arbeit und ernstem Studium, und man brauchte sich nur umzusehen, um auf der Stelle Lust zu verspüren, alles zu lernen.

Er näherte sich den Büchern und las aufs Geratewohl einen Titel: Titi Livii Ab Urbe Condita, Libri I–X; dann wich er wieder zurück, eingeschüchtert, als fragte ihn jemand, was das heiße. Von da aus, wo er stand, roch er den Duft des Geißblattes, das um eines der Fenster wuchs, und dieser zugleich milde und herbe Duft ließ ihn vor Freude lächeln. Aber er empfand nicht mehr die Unbekümmertheit des ersten Tages. Dumpfe Unruhe zwang ihn, um einen großen Tisch zu wandern, der eine Ecke des Saales füllte, und er fragte sich, ob es denn immer noch nicht acht Uhr wäre. Auf dem großen Tisch lagen aufgeschlagen ein Lexikon und in seiner Nähe ein von einem Studenten vergessenes Blatt Papier. Er kehrte zu den Bücherregalen zurück und suchte mit den Augen nach der Bibel; aber er sah nur Titel, die er nicht begriff.

In diesem Augenblick sagte eine Stimme ganz in seiner Nähe: »Vielleicht kann ich Ihnen helfen. Ich kenne die Bibliothek einigermaßen.«

Joseph wandte sich um und sah einen jungen Mann mit schwarzem, sorgfältig gebürstetem Haar. Das fiel vor allem auf, und dann die tiefblauen Augen unter dem dichten Bogen der Brauen.

»Ich heiße David Laird«, sagte der Unbekannte und ergriff Josephs Hand.

Mit leichtem Zögern nannte Joseph seinen Namen.

»Joseph«, sagte David Laird mit einem Lächeln, das die weißen Zähne sehen ließ, »nennen Sie mich David.«

Etwas kleiner als Joseph, aber mit breiteren Schultern, stand er vor ihm wie ein Soldat, und seine Augen folgten unaufhörlich dem Blick des jungen Mannes. In der Tiefe dieser blauen Augen lag etwas Kühnes und Fragendes, das Joseph aufmerken ließ.

»Wollen Sie mein Freund sein?« fragte David plötzlich.

»Gewiß«, erwiderte Joseph.

Wenn man so zu ihm sprach, schwand seine Befangenheit sofort. Er war immer bereit zu lieben.

»Welches Buch suchten Sie?«

Wieder zögerte Joseph mit der Antwort, unsicher, was man von ihm denken würde. Dann aber schämte er sich dieser Schwäche. »Die Bibel«, entgegnete er mit fester Stimme.

»Hier finden Sie sie nur in Griechisch oder Latein. Alle Bücher dieser Bibliothek sind in einer dieser beiden Sprachen geschrieben.«

Als David Laird diese Worte sagte, schlug es acht. Fünf oder sechs Studenten betraten den Saal. Unter ihnen befand sich Simon Demuth, der sofort auf Joseph zueilte.

»Ich habe bei Frau Dare auf dich gewartet«, sagte er mit vorwurfsvoller Stimme, »und du bist ohne mich fortgegangen.«

Fast gegen seinen Willen zuckte Joseph mit den Schultern. Dieser Simon war so ungeschickt. Im gleichen Augenblick ging der Professor an ihnen vorbei und öffnete die Tür. Alle folgten ihm.

»Weißt du«, flüsterte Simon Joseph zu, »ich habe hier ganz seltsame Bücher entdeckt. Einen Martial – daneben gleich die Übersetzung. Ich zeige ihn dir mal. Da sind Stellen drin!«

Aber Joseph hörte nicht zu. In dem Auditorium wählten sich die Studenten ihre Plätze, und aus unterschiedlichen Gründen setzten sie sich entweder in die vordersten oder hintersten Bänke. David Laird setzte sich allein in die letzte Reihe, Josephs erste Bewegung war, sich neben ihn zu setzen, aber dann hielt er das für aufdringlich und nahm widerwillig in der vordersten Reihe Platz. Sofort bat ihn jemand, ein wenig zu rücken, um Platz zu machen: es war Simon Demuth, der sich gleich zu ihm beugte und ihm zuflüsterte:

»Ich habe mich im letzten Augenblick noch anders entschlossen. Ich nehme Griechisch anstatt Deutsch. So können wir zusammen die Vorlesung besuchen.«

Als er dann bemerkte, daß der Professor nach einem Zettel suchte, fügte er hinzu:

»Wir wollen uns ein wenig weiter nach hinten setzen. Das ist bei den schriftlichen Arbeiten vorteilhafter. Aber das erkläre ich dir noch genauer...«

Nichts von dem, was Simon sagte, schien Joseph zu erreichen, der sich aufrecht und gerade setzte, um sich möglichst weit von seinem Nachbarn zu entfernen. Zu viel beschäftigte seine Gedanken, und ungeduldig wartete er darauf, daß ihn der Professor wie ein Zauberer sich selbst und seinen Gedanken entriß. Warum hatte David ihn nicht aufgefordert, sich neben ihn zu setzen? Er schien jetzt so kalt und versunken – während er eben doch voller Herzlichkeit war. Über die Schulter warf Joseph ihm einen Blick zu: ja, er hatte ein angenehmes Gesicht. Es war sehr ernst und ganz anders als das Praileaus. In Davids Augen war nichts von jenem Hochmut, der in den Augen des anderen flammte. Gegen seinen Willen dachte Joseph an die peinliche Szene vom Abend vorher, an jene Stimme, die ihn wie eine Peitsche traf: »Du hast Angst. Du sollst mir zu Füßen liegen...«

Unüberwindlicher Zorn stieg in ihm hoch. Er fühlte, wie ihm die Halsadern anschwollen und wie sein Blut schneller durch den Körper schoß. Seit dem Erwachen heute morgen hatte er versucht, an all das nicht zu denken, vor allem nicht an die beleidigenden Worte Praileaus: »Du bist ein Mörder...« Ein Mörder! Er war früh aufgestanden, hatte gebetet, in der Bibel gelesen und Beruhigung gesucht in den Psalmen und den Evangelien, und nun kam der Zorn doch wieder über ihn.

Er hörte seinen Namen. Der Professor verlas die Namen der Studenten. Er nahm sich zusammen und sagte: »Hier«, aber er hatte ein Gefühl, als fingen die Wände um ihn an, sich zu bewegen, und seine Hände wurden kalt. Der ganze Raum begann zu schwanken, langsam schwankte er von rechts nach links wie das Deck eines Schiffes auf bewegter See. Er bemühte sich, seine Aufmerksamkeit auf den kleinen, bebrillten Mann zu richten, der die Buchstaben des griechischen Alphabets an die Tafel schrieb. Die Kreide knirschte einmal, zweimal, und so fein dieser kleine Schrei auch war, er tat ihm in den Ohren weh. Joseph stand auf und stieß Simon, der vor Aufregung zitterte, mit der Hand an. »Darf ich mal austreten?« fragte er laut.

Diese Worte, die sich aus seinem Munde lösten, kamen ihm ganz außergewöhnlich vor. Wie in einem dunklen Nebel sah er ein weißes Gesicht, das sich ihm zuwandte, und hörte eine Stimme, die antwortete:

»Gewiß doch.«

Jetzt hatte er die Tür erreicht, die sich öffnete. Die gleiche Stimme fragte, ob jemand ihn begleiten solle. Aber er schüttelte den Kopf.

»Nein, vielen Dank.«

Als er allein in der Bibliothek war, hörte er, wie sich die Tür wieder hinter ihm schloß. Der große Tisch mit dem aufgeschlagenen Lexikon ... Um den Tisch mußte er herum, mußte jene andere Tür erreichen. Er murmelte vor sich hin: »Ich kann nicht ...« Ein Schwindelgefühl ließ ihn nach den Regalen greifen, während er auf die Tür zuging. Als er sie dann erreicht hatte, sah er sich in dem großen Vestibül, das mit Gipsabgüssen geschmückt war, und erinnerte sich einer kleinen Treppe, die in den Keller führte. Er brauchte sich nur nach rechts zu wenden, der Wand zu folgen.

Eine nach der anderen schienen die Stufen unter seinen Schritten nachzugeben. Sich an der Wand haltend, mit bleichem, schweißbedecktem Gesicht, erreichte er endlich den Ort, den er in seinen Gedanken immer nur »den Ort« nannte, weil ihm die rohe, aber genaue Bezeichnung peinlich war. Wankend und stöhnend hatte er ihn endlich erreicht. Im Halbdunkel des Kellers erkannte er eine Luke und eine Reihe von halbhohen Türen. Da war es. Er machte noch ein paar Schritte und weit vornübergebeugt, die Schläfen eiskalt, öffnete er den Mund, um sich zu übergeben. Sein rebellischer Magen drehte sich auf einmal um. Er konnte sich kaum noch auf den Beinen halten und griff nach der Tür. Wieder stieg ihm die ekle Flut bis an die Zähne, und sein Bauch krampfte sich zusammen und entspannte sich dann.

Er wischte sich mit dem Taschentuch den Mund ab und ging zu dem Waschbecken, das er jetzt erst sah. Das kalte Wasser, in das er das Gesicht tauchte, brachte ihn wieder vollends zu sich, aber er stöhnte immer noch und flüsterte:

»Ach, du lieber Gott!«

Der Spiegel an der Wand zeigte ihm ein Bild, das er kaum wiedererkannte. Seine Augen, die durch die Ringe, die sie umgaben, größer erschienen, hatten einen Ausdruck des Entsetzens. Ihm war schlecht geworden vor Wut! Er fuhr sich mit den Fingern durch das Haar, legte eine Strähne so, daß sie die Wunde vom Abend vorher verbarg, und dann versuchte er zu lächeln. Er wollte wieder nach oben gehen und in der Vorhalle warten, bis die Vorlesung beendet war. Auf keinen Fall aber wollte er jemandem etwas von dem Vorkommnis sagen, denn man würde glauben, daß er getrunken hätte. Dieser Gedanke bedrückte ihn. Daß man morgens um acht nicht betrunken war, dieser Gedanke kam ihm gar nicht. Vor allem fürchtete er, was David wohl von ihm dächte.

»Ich suche die Bibel.« Diese Worte, die er vorhin gesagt hatte, kamen ihm in den Sinn, und sein Gesicht, das er mit den Händen bedeckte, brannte vor Scham. Aber seit vierundzwanzig Stunden schämte er sich ständig, und wenn man vor Scham speien konnte, dann hatte er vor tödlicher Scham gespien.

Er ging die Treppe hinauf und erreichte die Vorhalle. Links und rechts vom Eingang standen zwei große Gipsstatuen, die er nicht ansah, weil sie nackt waren, aber durch die offenen Fenster wandte er den Blick nach dem weiten Rasen, auf den die Eschen und Sykomoren im Morgenlicht ihre leichten Schatten warfen. Rechts und links leuchteten die kleinen, weißen Säulen der gedeckten Galerien wie Silber, und ganz am Ende schloß die Bibliothek mit ihrem stolzen Giebel und den schweren Marmorsäulen den Horizont dieses friedlichen Bildes ab.

Joseph fragte sich, ob er in das Auditorium zurückkehren sollte. Man würde vielleicht allerlei Fragen wegen seines Unwohlseins an ihn richten, und da er nicht lügen wollte, wäre es nicht leicht gewesen, auf diese Fragen zu antworten. Er beschloß also, bis zum Schluß der Vorlesung hier zu bleiben, und dann die englische Vorlesung zu besuchen, die im gleichen Gebäude stattfand. Mit einer Bewegung, über die er nicht Herr war, wandte er den Kopf nach der Kolonnade rechts, und seine Augen suchten den Ort, wo er am vergangenen Abend auf Bruce Praileau gewartet hatte. Wahrscheinlich war es unter jenem Baum, dessen Hauptast sich wie ein Bogen rundete. Dort hatte er gelitten.

Seit zwei Tagen schien ihm alles anders als bisher. Bisher hatte er sich unter einem schweren Herzen nichts vorstellen können. Jetzt aber wußte er, was das war: Eine Last in der Brust behinderte das Atmen. Er atmete tief ein und stieß einen schweren Seufzer aus. Solche Gedanken waren sicher von Übel. Das Einfachste und Christlichste war, das alles zu vergessen und Praileau nichts nachzutragen. Wie von selbst bildeten sich die Worte auf seinen Lippen: »Ich bin dir nicht mehr böse, Bruce Praileau.«

In diesem Augenblick erscholl Lachen hinter einer Tür. Wahrscheinlich hatte der Professor einen Witz gemacht. Das Gesicht des jungen Mannes färbte sich rot. Er dachte daran, wie Praileau ihm lachend geantwortet hatte, als wollte er ihm die angebotene Verzeihung um die Ohren schlagen. Wieder sah Joseph die ganze Szene vor sich. Das wurde eine Art Zwangsvorstellung.

Er wandte sich plötzlich um, ging schnell an den Statuen vorbei, betrat die kleine Bibliothek mit den griechischen und lateinischen Büchern und blätterte dann in dem Lexikon, das aufgeschlagen auf dem Tisch lag. Ob es wohl einen Menschen gab, der den Sinn all dieser Worte kannte? Durch die Tür hindurch hörte er die farblose Stimme des Professors. Er näherte sich der Tür auf Zehenspitzen und lauschte. Ein Satz, in dem von Spiritus asper und Spiritus lenis die Rede war, schien ihm besonders seltsam. Er lauschte gespannter. Jetzt handelte es sich um lange und kurze Vokale, um Akzente, die nach ganz besonderen Gesetzen bald auf dieser, bald auf jener Silbe lagen. Was bedeutete das? Die Ausdrücke Paenultima und Antepaenultima vermehrten seine Verwirrung. Wenn er die erste Stunde schon nicht verstand, wie sollte er da der Vorlesung überhaupt folgen können? Seit mehreren Tagen schlummerte in ihm die uneingestandene Angst, daß er zum Studium zu dumm wäre. In seiner Heimat, in seiner kleinen Geburtsstadt, hielt man ihn für klüger als den Durchschnitt, weil er die Heilige Schrift kannte und gleich wußte, wo die Worte, die man ihm vortrug, zu finden waren. Außerdem war er des Wortes fast ebenso mächtig wie der Pastor, aber auf der Universität kam man in eine ganz andere Welt, und es schien Joseph, daß alle anderen besser ausgerüstet waren als er: wenn er sie sprechen hörte, meinte er immer wieder, sie könnten schneller denken und schneller antworten, während er Zeit zum Nachdenken brauchte und so immer hinterherhinkte. Schon des öfteren hatte er gedacht, daß man ihn für ein wenig einfältig hielt und sich über ihn lustig machte.

Er trat an das Fenster und schaute nach den Hügeln, deren undeutliche Linie in leuchtendem Nebel zu verschwinden schien. Unwillkürlich kamen ihm die Worte des Psalms auf die Lippen, und er murmelte sie, um sich Mut zu machen: »Und ich hebe die Augen auf zu den Bergen ... Der, der dich behütet, schläft und schlummert nicht. Er läßt deinen Fuß nicht straucheln. Er wird dich behüten immerdar.«

Seine Hand pflückte eine Geißblattblüte, deren Duft er einatmete, und wieder begann er zu lächeln. In schwierigen Augenblicken überkam ihn plötzlich ein blindes Vertrauen, ohne eigentlichen Grund; manchmal brauchte er nur an Gott zu denken, und gleich wurden die schwersten Probleme auf geheimnisvolle Weise ganz leicht.

Eine Viertelstunde später schreckte ihn ein Klingeln auf, und er begab sich wieder in die Vorhalle. Alle Türen öffneten sich gleichzeitig, und laut redend verließen die Studenten die Auditorien. Die einen begaben sich in eine andere Vorlesung, andere, die eine Stunde frei hatten, tummelten sich auf dem Rasen. Wieder andere legten sich in das Gras und ließen sich von der Sonne bescheinen, in Stellungen, die Joseph für wenig passend hielt. Aber er hatte nicht die Muße, sie lange zu betrachten, denn eine Hand faßte seinen Arm.

»Da bist du ja«, sagte Simon mit seiner nasalen Stimme. »Ich habe dich gesucht. Was war denn los?«

Joseph wich seinen Fragen nach Möglichkeit aus.

»Mir wurde auf einmal schlecht. Aber das ist jetzt vorbei.«

Simon drückte ihm die Hand.

»Gleich beginnt die Vorlesung über englische Literatur, da drüben«, sagte er und zeigte auf eine Tür im Hintergrund der Vorhalle. »Bis zum Läuten haben wir noch zwei Minuten Zeit. Hast du mal die Gipsstatuen betrachtet?«

Seine Augen leuchteten plötzlich, und er öffnete seinen großen Mund, um tief Atem zu holen und seine Stimme auf die Ausrufe vorzubereiten, die folgen sollten.

»Ich mag sie nicht«, erwiderte Joseph entschieden.

»Was? Aber du hast sie ja noch gar nicht betrachtet«, rief Simon. »Rechts, das ist der Apollo des Phidias. Links der Hermes des Praxiteles. Der Hermes ist großartig. Betrachte doch nur mal seine Locken, seinen Hals, die Linie seines Nackens. Sein Hals hat Ähnlichkeit mit deinem ... Und seine Schultern ...«

Ohne ein Wort zu sagen, entfernte sich Joseph. Simon lief hinter ihm her.

»Was habe ich denn nun schon wieder gesagt?« fragte er flehend. »Verstehst du denn nicht? Es sind die Götter des alten Griechenland! Hermes trägt Dionysos als Kind auf dem Arm.«

»Ich mag keine Götzenbilder«, sagte Joseph und näherte sich dem Auditorium.

»Aber für uns sind es doch keine Götzenbilder!« rief Simon. Es war fast wie ein Schrei.

Er merkte, daß man auf ihn aufmerksam wurde, und senkte die Stimme.

»Es sind nur sehr schöne Menschen«, fügte er hinzu.

Joseph sah ihn vernichtend an.

»Schön?« sagte er. »Sie sind ja ganz nackt.«

Die Klingel verhinderte Simons Antwort. Er machte nur eine große Gebärde.

8

Nachmittags waren keine Vorlesungen, und da die Studenten frei über ihre Zeit verfügen konnten, flüchteten viele von ihnen aus den Zimmern, um sich in der Stadt zu amüsieren. Joseph aber wählte in der Bibliothek die Ecke, die er für besonders still hielt, und ließ sich dort mit seinen Büchern nieder. Das große Gebäude im neoklassischen Stil war eine Nachahmung des Pantheons in Rom, aber sein innerer Umfang war geringer, denn ringsum befanden sich Nischen, die jede durch ein großes Fenster ihr Licht erhielten, und deren Möbel nur aus einem Tisch und zwei Sesseln bestanden. Dreistöckige Galerien erlaubten den Zugang zu den Büchern, deren Gegenwart man weniger durch den Anblick als durch den Geruch wahrnahm, denn sie verschwanden in dem Halbdunkel: aber unter dem großen, nachtblau gestrichenen, goldgestirnten Gewölbe hing der fade Geruch der alten Einbände und des alten Papiers.

Von seinem Platz aus sah Joseph den langen Weg aus rosa Klinkern, der zum Haupteingang der Universität führte, und etwas näher eine große Magnolie, deren schwarze Blätter sich kräftig von einem leuchtend blauen Himmel abhoben. Nach einem kurzen Blick auf diese Landschaft öffnete der junge Mann das Exemplar von Romeo und Julia, das er entliehen hatte. Dieses Stück und zwei weitere Stücke des gleichen Autors mußte er bis Ende der Woche gelesen haben. Joseph seufzte: es handelte sich um eine Liebesgeschichte, und Liebesgeschichten langweilten ihn; aber mit seiner großen, energischen Hand strich er die Seiten des Buches glatt und begann zu lesen.

Schon bei den ersten Versen des Prologs wollte seine Aufmerksamkeit entwischen. Was ging ihn der Streit zwischen zwei italienischen Familien an? Und diese Leidenschaft eines Mannes für eine Frau, nein, für ein vierzehnjähriges Mädchen? Ihn interessierte nur das Seelenheil, und wo waren die Seelen dieser Menschen, wenn sie jemals existiert hatten? Sicher in der Hölle ... In diesem Augenblick, während er in der stillen Bibliothek ihre Geschichte las, brüllten die beiden Liebenden wie Tiere unter dem Biß der rächenden Flamme, weil sie immer nur an die Befriedigung ihrer Begierden gedacht hatten. Aber es half nichts, er mußte diese Verse lesen und noch viele andere dazu. Auf diese Weise würde er sich Bildung aneignen, da das nun einmal nötig war.

Eine Laune seines Gedächtnisses ließ ihn plötzlich an Simon und an seine dumme Bemerkung über die Götterbilder aus Gips denken. Zweifellos hatte er ihn zu grob und einfältig angefahren, und das tat ihm jetzt leid, aber er mußte sich schützen, sich und seine Zeit und seine Arbeit. Er hatte Simon gebeten, ihn bis zum nächsten Tag in Ruhe zu lassen, und Simon war beleidigt in sein Zimmer gegangen. Aber er war ja nicht hier, um an Simon zu denken, sondern um Romeo und Julia zu lesen. Er nahm seinen Kopf etwas fester zwischen die Fäuste, überflog eine halbe Seite, die er nicht richtig verstanden hatte, noch einmal und versenkte sich dann mit aller Kraft in die Welt des Dichters.

Eine halbe Stunde verging, ohne daß er eine andere Bewegung machte als die, die das Umblättern erforderte. Durch die Blätter der Magnolie glitt ein Sonnenstrahl auf den Tisch, neben ihn, wie ein langer Degen. Lautlos kamen und gingen Studenten unter der Kuppel, die Bücher unter dem Arm. Andere schliefen, den Kopf auf dem Tisch, in der Hitze des Nachmittags. Fast alle hatten ihren Rock ausgezogen und die Hemdsärmel bis über die Ellbogen hochgekrempelt. Langsam neigte sich der Tag.

Gegen vier Uhr kam jemand an der Nische vorbei, in der Joseph las, machte Miene, stehenzubleiben, zögerte und ging dann weiter. Kurz darauf kam er wieder zurück und verharrte hinter dem unbeweglichen Studenten, den er aufmerksam betrachtete. Es war Praileau.

Mehrere Minuten lang blieb er dort, bereit, bei der geringsten Bewegung, die Joseph machte, zu verschwinden. Etwas Glühendes und Finsteres verlieh diesem jungen Gesicht den Ausdruck eines älteren Mannes, und man hätte meinen können, daß er plötzlich seinen Vorfahren glich, denn mit den vorstehenden rosa Backenknochen, den großen, leuchtenden Augen und dem schwarzen Bogen der Augenbrauen ließ er an ein Bild aus vergangener Zeit denken. Die kurze Nase mit den weit geöffneten Nasenlöchern, die roten und hochmütigen Lippen gaben ihm ein kriegerisches Aussehen, das die Aufmerksamkeit fesseln mußte. Er trug einen gutgeschnittenen, dunkelbraunen Anzug und eine Krawatte, die bewußt nachlässig gebunden war. Jede seiner Stellungen verriet die natürliche Eleganz eines zugleich kräftigen und gewandten Körpers. Er warf einen Blick in die Runde, um sich zu vergewissern, daß niemand ihn sah. Dann streckte er ein wenig den Kopf vor, um über Josephs Schulter hinweg den Titel des Buches zu lesen, das ihn so ganz und gar fesselte. Ein fast unmerkliches Lächeln stieg von Praileaus Mund hinauf zu den Augen, aber er war gleich wieder ernst und bedachte den Leser mit einem Blick, in dem eine außerordentliche Neugierde und eine Art verhaltener Wut zu erkennen waren. Wenn man ihn so dastehen sah, mit angehaltenem Atem und den Kopf vorgestreckt wie ein witterndes Tier, hätte man glauben können, er wartete nur auf den günstigen Augenblick, seinen Gegner anzuspringen. Aber eine Bewegung, die Joseph beim Umblättern einer Seite machte, ließ ihn zusammenzucken. Er richtete sich auf und verschwand.

9

An diesem Abend ging Joseph gleich nach dem Essen in sein Zimmer, um seine Arbeit zu beenden, was gegen alle Bräuche an der Universität verstieß, denn selbst die fleißigsten Studenten blieben bis neun Uhr müßig. Aber der Lerneifer hatte ihn gepackt, und dann fühlte er auch, daß er sich durch Arbeit gegen das schützte, was er, ohne es weiter zu erläutern, das Böse nannte.

Er blieb vor dem kleinen Spiegel stehen, schob die schwere, goldene Strähne aus der Schläfe und betrachtete die Narbe oben an der Stirn: sie verfärbte sich und sah jetzt malvenfarben aus. Solange er seine Frisur in dieser abscheulichen Unordnung ließ, war die Narbe nicht zu sehen.

Bei dieser Gelegenheit betrachtete er auch seine Augen, deren schwarze Ringe ihn manchmal beunruhigten, und seinen Mund, der ihm fast vorkam wie der eines Negers. »Sinnlich«, dachte er traurig. Er hatte nicht das Gesicht, das er gern gehabt hätte. Dieses bleiche und gierige Gesicht, das ihn aus dem schwarzen Rahmen ansah, flößte ihm in gewissen Augenblicken Entsetzen ein. Er hätte gern Augen von durchscheinendem, verwaschenem Grau, schmale Lippen und einen vergeistigten, milden Gesichtsausdruck gehabt, ein Gesicht wie das des Pfarrers in seiner Geburtsstadt. Wenn er viel betete und viel in der Bibel las und viel arbeitete, würde es ihm vielleicht gelingen, seinem Gesicht einen anderen Ausdruck zu geben ... »Man muß Herr seiner Leidenschaften werden«, sagte er sich und setzte sich an seinen Tisch. Doch welcher Leidenschaften? Er hatte keine. Wenn die Leute von Leidenschaften sprachen, dann meinten sie die Liebe, und er war noch nie verliebt gewesen. Obwohl er sich das nicht eingestehen wollte, denn Shakespeare blieb Shakespeare, fand er die Geschichte von Romeo und Julia einfach blöde:

diese heimliche Liebe, diese Gewalttätigkeit, dieser zweifache Selbstmord – alles schwere, vielleicht unverzeihliche Sünden. Seine Eltern hatten keine solchen Geschichten gemacht, um zu heiraten. Und was den unreinen Akt anging, durch den er empfangen worden war, so dachte ein anständiger Junge nicht daran.

Er öffnete eine Literaturgeschichte, und die Ellbogen auf den Tisch gestemmt, nahm er den Kopf mit dem unordentlichen Haar, auf dem die letzten Strahlen der untergehenden Sonne Kupferrot und fahles Goldgelb mischten, zwischen beide Fäuste. Draußen bildete das Blattwerk, das noch vom Licht glänzte, eine Art gelber und purpurner Mauer, die den Fensterrahmen ausfüllte. Eine leichte Brise schien die drückende, laue Luft, die auf der Stadt lastete, vertreiben zu wollen. Dann und wann wurde die Tür einer Veranda geöffnet und mit hartem Geräusch wieder geschlossen. Man hörte die Stimmen von Studenten, die einander in der Dämmerung etwas zuriefen.

Seit einer Viertelstunde las Joseph ein Kapitel über das Theater in elisabethanischer Zeit, als die Stimmen in dem benachbarten Zimmer ihn zu stören begannen. Ungeduldig hob er den Kopf. Vielleicht fand er die Stille wieder, wenn er sich die Ohren zuhielt, aber dann hörte er ein Sausen, das den ganzen Raum zwischen den Wänden zu füllen schien. Schließlich stand er auf und ging mit schweren Schritten durch das Zimmer. Dann hustete er, in der Hoffnung, die Schwätzer dadurch zur Ruhe zu bringen. Aber jenseits der Tür ließ ein Monolog, der von dumpfen Ausrufen unterbrochen wurde, auf eine vertrauliche Erzählung schließen. Joseph erkannte die Stimme des Sprechenden nicht, aber er lächelte unwillkürlich, als er MacAllisters Stimme hörte, der zu Wort zu kommen versuchte.

»Ich möchte auch einmal zu Wort kommen. Meine persönliche Erfahrung ...«

»Halt deinen großen Mund, Mac«, entgegnete ein anderer, »und laß ihn ausreden...«

Simon hatte diese Worte gesagt. Sein harter, nördlicher Akzent ließ Joseph die Brauen hochziehen. Wortstreit und Beteuerungen, dann wieder die leicht professorale Stimme:

»Also, meine Herren, das Haus, von dem ich berichte, ist nach dem Willen unseres erlauchten Stifters und fast hundert Jahre nach seinem Tode für alle zugänglich.«

»Weshalb hat man denn so lange gewartet?« fragte MacAllister.

»Weil man Angst hatte. Generationen von Studenten sahen sich im Namen der Scham zu ständiger Selbstbeherrschung verurteilt oder gaben sich gewissen Beschäftigungen hin... Und das gerade wollte der große Mann der Jugend der Zukunft ersparen. Den Alp der Keuschheit und alle Störungen, die sich daraus ergeben...«

»Ich werde mich schon schadlos halten!« rief Mac Allister. »Bis nächsten Montag warte ich nicht!«

»Was meinst du mit Störungen?« fragte jemand.

Auf diese Frage folgte peinliches Schweigen.

»Diese Dinge seien unter uns niemals erwähnt«, erwiderte eine höhnische Stimme.

Joseph wich einen Schritt zurück und setzte sich auf sein Bett. Er hatte Herzklopfen. Von allem, was er gehört und nur halb verstanden hatte, traf ihn dieses Bibelwort besonders tief. Es flammte in seinem Kopf. Es gab Worte, die man nicht sagte, als fürchtete man, dadurch den Zorn Gottes auf sich zu lenken. Die Jungen mußten den Verstand verloren haben, daß sie in ihr schmutziges Gerede Zitate aus der Bibel mischten. Wußten sie überhaupt, was sie sagten?

Er stand auf, legte die Hände auf beide Ohren, um nicht mehr zu hören, und ging ans Fenster. Gegenüber brannte Licht im Erdgeschoß, das man durch die Blätter der Sykomoren sah. Mehrere Studenten kamen von einer Veranda, taten, als wollten sie raufen und als verfolgten sie einander durch die Allee mit den rosa Backsteinen. Joseph ließ die Hände sinken. In der Nachbarschaft spielte ein Klavier ›Swanee‹, die beliebte Melodie, die aufreizend und traurig zugleich war.

»He, Bill!« rief eine Stimme am Ende der Straße, »kommst du mit ins *Jefferson*?«

Aus der Tiefe des Zimmers fragte der Angerufene: »Was wird gegeben?«

»›Der Scheich‹ mit Valentino und Agnes Ayres.«

»Ich komme.«

Einige Minuten lang blieb Joseph unbeweglich, lauschte auf diese Stimmen und diese Musik, dann zündete er die kleine Tischlampe an. Das geöffnete Buch bildete einen blendenden, gebieterischen Flekken, aber der junge Mann hatte keine Lust zu lesen. All dieser Lärm verwirrte ihn. Wieder setzte er sich auf sein Bett, dessen Kopfende fast die Tür des Nachbarzimmers berührte. Nebenan sprach man noch immer, etwas leiser als bisher, aber von Zeit zu Zeit ertönte MacAllisters Stimme wie ein Trompetenstoß in das Gespräch hinein.

»Ich mag Kleine lieber«, erklärte er, »und blond müssen sie sein und pummelig, aber nicht zu sehr, und weiß wie Milch und glatt wie … Pflaumen.«

»Glatt wie eine Pflaume ist nicht übel«, bemerkte eine gelehrtenhafte Stimme. »Woher hast du das?«

»Von mir«, erwiderte Mac.

»*Mollior cuniculi capillo* … Catull hat das nicht besser gesagt: Weicher als das Fell eines Kaninchens.«

Die Unterhaltung ging wieder in wirres Gemurmel und dann in Flüstern über. Plötzlich erklangen laut die Worte: »Wie wenn eine Welle dich trägt. Begreifst du das? …«

MacAllister teilte eine persönliche Erfahrung mit. Joseph errötete; er meinte, alles Blut strömte ihm in den Kopf und klopfte in seinen Schläfen. Sein Hals schwoll an. Er löste die Krawatte und öffnete den obersten Knopf seines Hemdes. Umsonst preßte er die Fäuste gegen die Ohren, stemmte die Ellbogen auf die Knie: er hatte gehört; diese Worte gruben sich in sein Gedächtnis, um es nie wieder zu verlassen, und sie bildeten eine Folge von Bildern von unbarmherziger Genauigkeit. Auch wenn er die Augen schloß, den Kopf von rechts nach links, von links nach rechts bewegte, um das alles zu verjagen, er fühlte plötzlich, daß ein Dämon sich seiner bemächtigt hatte.

Fast im gleichen Augenblick berührte eine Hand seine Schulter. Er hob den Kopf und sah einen jungen Mann mit lächelndem Gesicht vor sich stehen.

»David!« rief er.

»Ich kam gerade vorbei«, sagte David Laird, »und da ich Licht in deinem Zimmer sah, bin ich gekommen. Deine Tür stand offen«, fügte er hinzu, als wollte er sich entschuldigen. »Ich habe geklopft, aber du hast das Klopfen nicht gehört.«

Seine Stimme war mild und ein wenig langsam; milder und langsamer, schien es, als heute morgen, und Joseph hatte den seltsamen Eindruck, daß ihm die Worte wie Öl aus dem Munde tropften. Er stand plötzlich auf.

»Ich dachte gerade über etwas nach«, sagte er verlegen.

Die Hand Davids deutete auf das offene Buch auf dem Tisch. »Du warst sicher bei der Arbeit. Ich rate dir, bei der Arbeit einen Augenschutz aus Zelluloid zu tragen. Das Licht ist viel zu grell.«

Er sah sich um und schüttelte den Kopf. Um seine Mundwinkel spielte immer noch das Lächeln. In diesem Augenblick erklang wieder MacAllisters metallische Stimme:

»Ich gebe Ihnen zwei Dollar, aber dafür müssen Sie auch was leisten!«

Bebend wandte Joseph den Kopf ab, damit David sein Erröten nicht merkte. Aber der Besucher ging im Zimmer auf und ab und schien gar nichts gehört zu haben. In all seinen Bewegungen mischten sich auf unnachahmliche Weise Zurückhaltung und Strenge, und man konnte sich nicht vorstellen, daß er jemals einen Irrtum beging. In seinem marineblauen Anzug mit der tadellosen Bügelfalte schüchterte er trotz seiner Liebenswürdigkeit ein wenig ein. Er sah älter aus, als er in Wirklichkeit war, so daß der Ausdruck »junger Mann« schon nicht mehr für ihn paßte, denn nichts an ihm ließ an Jugend denken, bis auf sein faltenloses Gesicht von klassischer Regelmäßigkeit. Mit einer flüchtigen Geste knüpfte Joseph das Hemd wieder zu und zog die Krawatte fester.

»Nimm dein Buch und komm mit zu mir«, sagte David und ging zur Tür. »Wenn du willst, arbeiten wir zusammen.«

Joseph drehte die Lampe aus und folgte seinem Kameraden die Treppe hinunter. Einige Minuten später gingen sie durch eine kleine, schlecht beleuchtete Straße, die eine Doppelreihe von Bäumen noch dunkler machte. Die Wipfel der Bäume stießen zusammen und bildeten so ein Gewölbe, durch das die ersten Sterne leuchteten. Schweigend gingen die beiden Jungen nebeneinander her. Über ihnen, in der Tiefe des Blattwerks, ließen die Laubfrösche ihr helles Quaken ertönen, das zu einer Art Lied verschmolz, süß und schrill zugleich, anschwellend und wieder verebbend nach geheimnisvollen Gesetzen. Aber es verstummte nie. Nach kurzer Zeit öffnete David eine Gittertür, die von Glycinen überwachsen war.

»Wir sind da«, sagte er und führte Joseph über einen kleinen Klinkerweg.

Joseph sah ein Licht, das von einer Säule halb verborgen war, und bald stieß er gegen die erste Stufe einer Treppe, die auf eine Veranda führte. Er hörte, wie Stühle gerückt wurden, dann antworteten David, der irgendwelchen unsichtbaren Personen guten Abend wünschte, zwei oder drei Stimmen. Im Vorzimmer erhellte eine Lampe nur schwach die Wendeltreppe, aber David, der Joseph am Rock hielt, führte ihn durch ein langes, dunkles Erdgeschoß und blieb dann vor einer Tür stehen, die er öffnete.

»Bleib stehen«, sagte er.

Er zündete ein Streichholz an, und bald wurde in dem goldenen Licht einer Petroleumlampe, die einen großen, gelben Kreis an die Decke warf, ein Zimmer sichtbar. Gegen seinen Willen entschlüpfte Joseph ein Ausruf der Bewunderung, denn alles zwischen diesen Wänden sprach von Ordnung und Behaglichkeit – einer bescheidenen Behaglichkeit freilich –, und man brauchte sich nur umzusehen, um ein unerklärliches Gefühl des Geborgenseins zu haben. Eine ganze Wand verschwand hinter einem Regal mit Büchern, deren strenge Einbände wie Bronze leuchteten, aber an anderen Stellen verlieh die rosa und blau geblümte Tapete diesem Zimmer ein Aussehen, für das das Wort »jungfräulich« besser gepaßt hätte als jedes andere. Man dachte tatsächlich an das Zimmer eines jungen Mädchens, wenn auch der Mahagonitisch mit dicken Büchern, Papieren und in schwarzes Kunstleder gebundenen Heften bedeckt war; das schmale Bett in der einen Ecke hatte mit den sorgfältig glattgezogenen Laken und den beiden aufeinander liegenden Kopfkissen etwas Prüdes.

Neben dem Kopfende des Bettes boten auf einem kleinen Tisch aus poliertem Holz eine Bibel mit Goldschnitt und ein großes Glas Milch das Bild einer ruhigen Seele.

»Nimm Platz«, sagte David. Beide setzten sich an den Tisch, und David legte Joseph eine griechische Grammatik hin, die beim Alphabet geöffnet war.

»Lies«, befahl er.

Joseph gehorchte. Bei jedem Buchstaben verbesserte ihn David mit seiner festen und warmen Stimme, und als sie damit fertig waren, schloß er das Buch mit einer weißen Hand, deren Nägel sehr gepflegt waren.

»Und nun sag mal das Alphabet auf, das du eben gelesen hast.«

»Alpha«, begann Joseph.

Er blieb stecken und errötete. Er erinnerte sich des Alpha und des Omega wegen des Wortes des Herrn, aber die anderen Buchstaben fielen ihm nicht ein.

»Fangen wir noch einmal an«, sagte David.

Sie begannen von neuem. Aber dieser zweite Versuch gelang nicht besser als der erste.

»Das lerne ich nie«, sagte Joseph, faltete seine großen Hände und ließ wütend die Gelenke knacken.

»Im Gegenteil; du kommst nicht eher aus diesem Zimmer, bis du es kannst.«

»Weshalb ist es in deinem Zimmer kühler als in meinem?« fragte Joseph fast aggressiv.

»Weil meins nach Norden und deins nach Süden liegt. Und dann halte ich bei Hitze mein Fenster tagsüber geschlossen und öffne es erst abends. Alpha ...«

»Alpha«, begann Joseph wieder traurig.

Nach einer Stunde konnte er das Alphabet fehlerlos hersagen.

»Na siehst du«, sagte David.

Dann ging er zu den Betonungsregeln über. Joseph rührte sich nicht, aber er fühlte sich unbehaglich. Wenn die Luft auch kühl war, so erhitzte ihm die Lampe doch das Gesicht; an den Haarwurzeln bildeten sich Schweißtropfen. Außerdem kniff ihn die Hose im Schritt. Am liebsten wäre er aufgestanden, hätte sich bewegt, einen Schrei ausgestoßen und die Arme gereckt. Aber das wagte er nicht: die gleichmäßige und vernünftige Stimme hielt ihn auf seinem Stuhl fest, und gegen seinen Willen lauschte er dieser Stimme, den Blick auf die Lampe geheftet, in deren

Ölbehälter aus Nickel sich sein Gesicht spiegelte. Seltsam, sich auf einmal so klein in diesem Zimmer zu sehen, dessen Decke ihre Form verlor und sich wie ein Gewölbe rundete. Joseph sah auch David in diesem konvexen Spiegel und ihre Hände, die riesengroß aussahen, fast ebenso groß wie ihre Köpfe. Aber Josephs Hände boten einen schrecklicheren Anblick als die seines Gefährten, und deshalb hielt er sie ein wenig anders und beobachtete dabei, wie sie nun wirkten. Er sah nur die Hände: sie kamen näher, bewegten sich wie Ungeheuer, und hinter ihnen, weit entfernt, sein bleiches Gesicht und seine rotumrahmte Stirn.

»Paßt du auch auf?« fragte Davids geduldige Stimme.

Joseph bebte.

»Die Antepaenultima ...«, sagte er.

Ein leichtes Lächeln öffnete Davids Lippen, der fortfuhr: »Das heißt die Silbe vor der vorletzten Silbe eines Wortes.«

»Ja«, sagte Joseph mit plötzlichem Eifer, den Blick in Davids Augen senkend. »Ich passe auf. Ich höre alles, was du sagst.«

»Der Junge ist meine Rettung«, dachte er mit einem plötzlichen Gefühl der Dankbarkeit.

Es dauerte einige Minuten, bis er den Satz verstand, den David ihm mit dem Finger in dem Buch zeigte und zu dem er seine Bemerkungen machte. Wieder befiel ihn die Angst, nicht folgen zu können, aber David schien zu wissen, was er dachte:

»Morgen früh in der Vorlesung klappt alles«, sagte der junge Lehrer. »Ich bin über das, was wir lernen sollen, hinausgegangen, weil ich feststellen wollte, ob es dich wirklich interessiert.«

»Gewiß interessiert es mich.«

David schloß das Buch.

»Darf ich dir eine Frage stellen? Du brauchst sie nicht zu beantworten. Es handelt sich nicht um das, was wir eben gelernt haben.«

Jetzt fragt er mich, weshalb ich heute morgen ausgetreten bin. Diese Frage kann ich nicht beantworten.

»Nein«, sagte David, als wollte er diesen Gedanken beiseite schieben. »Ich wollte nur wissen, weshalb du Griechisch lernen willst.«

Josephs Herz schlug etwas schneller. Eine Antwort auf die Frage schien ihm schwer, denn er lief dabei Gefahr, einen Teil seines Geheimnisses preiszugeben, das ihm teuer war. Aber wenn er schwieg, so konnte das wie Angst oder, schlimmer noch, wie Scham aussehen.

»Um das Evangelium zu lesen«, sagte er schließlich.

»Das wußte ich«, murmelte David. Dann fügte er hinzu: »Genau wie ich, um das Evangelium und die Episteln zu lesen. Auf diese Weise kommt man dem Gedanken Christi näher.«

»Glaubst du, daß uns das ihm näherbringt?« fragte Joseph plötzlich.

»Zweifellos, auf eine gewisse intellektuelle Weise.«

Joseph stand auf.

»Intellektuell?« wiederholte er. »Ich will ihn sehen und fühlen.«

»Was meinst du damit?« fragte David. »Der Glaube muß uns allen genügen. Und wer hat jemals Christus gesehen, seit er gen Himmel gefahren ist?«

»Ich will in seiner Nähe sein, wie in der Nähe eines Lebendigen. Ich will ihn sehen.«

Sie schwiegen. Joseph nahm seine Grammatik und klemmte sie unter den Arm.

»Ich muß jetzt nach Hause gehen«, sagte er. »Vielen Dank für deine Hilfe.«

Auch David stand auf und berührte den Arm des andern leicht mit den Fingern.

»Hast du jemals daran gedacht, Geistlicher zu werden?« fragte er.

Joseph schüttelte energisch den Kopf.

»Nein«, sagte er, »niemals.«

David faltete die Hände mit einer Geste, die den zukünftigen Kirchenmann verriet, und sagte: »Ich studiere Theologie, sobald ich mein Diplom habe.«

Wieder trat Schweigen zwischen sie.

»Du kannst dich freuen, daß du dein Leben schon so fertig vor dir siehst«, erwiderte Joseph etwas kurz.

»Ich habe den Ruf Christi vernommen.«

Ihre Augen begegneten sich. Keiner zuckte auch nur mit der Wimper.

»Woher weißt du, daß er es gewesen ist?« fragte Joseph. »War er in deiner Nähe?«

»Gott spricht zum Herzen in einer Art, die keinen Zweifel gestattet.«

Als Antwort hob Joseph nur die Augenbrauen.

Seit einigen Sekunden war ihm die Wendung, die ihr Gespräch genommen hatte, peinlich. Plötzlich sah er David ganz anders. Er bedauerte fast, zu ihm gekommen zu sein.

»Es hat eben elf geschlagen«, sagte er. »Ich muß jetzt gehen.«

»Komm bald wieder«, sagte David lächelnd.

Er begleitete ihn bis an die Gartentür, drückte ihm den Arm leise:

»Denke an das, was ich dir gesagt habe... an den Ruf Gottes...«

»Gewiß!« erwiderte Joseph.

Mit großen Schritten eilte er durch die Straßen. Die Nacht war voll köstlicher Düfte, und unwillkürlich atmete er vorsichtig, als täte er etwas Verbotenes, den schweren Duft des Geißblattes ein, in den sich der scharfe und feine Geruch des toten Laubes mischte. Trotz der lauen Luft kündigte sich der nahende Oktober in diesen Düften an, die einem leicht zu Kopf stiegen und einen mit einem vagen, fast körperlichen Glücksgefühl erfüllten. Aber heute abend war Joseph unruhig und unzufrieden. In seinem Gespräch mit David war ihm manches entschlüpft, das er nicht hatte zurückhalten können und von dem er nicht wußte, woher es kam. Zum Beispiel seine Worte, daß er den Erlöser sehen und berühren wollte wie Thomas nach der Kreuzigung. Noch nie war ihm dieser Gedanke gekommen. Aber als er dann diese seltsamen Worte gesagt hatte, hielt er sich für verpflichtet, sie zu wiederholen, um nicht dazustehen wie jemand, der allzu rasch seine Meinung ändert. Er hatte etwas Auffallendes, Bedeutendes sagen wollen – und das war nun über seine Lippen gekommen. Ein und eine halbe Stunde lang hatte David ihm die Lektion eingepaukt wie einem Kinde. Das allein war der Grund. Er hatte diesem Burschen, der seines griechischen Alphabets und seiner Antepaenultima so sicher war, zeigen wollen, daß auch er, Joseph Day... Was hatte er ihm zeigen wollen? Plötzlich blieb er stehen. Schon mochte er David nicht mehr besonders leiden, vor allem nicht seit den letzten Minuten ihres Gesprächs. Zweifellos erkannte Joseph die offensichtlich guten Absichten in den Bemühungen dieses merkwürdig ernsten Studenten an, er empfand sogar eine Art gereizter Dankbarkeit, aber David demütigte ihn, behandelte ihn niemals ganz als Erwachsenen. Auch sein Lächeln verriet eine geheime Herablassung, und wenn er von Gott sprach, faltete er immer die Hände. Das alles war schwer erträglich.

Als er sein Zimmer erreicht hatte, warf er sich, ohne die Lampe anzuzünden, auf sein Bett. Auf dem Bauch liegend, das Gesicht in den Armen verborgen, ließ er ein paar Minuten verstreichen. Zweifellos hielt man ihn auf der Universität für lächerlich. Jedesmal, wenn er mit einem Studenten sprach, sagte er etwas Seltsames, das Staunen oder Verachtung auslöste, ja, Verachtung, die seiner Unwissenheit und seinem bäuerlichen Benehmen galt. Das empfand er deutlich und litt darunter. Was wollte er denn eigentlich? Seelen retten! Zum Glück hatte er noch zu niemandem gesagt: »Ich will dich retten.« Aber eines Tages würde er auch das sagen und sich mit Schande bedecken. Und nichts würde ihn daran hindern können, weil die Worte gegen seinen Willen den Mund verließen.

Er seufzte ärgerlich, stand auf und ging durch das Zimmer, um Licht zu machen. Was er dann erblickte, entlockte ihm einen überraschten Ausruf: auf einem Blatt blaßblauen Papiers, mitten auf dem Arbeitstisch, lag eine große Magnolienblüte, deren tiefer Blütenkelch aussah wie Perlmutter und Schnee. Sie war noch lebendig, aber dem Verwelken nahe und zeigte an einigen Blütenblättern braune Flecken. Mit einer plötzlichen, unwillkürlichen Bewegung nahm Joseph die Blüte, preßte sie in einer Art Gefräßigkeit gegen das Gesicht und zermalmte auf den Lippen und den Augen diese weiße und süße Masse, deren Duft ihn berauschte. Er atmete sie ein, trank sie, umschloß sie mit beiden Händen, um nichts von dieser Frische und diesem Duft zu verlieren.

Länger als eine Minute verharrte er in dieser Stellung. Eine unsagbare Traurigkeit mischte sich in die Wonne, die er empfand, denn diese Blüte, der er das Leben nahm, indem er sie zerquetschte, gab ihm ein unendliches Verlangen nach Glück, für das er keine Erklärung hatte. Dann warf er sie plötzlich weit von sich und flüsterte.

»Was habe ich denn nur?«

In diesem Augenblick fielen seine Augen auf ein paar Worte, die auf das blaßblaue Papier gekritzelt waren: *Nicht so weiß wie du...*

Zuerst verstand er nicht. Er zog die Brauen hoch und las die Worte noch einmal, deren Sinn ihm endlich aufging: Es handelte sich um ihn, um ihn und um diese Blüte. Irgendein Spaßvogel verglich ihn mit dieser Blüte, die vor ihm auf dem Fußboden lag. Wer hatte es gewagt... Sicher dieser Esel Simon. Daran zweifelte er keinen Augenblick. Er kannte den Stil dieses verrückten Burschen. Schamröte stieg ihm ins Gesicht. Er nahm das Blatt Papier und zerriß es. Dann hob er die Blüte auf, um sie aus dem Fenster zu werfen. Aber als er sie in der vor Zorn bebenden Hand hielt, erkannte er plötzlich, wie wahr der Satz war, der ihn so erregt hatte: ja, diese zerquetschten Blumenblätter schienen weniger weiß als sein Fleisch, und seine Haut wetteiferte mit ihnen an Glanz, die feine Haut seiner Finger und der Handgelenke, die matt und leuchtend zugleich war. »Was beweist das?« dachte er. »Was will dieser Idiot?« Er hob das Fliegengitter, das das Zimmer vor dem Eindringen der Mücken schützte, und warf die Blüte auf die Straße.

Kurz darauf las er ein Kapitel aus dem Evangelium und kniete nieder, um zu beten. Nachdem er das Licht gelöscht hatte, zog er sich aus und schlüpfte unter die Decke. Aber es dauerte lange, bis er einschlief.

10

Die nächsten Tage vergingen in fleißiger Eintönigkeit. Langsam gewöhnte sich Joseph an alle Aspekte seines neuen Lebens. Um dem obszönen Gerede seiner Kameraden aus dem Wege zu gehen, arbeitete er abends in der Bibliothek, die bis elf Uhr geöffnet war. Und in seiner Angst, sein Ziel nicht zu erreichen, lernte er Teile der Vorlesungen, die ihm besonders schwierig erschienen, einfach auswendig. Das galt vor allem für das Griechische. Diese Methode ersparte es ihm, Davids Entgegenkommen in Anspruch zu nehmen, der sich jeden Tag von neuem erbot, ihm zu helfen.

Als sie eines Morgens die Vorlesung über biblische Literatur verließen, gab der zukünftige Pfarrer Joseph durch ein Zeichen zu verstehen, daß er ihn sprechen wollte. Beide hatten diesen Vormittag frei, und sich bei seinem Kameraden einhängend, führte David ihn sachte beiseite, auf den Weg nach dem Friedhof, den Joseph damals mit Bruce Praileau gegangen war. Als sie die letzten Häuser hinter sich hatten, räusperte sich David (wie ein Pastor, dachte Joseph) und begann:

»Wenn ich den Wunsch habe, mit dir zu sprechen, so geschieht das einzig in deinem Interesse. Das glaube mir. Ich empfinde viel Freundschaft für dich (ein leichter Druck seiner Hand unterstrich diese Worte) und möchte dir gern nützlich sein. Im Lebenskampf können wir die Ratschläge unserer Mitmenschen nicht einfach verachten ...«

In diesem Ton sprach er mehrere Minuten weiter, ohne Joseph auch nur durch ein Wort anzudeuten, worauf er hinaus wollte. Sie gingen in gleichem Schritt unter den Bäumen hin, längs der von Geißblatt gekrönten Hecken, während sich der tiefblaue Himmel mit dem Gesang einer einzigen Lerche füllte.

»Es ist nicht gleichgültig, was für eine Figur wir in Gesellschaft machen«, fuhr der schulmeisterliche David fort. »Man beurteilt einen nach seinem Betragen, seiner Sprache und seiner Kleidung. Darf ich ein paar ganz persönliche Bemerkungen machen?«

Diese Frage war nur ein rhetorischer Kunstgriff, denn ohne Joseph Zeit zu lassen, die erbetene Erlaubnis zu erteilen oder zu verweigern, fuhr er fort:

»Dein Benehmen ist tadellos. Du sprichst sehr korrekt und fluchst nicht wie viele andere. Und dann trinkst du, Gott sei Dank, auch nicht. Und dann hast du ein Gesicht ...« Zum erstenmal zögerte er und suchte das passende Wort. Er hustete leicht hinter der vorgehaltenen Hand, »... ein angenehmes Gesicht. Für all das kannst du Gott dankbar sein. Aber eins ist mir doch aufgefallen.«

Eine Pause von einigen Sekunden bereitete ersichtlich die Wirkung vor, die nun erfolgen sollte.

»Deine Kleidung ist ein wenig vernachlässigt. Zweifellos ist das nicht deine Schuld, aber der Anzug, den du trägst, hat bessere Tage gesehen. Am Ärmel ist der Stoff durchgestoßen...«

Joseph wurde so rot, als hätte man ihm ins Gesicht geschlagen. »Richtig, meine Schuld ist das nicht!« rief er. »Ich bin arm. Meine Eltern...«

»Reg dich nicht auf«, sagte David plötzlich mit großer Zungenfertigkeit. »Ich habe dich nicht beleidigen wollen. Ich will dir helfen, verstehst du? Wenn du dir einen neuen Anzug kaufen willst, kann ich dir die erforderliche Summe vorstrecken. Du kannst mir das Geld zurückgeben, wenn du dazu in der Lage bist. Wir wollen sofort zum Schneider gehen. Ich kenne einen in der Stadt.«

»Nein«, erwiderte Joseph. »Ich will das nicht.«

Da ergriff David seine beiden Hände, blickte in Josephs glänzende Augen und bat ihn um Verzeihung. Joseph war verdutzt. Es bedurfte nur einer echten Herzensregung, ihn zu entwaffnen, denn die Zärtlichkeit lebte in ihm dicht neben der Wut. Am liebsten hätte er David umarmt, aber er unterdrückte diese Regung. Ein Lächeln erhellte sein Gesicht.

»Ich weiß, daß mein Anzug sehr alt ist«, sagte er. »Aber ich habe nur noch einen anderen, und den hebe ich für besondere Gelegenheiten auf, zum Beispiel, wenn ich einen Besuch zu machen habe. Übrigens habe ich den Anzug zu Hause gelassen, um nicht in Versuchung zu kommen, ihn hier zu tragen.«

David nickte zustimmend und fuhr dann sanft in seiner Rede fort. Joseph müßte lernen, sich zu verteidigen, denn sonst würde die Welt seine Arglosigkeit mißbrauchen, die an sich wertvoll sei. An dieser Stelle wurde an die Sanftmut der Tauben erinnert, aber in Verbindung mit der Klugheit der Schlangen. Nichts sei berechtigter als der Wunsch, seinem Gegner mit gleichen Waffen entgegenzutreten, aber man setzte sich in den Augen dieses furchtbaren Gegners, der die Welt ist, herab, wenn man ihm durch seine Kleidung einen Angriffspunkt gäbe. Das sei gewiß sehr bedauerlich, aber selbst ehrenwerte Leute nährten diese ungerechten Vorurteile.

»Meinst du?« fragte Joseph.

David war davon überzeugt. Ohne daß Joseph es eigentlich merkte, ließ er ihn eine Kehrtwendung machen, und sie hörten in weiter Ferne in der ruhigen Luft das Geläute der Universität. Einen schöneren, goldeneren Tag hätte man sich nicht vorstellen können, und plötzlich empfand Joseph einen heftigen Drang nach dem Leben und den Menschen, eine undeutliche Liebe zu allem, was um ihn her existierte, zu den Bäumen, der schönen roten Erde und auch zu David, dessen ernstes Profil sich deutlich abzeichnete in dem Licht, das durch die Blätter drang.

»David«, rief er, »bist du nicht auch manchmal glücklich, ohne zu wissen, weshalb? Am liebsten möchte ich dann lachen, so wie die Kinder lachen, ohne eigentlichen Grund...«

»Wie die Kinder, ja. Aber es gibt zu viele Probleme in unserer Welt, als daß man so lachen könnte. Wir beide haben nicht das Recht, sorglos zu sein.«

Einige Minuten lang gingen sie schweigend nebeneinander her. Als sie in der Nähe der Turnhalle ankamen, deren große, rosafarbene Masse in der Sonne leuchtete, fragte Joseph:

»Weshalb sagtest du eben: wir beide?«

David richtete die Augen auf einen Punkt über den Bäumen.

»Weil Gott uns auserwählt hat«, sagte er.

Joseph sagte nichts. Aber sein Herz begann schneller zu schlagen, und es kamen ihm Worte auf die Lippen, die er sofort hinunterschluckte. So gingen sie bis an die Tür des Gebäudes, in dem die griechische Vorlesung stattfand. Sie hatten noch fünf Minuten Zeit. Mit abgewandtem Blick gingen sie an dem Hermes und dem

Apoll aus Gips vorbei und erreichten die kleine Bibliothek.

»Ich habe ganz vergessen, dir zu sagen«, meinte David mit gedämpfter Stimme, »daß in dem Haus, in dem ich wohne, ein Zimmer frei ist. Es ist ungefähr wie meins. Wenn du es nimmst, hast du eine angenehme, ruhige Wohnung. Das Haus gehört Frau Ferguson. Sie und zwei Dienstmädchen, die abends nach Hause gehen, sind die einzigen im Hause. Keine Studenten.«

»Keine Studenten«, wiederholte Joseph.

»Ja, in gewisser Hinsicht ist das sehr angenehm. Ich habe gebeten, dir das Zimmer zu reservieren. Gib mir sobald als möglich Bescheid.« Und indem er seine regelmäßigen Zähne zu einem etwas schmeichlerischen Lächeln entblößte, fügte er hinzu:

»Und dann gehen wir bald zum Schneider, nicht wahr?«

In diesem Augenblick ertönte eine Klingel, die Tür des Auditoriums wurde geöffnet, und schwatzend verließen die Studenten den Raum.

»David«, sagte Joseph im Lärm all dieser Stimmen, »das Geld für einen Anzug kann ich dir nie wiedergeben. Denken wir nicht mehr daran.«

»Doch«, erwiderte David und drückte ihm den Arm. »Ich werde dir das alles noch genauer erklären. Sollst mal sehen.«

11

An diesem Nachmittag nahmen Joseph und David die kleine rote Straßenbahn, mit der die kinobegeisterten Studenten in die Stadt fuhren. Aber die beiden jungen Leute wollten nicht ins Kino. Inmitten des Geschreis und des Lachens der jungen Fahrgäste, die sich auf der Plattform drängten, erklärte David seinem Kameraden

den Plan, den er im Kopfe hatte. Dann und wann schloß er mit leidender Miene die Augen, wenn jemand ihn beim Aussteigen anstieß oder wenn ein besonders frecher Fluch an seine Ohren drang. Mit sorgsamer Hand drückte er seinen kleinen, schwarzen Hut fest auf den Kopf und sprach dann weiter:

»Das Restaurant, das im Oktober eröffnet wird, ist in der Hauptsache für Studenten bestimmt. Es ist etwas ganz Neues. Man bedient sich selbst. Beim Betreten des Lokals erhält man Teller und Besteck, und dann sucht man sich am Büfett aus, was man haben will. So ein Lokal nennt sich Cafeteria. Gegen Entlohnung räumen Studenten die Tische ab und ... kümmern sich um das Geschirr.«

»Das heißt, sie spülen das Geschirr«, sagte Joseph mit düsterem Gesicht, denn er begann langsam zu begreifen.

»Ja, das meine ich«, rief David, dessen Augen leuchteten, als brächte er eine gute Botschaft.

Bis in die Stadt sprachen sie kein Wort mehr miteinander. Auf der Straße wollte David sich wieder bei Joseph einhaken, aber Joseph befreite sich sofort.

»Ich habe festgestellt, daß man darüber lacht«, sagte er.

Sein Gefährte biß sich auf die Lippen und schwieg kurze Zeit.

»Vielleicht hast du recht«, sagte er ein wenig gekränkt.

»Und was bekomme ich für das Geschirrwaschen?« fragte Joseph plötzlich.

»Das weiß ich noch nicht, aber wenn es dir unangenehm ist, in der Cafeteria Geschirr zu spülen, helfe ich dir dabei.«

Diese Worte wurden mit einer derartigen Milde gesagt, daß Joseph vor Scham errötete: immer wieder fand David im rechten Augenblick ein entwaffnendes Wort.

»Davon habe ich nichts«, murmelte Joseph.

Drei Minuten später traten sie bei dem Schneider ein, wo man ihnen verschiedene Stoffe vorlegte. Joseph wollte Schwarz, während David zu Dunkelblau neigte, einer Farbe, die man bei jeder Gelegenheit tragen könne.

»Nein«, sagte Joseph, dieses Mal entschlossen, nicht zu kapitulieren. »Für mich kommt nur Schwarz in Frage.«

Man führte ihn in eine kleine Kabine, aber jetzt erst begannen die Schwierigkeiten, denn er wollte sich unter keinen Umständen das Maß zur Hose nehmen lassen. Er ließ sich nicht überreden. David und der Schneider wechselten einen resignierten Blick. Schließlich erklärte Joseph sich bereit, einen fertigen Anzug anzuprobieren, vorausgesetzt, daß er schwarz war. Man fand einen dunkelgrauen Anzug, der beiseite gelegt wurde.

»Sie können ihn färben lassen«, schlug der Schneider lachend vor, »wenn er unbedingt schwarz sein soll.«

David hielt diese Idee für ausgezeichnet. Joseph, dem kein Einwand einfiel, nahm den absurden Plan widerwillig an und schloß sich in der Kabine ein, die er einen Augenblick später mit verbissenem Gesicht in dem neuen Anzug verließ, den er für viel zu elegant hielt. Er streckte die Arme vor und betrachtete wütend bald den einen, bald den anderen Ärmel, die beide ein wenig zu lang waren. Einer plötzlichen Eingebung folgend, wollte David schon sagen, wie gut er aussähe. Aber er biß sich noch rechtzeitig auf die Lippen und sagte nur:

»Der sitzt, als wäre er nach Maß gearbeitet.«

»Die Ärmel sind schnell kürzer gemacht«, sagte der Schneider, der, ein Stück Kreide in der Hand, um Joseph herumging.

Plötzlich kniete er auf dem Fußboden und fragte:

»Kneift die Hose auch nicht?«

»Kein bißchen«, erwiderte Joseph und wich zurück.

Mit einem Seufzer der Erleichterung schloß er sich wieder in der Kabine ein, riß sich den neuen Anzug vom Leibe und zog den alten wieder an, dessen Falten sein Körper dankbar wiedererkannte. Ein dreiteiliger Spiegel zeigte Joseph zuerst das Bild eines wütenden jungen Mannes, der die Arme wild bewegte, erst das eine, dann das andere Bein hob, um sich des verhaßten Kleidungsstückes zu entledigen. Dann stimmte ihn der vertraute Anblick seiner Person in dem armseligen und glänzenden Stoff seines tagtäglichen Anzugs plötzlich wieder heiter. Auf einmal hielt er inne: Zum erstenmal in seinem Leben sah er sich im Profil, und wenn er auch immer das Gefühl hatte, daß ein Spiegel ein verdächtiger Gegenstand war, verbot er sich doch nicht, dieses neue Gesicht zu betrachten. Aber gleich überkam ihn tiefe Traurigkeit: das Profil sprach dieselbe Sprache wie das ganze Gesicht. Die leichte Himmelfahrtsnase, der zu rote und zu volle Mund – nein, mit diesem Gesicht war Joseph nicht zufrieden. Und doch war er dieser junge Mann da im Spiegel. Er stieß einen Seufzer aus, vergewisserte sich, daß sein Haar die Narbe verdeckte, und kehrte dann zu seinem Kameraden zurück.

»Der wenigstens«, dachte er, »sieht nicht sinnlich aus.«

Als er über die Schwelle seines Zimmers trat, sah er Simon, der mit zynischer Offenheit in einem Notizheft blätterte, das offen auf dem Tisch lag.

»Was tust du hier? Und was schnüffelst du in meinen Heften herum?« fragte Joseph mit leicht bebender Stimme.

»Ach Joseph«, rief Simon und legte das Heft auf den Tisch. »Du hast mich erschreckt. Ich habe immer Angst vor dir, wenn du so sprichst. Wenn du wüßtest...«

»Antworte!«

»Ich habe nichts zu antworten. Ich wartete auf dich. Und da habe ich einen Blick in das Heft geworfen.«

»Weshalb?«

»Es war nicht richtig. Verzeihung. Es war bestimmt nicht richtig.«

Er faltete die Hände mit theatralischer Gebärde. Joseph hatte ein Gefühl der Übelkeit, als hätte er einen Schlag in die Magengegend erhalten. Er warf seinen Hut auf das Bett.

»Simon«, sagte er, »du hast gestern abend die Blume und den lächerlichen Zettel auf meinen Tisch gelegt.«

»Lächerlich?«

»Ja, lächerlich. So was verbiete ich dir, verstanden?«

Er schnaubte vor Wut.

»Den Zettel habe ich natürlich in tausend Stücke zerrissen und die Blüte aus dem Fenster in den Straßenstaub geworfen. Solche Scherze sind mir widerlich.«

Mit Tränen in den Augen pflanzte sich Simon vor ihm auf. Er bewegte die Lippen, als wollte er etwas sagen. Dann eilte er zur Tür und verschwand, ohne ein Wort gesagt zu haben.

»Was hat er wohl?« fragte sich Joseph und ordnete die Papiere auf seinem Tisch. »Was wollen die alle von mir? Sie sollen mich in Ruhe lassen.«

Vor allem des Anzugs wegen war er schlechter Laune. Wie immer hatte David seinen Willen durchgesetzt. David hatte immer recht.

Er setzte sich an den Tisch und verbarg sein Gesicht in den großen Händen. Langsam legte sich seine Wut. Er wollte gut sein, er wollte höflich mit den anderen sprechen, aber etwas Unvorhergesehenes hinderte ihn immer daran, verwirrte ihn. Die Menschen handelten immer anders, als er vermutete. Was sie taten und besonders, was sie sagten, verletzte ihn. Er verstand sie einfach nicht. Auch nicht David mit seinem ewigen Lächeln. Was Simon anging ...

»Ich bin zu schroff gewesen«, sagte er sich. »Ich werde gleich mit ihm sprechen. Aber er ist auch zu blöde mit seinen Blumen und Zetteln ...«

Ein paar Minuten lang gab er sich einer Träumerei hin, in der sich die wirrsten Gedanken auf eine Weise verknüpften, die er nicht begriff. Mehrere Male sah er sich unter den Bäumen, nachts, mit Praileau, der ihm verächtliche Worte ins Gesicht schleuderte. Vergeblich verjagte er dieses schändliche Bild aus seinem Gedächtnis, denn irgendwie schien alles ihn wieder dazu hinzuführen.

Er und David waren zu Fuß nach Hause gegangen, und er fühlte sich müde. Er hätte gern den Kopf auf die Arme gelegt und geschlafen, aber das gestattete er sich nicht, und da das Haus so still war, beschloß er, ein letztes Mal die Aufgabe für die Vorlesung über englische Literatur zu wiederholen. Er öffnete seinen Shakespeare. Die schriftliche Prüfung am nächsten Tag würde drei Fragen umfassen, die man innerhalb von fünf Minuten beantworten mußte. Die Fragen waren an sich sehr einfach, aber sehr präzise und bezogen sich nicht nur auf die Kunst des Dramatikers, sondern auch auf die Sprache seiner Zeit. Mit einem gewissen Unbehagen blätterte er in ›Romeo und Julia‹ und überflog ein paar Stellen, die zwischen die Liebesszene eingeschoben waren, denn, wenn er sich das auch nicht eingestand, die Liebe in dieser Geschichte war ihm peinlich. Plötzlich fielen seine Augen auf vier Verse, deren Sinn er nicht verstand. Aufmerksam las er sie noch einmal. Die Worte hatten nichts Archaisches, aber der Sinn des Satzes blieb dennoch dunkel. Zu seiner Verwunderung bezog sich keine der Anmerkungen auf diese Stelle. Die Anmerkungen waren sonst sehr ausführlich, ausführlicher als notwendig, aber zu dieser Stelle, die unbedingt einer Erläuterung bedurfte, schwiegen sie. Und wenn nun morgen in bezug auf diese Stelle eine

Frage gestellt wurde? Vielleicht wußte David, was sie bedeutete. Aber David fragen …

Warum hatte David zu ihm gesagt, sie beide wären auserwählt? Was wußte dieser selbstsichere Mensch davon, der sprach, als stünde er schon auf der Kanzel? Schon trug er den Kopf so aufrecht wie ein Pfarrer in seinem gestärkten Kragen, und dann diese verhaltene, leidende Stimme, dieses liebenswürdige Lächeln, das er für jeden bereit hatte … war das der Glaube? »Ich«, dachte er plötzlich, »liebe den Glauben im wilden, ursprünglichen Zustand.«

Er klappte das Buch zu. Daß David ihm den neuen Anzug aufgezwungen hatte, ließ ihn nicht zur Ruhe kommen. Mit seinen guten Worten und frommen Überlegungen hatte er ihn umgarnt, ihm bewiesen, daß er im Interesse der Religion wie ein feiner Herr gekleidet sein müsse, während Amos, Hosea, die Apostel und Christus selbst sich zweifellos kleideten wie die Armen. Ja, wilder Glaube, Glaube im Urzustand, das war das Richtige. Er verschränkte die Arme auf der Brust und starrte finster auf die Wand ihm gegenüber. Sein Entschluß war gefaßt: er ging nicht wieder zu dem Schneider, um den Anzug anzuprobieren. Er würde auch mit David darüber kein Wort mehr sprechen, weil David mit seinen unerwarteten Argumenten doch immer Sieger blieb. Ohne sich weiter aufzuregen, würde er einfach »Nein!« sagen.

Dieses laut und deutlich gesprochene Wort hallte durch die Stille des Zimmers und riß Joseph aus seinen Gedanken. Mit ungeduldiger Gebärde öffnete er wieder das Buch, stemmte die Ellenbogen auf den Tisch, vergrub die Finger in seinem Haar und versenkte sich mit einer Art Wut wieder in diese Geschichte. Das Liebesgegirre schien ihm unpassend und eintönig zugleich. Außerdem hielt er es für unwahrscheinlich, daß Menschen sich so gehen ließen.

In den Händen der Dichter wurde die Liebe zu einer feierlichen Posse, an die kein ernst zu nehmender Mensch wirklich glaubte.

Dieser Gedanke beschäftigte ihn derart, daß er gar nicht bemerkte, als Simon das Zimmer betrat. Unentschlossen blieb Simon einen Augenblick lang unbeweglich mitten im Zimmer stehen. Er hatte ein Skizzenbuch unter dem Arm und betrachtete Joseph mit einem Ausdruck, in dem sich Freude und Angst mischten. Schließlich hüstelte er leise und flüsterte:

»Bist du mir wegen der Magnolie noch immer böse?«

»Ach, du bist es!« sagte Joseph. »Natürlich bin ich dir nicht böse. Aber störe mich jetzt nicht.«

Simon kam einen Schritt näher.

»Darf ich nicht hierbleiben, wenn ich mich mäuschenstill verhalte? Ich setze mich in den Sessel da und zeichne dich.«

»Mich zeichnen?« rief Joseph. »Ausgeschlossen!«

»Warum denn?« fragte Simon mit klagender Stimme und hochgezogenen Brauen.

Josephs Faust knallte auf den Tisch.

»Weil ich es nicht will!«

Simon kam noch näher und faltete die Hände wie ein Kind.

»Begreif doch: ich muß zeichnen, um was zu lernen, und ich brauche ein Modell. Alle anderen jagen mich fort. Das langweilt sie. Und dabei verlange ich nicht einmal von ihnen, daß sie still sitzen: sie brauchen nur zu lesen oder zu schreiben. Aber sie wollen einfach nicht. Hör zu . . .«

»Was machst du mit deinen Porträts? Zeigst du sie anderen?« Simon sah Joseph in die Augen.

»Niemals«, antwortete er.

Schweigend sahen sie einander einige Sekunden lang an.

»Du magst doch auch nicht«, fuhr Simon demütig fort, »daß ich mir Frauen als Modell nehme.«

»Gewiß nicht«, erwiderte Joseph.

Mit plötzlich aufmerksamem Blick und etwas mißtrauischer Stimme fügte er hinzu:

»Ich habe den Eindruck, daß du viel an Frauen denkst.«

Bei diesen Worten legte Simon die linke Hand auf die Brust. Seine Augen funkelten:

»Auf mein Ehrenwort, Joseph, nie denke ich an Frauen, das schwöre ich dir.«

»Gut«, erwiderte Joseph beruhigt. »Aber du brauchst nicht zu schwören. Man soll nicht schwören. Setz dich und zeichne, aber störe mich nicht.«

»Ist doch ein ganz netter Junge«, dachte er, während Simon ein Etui aus der Tasche zog. Es herrschte Schweigen, und man vernahm nur das leichte Geräusch des Bleistifts auf der Seite des Skizzenbuchs, zuerst große Linien für die Umrisse, die Augen und den Mund, und dann dünne Striche, viele dünne Striche für die Haare und die Schatten. Simon schloß die Augen halb, maß mit dem Daumen, radierte, blies auf das Papier, rutschte auf seinem Sessel hin und her, mit dem geheimen Wunsch, sich bemerkbar zu machen. Aber Joseph vergaß langsam seine Anwesenheit. Nach zehn Minuten hustete Simon leise und flüsterte, als wollte er zugleich gehört und nicht gehört werden:

»Ich war gestern abend mit einem netten Menschen zusammen, der dich gern kennenlernen möchte. Wir haben über dich gesprochen.«

Ohne zu antworten blätterte Joseph eine Seite seines Buches um. Ein tiefer Seufzer löste sich aus Simons Brust. Einen Augenblick lang betrachtete er sein Modell und murmelte ein paar unverständliche Worte.

Dann flüsterte er wieder, während er mit dem Finger über das Papier rieb, um einen Schatten abzuschwächen:

»Er ist Repetitor für Latein und möchte deine Bekanntschaft machen. Er ist sehr klug. Er hat dich neulich in der Bibliothek gesehen.«

Leise und vorsichtig fügte er hinzu: »Ich hab ihm gesagt, er soll kommen.«

»Was redest du da?« rief Joseph und schlug mit der flachen Hand auf den Tisch. »Ich kann nicht arbeiten, wenn du dauernd schwatzt.«

Erschreckt war der Zeichner aufgesprungen und zur Tür geeilt.

»Verzeihung«, stöhnte er.

Joseph bedeutete ihm, sich wieder in den Sessel zu setzen.

»Rede nicht immer von Verzeihung und sag mir klipp und klar, was du willst.«

»Also«, begann Simon, der auf dem Rand des Sessels saß, »der Repetitor für Latein, ein sehr netter Kerl, wirklich sehr nett, möchte dich kennenlernen. Du interessierst ihn. Er hat dich neulich gesehen und beobachtet... Ein feiner Beobachter. Wir beide haben den ganzen Abend von dir gesprochen.«

»Warum?«

Bei dieser in eiskaltem Ton gestellten Frage weiteten Simons Augen sich, und seine Augäpfel, die ängstlich in den Augenhöhlen hin und her schossen, schienen in der Luft eine Antwort zu suchen.

»Warum?« wiederholte er mit schuldigem Gesicht. »Nun, weil... Ja, warum denn nicht?«

Joseph verschränkte die Arme und sah ihn erbarmungslos an.

»Ich kenne deinen Repetitor nicht. Wie kann man über jemanden, den man nicht kennt, einen ganzen Abend reden?«

»Ihr werdet euch kennenlernen«, erwiderte Simon schüchtern und hob sein Skizzenbuch vor das Gesicht, als wollte er sich schützen. »In zehn Minuten ist er hier. Ich habe ihm gesagt, er solle um fünf hier sein.«

Joseph stand plötzlich auf. Wut umwölkte seine Stirn.

»Hör mal zu, Simon«, sagte er mit einer drohenden Milde. »Reize mich nicht, du könntest es bedauern!«

Simon ließ sein Skizzenbuch auf den Boden fallen und rettete sich hinter den Sessel.

»Nein!« rief er mit veränderter Stimme. »Sieh mich nicht so an. Dann muß ich die ganze Nacht wieder weinen.«

»Weinen, du Schafskopf?«

In diesem Augenblick betrat MacAllister mit einem unverschämten Gesichtsausdruck das Zimmer. Die Hände hatte er in den Taschen, und ein kleiner, grüner Hut saß ihm wie ein Heiligenschein auf dem Hinterkopf.

»Ihr macht einen Krach«, sagte er mit lauter Stimme, »daß man es bis auf die Straße hört. Hättet mal die Agnes Ayres im ›Scheich‹ sehen sollen«, sagte er ganz unvermittelt. »Einmal liegt sie fast nackt in Valentinos Armen. Der Klavierspieler vergaß weiterzuklimpern.«

Joseph zuckte mit den Schultern und setzte sich. Aber Simon blieb bestürzt stehen und rührte sich nicht.

»Was ist denn mit dir los?« fragte MacAllister.

Er sah das Skizzenbuch und bemächtigte sich desselben so schnell, daß Simon ihn nicht mehr daran hindern konnte.

»Gib das Heft her!« schrie er.

Aber schon war MacAllister am anderen Ende des Zimmers, hinter dem Kopfende des Bettes, das ihm als Bollwerk diente. Unbekümmert schlug er die Seiten um, eine nach der anderen mit zur Seite geneigtem Kopf und hochgezogenen Augenbrauen. Bleich näherte sich Simon dem anderen Ende des Bettes.

»Hör mal«, sagte er mit erstickter Stimme, »wenn du mir nicht sofort das Heft zurückgibst...«

»Was dann?« fragte MacAllister und betrachtete

blinzelnd eine der Zeichnungen. »Willst du dann kein Wort mehr mit mir sprechen?«

Er blätterte weiter in dem Skizzenheft.

»Ich bringe dich um«, flüsterte Simon und krallte sich an die Kupferstange.

»Dann holt dich der Sheriff, und du kommst in die Hölle.«

»Schluß«, sagte Joseph und stand auf.

In diesem Augenblick stieß MacAllister einen Schrei aus und mit einer gemeinen Freude in den Augen warf er das Skizzenheft an die Decke.

»Unerhört«, sagte er, »ein Bild von Joseph, mit Augenwimpern wie ein Kinostar... Zum Totlachen. Hast du mal gesehen, wie schön du bist, Joseph? Da, fang's!«

Das Skizzenbuch flog durch das Zimmer und fiel vor Josephs Füße, der es aufhob.

»Raus!« befahl er.

Mit den Händen in den Taschen ging MacAllister zur Tür. Er bewegte sich dabei in den Hüften und trällerte die ›Rose vom Washington Square‹, ein Lied, das damals von jedem Studenten gesungen wurde. Simon hielt sich die Ohren zu.

»Mach die Tür zu«, sagte Joseph, als sie allein waren.

Simon gehorchte und ließ sich dann auf einen Sessel sinken.

»Am liebsten wäre ich tot«, sagte er und verbarg das Gesicht in seinem Arm. »Diesem MacAllister sollte man ins Gesicht schlagen, aber ich habe es nicht gewagt; ich bin feige.«

Dann folgte ein langes Schweigen.

»Nimm dein Skizzenbuch«, sagte Joseph und setzte sich wieder.

Mit einer Art bellendem Schmerzenslaut wandte Simon sich um.

»Bist du mir böse?«

»Ich habe nichts dergleichen gesagt. Ich habe dir nur gesagt, du sollst dein Skizzenbuch nehmen.«

»Hast du sie gesehen?«

»Deine Zeichnung von mir? Natürlich.«

»Und du sagst nichts?«

»Nein. Ich verstehe nichts davon, das habe ich dir schon einmal gesagt.«

Seine schwarzen Augen wandten sich langsam seinem Kameraden zu, dessen olivfarbenes Gesicht sich merkwürdig grau färbte. Einen Augenblick sahen sie einander an. Simon wagte kaum zu atmen. »Du verachtest mich«, sagte er schließlich.

»Du bist wohl verrückt. Weshalb sollte ich dich verachten? Ich verstehe von all dem kein Wort.«

Simon kam einen Schritt näher, hielt sich an dem Tisch fest und senkte seinen Blick in die großen dunklen Augen, um dort einen Gedanken zu lesen, den er nicht erraten konnte. Wild schlug ihm das Herz. Bis hinauf in den Hals fühlte er die Schläge. Mit vieler Mühe riß er sich von dem Tisch los und richtete sich auf.

»Joseph«, begann er, »hör mal zu. Du mußt versuchen, mich zu begreifen. Mir geht es nicht gut. Ich leide. In diesem Augenblick leide ich sehr.«

»Setz dich, wenn du dich nicht wohl fühlst«, erwiderte Joseph. »Vielleicht kommt das von der Hitze. Ich hole dir aus dem Badezimmer ein Glas Wasser.«

»Nein, bleib.«

Er machte eine Geste und ließ sich in den Schaukelstuhl sinken, der ihn gleich mütterlich zu wiegen begann. Es vergingen mehrere Sekunden. Joseph ließ die Gelenke seiner langen, feinen Finger knacken, dann verschränkte er die Arme. Wieder verbarg Simon sein Gesicht und begann zu weinen.

»Mir fehlt der Mut«, stöhnte er, »ich möchte mit dir sprechen, aber ich kann es nicht. Ich habe Angst vor dir.«

Joseph antwortete nicht. Nach einem Augenblick legte er die Bücher auf seinem Tisch zurecht und sagte dann:

»Wenn du gestattest, arbeite ich weiter. Ich muß ›Romeo und Julia‹ zu Ende lesen.«

Simon hob sein Gesicht, auf dem die Spuren von Tränen glänzten.

»Verstehst du das denn?« fragte er mit vor Erregung bebender Stimme.

Joseph machte ein beleidigtes Gesicht.

»Natürlich verstehe ich das. Und dann ist der Text auch mit vielen Anmerkungen versehen. Eine Stelle habe ich noch nicht ganz raus. Aber die will ich noch mal aufmerksam lesen.«

Ohne sein Gesicht zu verbergen, weinte Simon weiter. Unbeweglich saß er in dem Schaukelstuhl, der sich auf und ab bewegte, wobei die hölzernen Holme knarrten. Zweifellos wußte Simon nicht, wie lächerlich sein Schmerz ihn machte; seine gerunzelte Stirn und die von kleinen, parallelen Falten durchzogene Nase gaben ihm das Aussehen eines Menschen, der gleich niesen wird, und dicke Tränen, die in den Wimpern hingen, flossen ihm über die Backen bis in die Winkel des halbgeöffneten Mundes. Hin und wieder schniefte er leise.

So vergingen mehrere Minuten. Joseph blätterte die Seiten seines Buches um, in dem er zu lesen vorgab. Einen Ellbogen hatte er auf den Tisch gestemmt und die Finger in dem dichten Haar vergraben. Plötzlich stand er auf und ging zu Simon, den er wortlos mit leichtem Ekel betrachtete.

»Simon«, sagte er schließlich, »ein Mann weint nicht.«

Simons kleine, braune Hand machte eine Bewegung, als wollte sie jemand lästigen verscheuchen. Dann antwortete er mit heiserer Stimme:

»Du verstehst nicht, Joseph. Du verstehst nichts.«

Während er diese Worte sagte, richtete er sich auf und erhob sich aus dem Schaukelstuhl, der nach vorn und hinten wippte.

»Was soll das Gerede?« fragte Joseph.

Aber Simon war schon am anderen Ende des Zimmers. Das Gesicht zur Tür gewandt, schien er sich zusammenzuraffen und konnte in festerem Tone sagen:

»Eines Tages leidest auch du. Dann weißt du, wie einem zumute ist.«

12

Dieses Vorkommnis erschütterte Joseph. Als er wieder allein in seinem Zimmer war, ging er auf und ab und murmelte immer wieder:

»So ein Esel! Was wollte er hier? Der geht mir mit seinem Zeug auf die Nerven! Alle gehn mir auf die Nerven! Alle gehn mir auf die Nerven!«

Leise fügte er hinzu: »Simon hat mich bestimmt belogen. Und wenn er auch geschworen hat, er ist nicht besser als die anderen.« Seine Backen färbten sich ein wenig, als wollte er etwas Unpassendes sagen: »Ja, sie sind alle gleich. Alle. Sie denken nur an die Weiber. Und Simon auch.«

Dieser letzte Satz schaffte ihm Erleichterung, beruhigte ihn, als wäre er die Antwort auf eine schwierige Frage. Seufzend ließ er die Luft aus seinen Lungen strömen, aber sein Gesicht nahm gleich wieder einen besorgten Ausdruck an. »Vielleicht tue ich doch gut daran, Davids Angebot anzunehmen«, dachte er, »und zu ihm zu ziehen. Dann habe ich wenigstens meine Ruhe.«

»Aber dann habe ich David ewig um mich«, sagte er laut. »Den David mit seinen Überlegungen und Ratschlägen.«

Sein Blick fiel auf den Schaukelstuhl, der sich immer noch bewegte, und Simons Worte kamen ihm wieder in den Sinn. Gleich machte er eine Handbewegung, als wollte er sie verscheuchen, denn er dachte nur mit Widerwillen an diesen seltsamen Jungen, und dennoch sah er ihn, gegen seinen Willen, in dem Schaukelstuhl sitzen und weinen... So ein Waschlappen! Ein Mann, der weint! Und dann die lächerliche Zeichnung, auf der er aussah wie ein Schauspieler auf einem Kinoplakat.

Mit den Händen auf dem Rücken stellte er sich in die Mitte des Zimmers und blickte auf die kleine Straße, deren Trottoirs aus rosafarbenen Backsteinen sich mit großen gelben Blättern bedeckten. Durch die Zweige, die ihre Blätter verloren, sah man das erste Stockwerk des gegenüberliegenden Hauses. Da wohnten vielleicht auch Studenten, die über sich selbst und andere nachgrübelten.

»Ob er wohl gerettet ist?« dachte er plötzlich. Seit Ewigkeit wußte Gott, wohin Simon nach seinem Tode käme, und daran war nichts zu ändern. Angenommen, Simon dachte nicht an Weiber, was aber nicht sicher war, so verhielt er sich doch nicht wie ein Auserwählter, nicht so, wie Joseph sich die kleine Schar der Auserwählten vorstellte. Simon fehlte das Geistige. Er war immer erregt, laut und unstet. Es sah fast so aus, als wäre er nicht gerettet. Seine Worte, seine Gesten überraschten und verletzten manchmal. Joseph sah wieder, wie das Skizzenbuch durch die Luft sauste und dann dicht vor ihm auf den Boden fiel, und diese Erinnerung verwirrte ihn. Wieder glaubte er, Simons verhaltene und ängstliche Stimme zu hören. »Du verstehst nicht. Du verstehst nichts.«

Was verstand er nicht? Plötzlich kam ihm zum Bewußtsein, daß ihm der Schweiß von der Stirn rann.

Eine halbe Stunde vor dem Abendessen klopfte jemand an die halboffene Tür und betrat, ohne das Herein abzuwarten, das Zimmer. Es war ein großer, junger Mann, um dessen hageren und eckigen Körper ein dunkelgrüner Anzug schlotterte. Eine Pumphose ließ die mageren Waden sehen, die in grellgrünen Strümpfen steckten. Eine Schildpattbrille gab seinem Gesicht einen gelehrten Ausdruck, und das breite Lachen seines großen Mundes entblößte eine Reihe tadellos weißer, großer und regelmäßiger Zähne, die sich von seinem dunkelbraunen Teint abhoben. Mit ausgestreckter Hand kam er auf Joseph zu:

»Edmund Killigrew«, sagte er mit einer nasalen Stimme, die Joseph gleich wiedererkannte, denn er hatte sie vor einigen Tagen in dem Nebenzimmer einen lateinischen Satz sagen hören. »Simon hat Ihnen sicher meinen Besuch angekündigt. Aber ich habe mich verspätet. Ich mußte an einer Fakultätssitzung teilnehmen.«

Ein paar Sekunden lang hielt er Josephs Hand in der seinen, dann drückte er sie und gab sie frei.

»Sagen Sie Edmund zu mir«, sagte er und ließ sich in den Schaukelstuhl fallen, »oder auch einfach Ed. Denn ich habe das Gefühl, daß wir uns gut verstehen werden.«

Joseph setzte sich an den Tisch, etwas aufrechter als gewöhnlich, und verschränkte die Arme.

»Sie waren neulich abends in dem Zimmer nebenan. Ich habe Sie sprechen hören«, sagte er kalt.

»Mag sein«, erwiderte Killigrew und lächelte erneut.

Mit der Behendigkeit eines Zauberkünstlers zog er ein goldenes Etui hervor, öffnete es und reichte es Joseph:

»Zigarette?«

Joseph schüttelte mit feindseligem Gesicht den Kopf und betrachtete seinen Besucher, der mit gelben Fingern eine Zigarette nahm und das Etui mit einer anmaßenden Gebärde schloß, wobei er das wertvolle Ding hin und her drehte, als wollte er es noch einmal zeigen, bevor er es wieder in der Rocktasche verschwinden ließ. Einen Augenblick später ragte eine lange, grüne Zigarettenspitze aus seinem Mundwinkel. Während Killigrew den bläulichen Rauch gegen die Decke blies, schlug er ein Bein über das andere, legte dabei den rechten Fuß auf den linken Schenkel und faßt das Fußgelenk mit der Hand. In dieser Haltung begann er langsam zu schaukeln.

»Sie rauchen nicht?«

»Nie.«

»Haben Sie es mal versucht?«

»Ich will es nicht versuchen.«

»Er will nicht«, murmelte Killigrew zwischen den Zähnen.

Er schnippte die Zigarettenasche auf den Fußboden und sagte: »Sie wissen ja wohl, daß ich Repetitor für Latein bin. Wenn ich Ihnen mal behilflich sein kann...«

Joseph schwieg, und Killigrew fuhr ernster fort:

»Sie wissen, Jo, daß sich viele hier für Sie interessieren. Neulich abends haben wir uns bei mir lange über Sie unterhalten.«

Joseph rührte sich immer noch nicht.

»Das kommt Ihnen vielleicht seltsam vor«, fuhr Killigrew fort, »ja, wir kennen uns kaum, und Sie schließen sich nicht leicht jemandem an. Und doch spricht man von Ihnen. Es fällt auf, daß Sie nicht sind wie die anderen.«

»Ich komme mir nicht anders vor als die anderen«, sagte Joseph und zuckte die Schultern.

»Ach!« erwiderte Killigrew mit triumphierendem Näseln. »Da liegt der Hund begraben! Sie wollen den Unterschied einfach nicht sehen. Sie wissen natürlich genausogut wie ich, daß alle Studenten nur an die Weiber und ans Saufen denken...«

»Ich nicht«, rief Joseph und löste die verschränkten Arme.

»Auch Sie«, sagte Killigrew ruhig, »auch Sie, genau wie die anderen.«

Joseph erhob sich so plötzlich, daß er den Stuhl, auf dem er gesessen hatte, umwarf.

»Das ist nicht wahr.«

»Ach«, fuhr der Besucher ruhig fort, »benehmen Sie sich doch nicht wie ein Kind. Heben Sie den Stuhl auf, dann wollen wir uns weiter unterhalten. Der Unterschied zwischen Ihnen und den anderen besteht lediglich darin, daß die anderen ihren Trieben nachgeben, während Sie . . .«

»Ihren tierischen Trieben«, sagte Joseph. Zorn hatte seine Backen gerötet.

»Meinetwegen auch tierisch. In jedem von uns lebt ein Tier.«

Schon wollte Joseph rufen: »Nicht in mir.« Aber etwas hielt ihn zurück, er wollte sich vor diesem Menschen, der viel mehr wußte als er und bei jedem Satz lächelte, als hätte er eine besondere Weisheit von sich gegeben, keine Blöße geben. Er bückte sich plötzlich und stellte den Stuhl wieder auf seine vier Beine, aber er setzte sich nicht.

»Diese Unterhaltung . . .«, sagte er plötzlich.

Er sprach nicht weiter. Killigrew schaukelte immer noch in seinem Stuhl und sah ihn an.

»Diese Unterhaltung gefällt Ihnen nicht«, sagte er leise.

»Ja.«

»Sprechen wir von etwas anderem, Jo.«

Joseph setzte sich wieder.

»Ich habe viel Sympathie für Sie«, sagte Killigrew und streckte dabei heuchlerisch den Kopf vor. »Ich möchte Sie unter keinen Umständen verletzen. Sollte ich es getan haben, so tut mir das sehr leid, und ich bitte um Verzeihung.«

»Nein, Sie haben mich nicht verletzt«, sagte Joseph aus einem plötzlichen Impuls, den er nicht unterdrükken konnte. »Auch Sie sind mir sehr sympathisch.«

Das wollte er eigentlich nicht sagen, und er biß sich auf die Lippen. Aber so war es immer wieder: wenn jemand sein Unrecht zugab, so verwirrte ihn das, und er versuchte ungeschickt, Killigrew für sein Geständnis zu belohnen. Wenn es nicht so lächerlich gewesen wäre, hätte er ihm die Hand geschüttelt.

»Was lasen Sie, als ich kam?« fragte Killigrew interessiert.

»›Romeo und Julia‹ von Shakespeare. Schade, daß Sie nicht auch Repetitor für Englisch sind. Eine Stelle verstehe ich nicht ganz.«

Ein süffisantes Lächeln quittierte diese naiven Worte.

»Lesen Sie mir die Stelle mal vor, Jo. Vielleicht verstehe ich sie.«

Joseph suchte die Stelle. Er warf sich ein wenig in die Brust und las die Verse mit einer Stimme, die, ohne daß er es wußte, die der Prediger nachahmte. Ein teuflisches Lächeln kräuselte Killigrews Lippen.

»Sie lesen ganz ausgezeichnet«, sagte er, als Joseph das Buch wieder auf den Tisch gelegt hatte.

Plötzlich machte er ein schulmeisterliches Gesicht, und seine Stimme wurde härter und näselnder.

»Die fragliche Stelle mag dunkel erscheinen«, sagte er. »Viele Herausgeber des letzten Jahrhunderts haben sie wegen ihrer Unanständigkeit einfach gestrichen, aber was Mercutio meint, ist doch ziemlich klar. Es handelt sich um die verliebten Träume Romeos, der, unter dem Mistelbaum sitzend, sich wahrscheinlich die Geliebte nackt vorstellt oder, um mit dem Text zu sprechen, an ihr *et cetera* denkt. *Et cetera* ist von geradezu köstlicher Heuchelei: es ist eine falsche Konzession an die Scham, denn es ist eindringlicher als das klare und deutliche Wort, das doch nur mit einem durchsichtigen Schleier verhüllt wird. Und was den Hinweis auf die Birne angeht...«

Joseph erhob sich.

»Ist das wirklich der Sinn dessen, was ich Ihnen vorgelesen habe?« fragte er mit heiserer Stimme.

»Genau der, Jo.«

Joseph packte das offene Buch mit beiden Händen und zerriß es. Dann warf er es wütend auf den Fußboden. Killigrew erhob sich.

»Jo...«, sagte er.

Joseph wandte ihm ein rotes Gesicht zu. Seine Augen glänzten metallisch, und seine Unterlippe bebte leicht.

»Was wollen Sie?« rief er plötzlich laut.

Ohne zu antworten ging Killigrew zur Tür.

13

An diesem Abend aß Joseph nicht. Um halb acht klingelte er an der Tür des Mathematikprofessors, der sein Mentor war. Er mußte ein paar Minuten in einem kleinen Salon mit Mahagonimöbeln warten, dessen Fenster auf einen großen Rasenplatz hinausgingen, der von Sykomoren eingefaßt war. Er stellte sich in eine der Fensternischen und erkannte zwischen zwei dorischen Säulen die dunkelgrüne Tür, an die er eines Abends – wie lange war das schon her – geklopft hatte. Die Erinnerung an jene Nacht verwirrte ihn, und er bereute seine Neugierde wie eine Sünde: es war besser, nie mehr an Praileau zu denken und seinen Namen aus dem Gedächtnis zu tilgen, da er nur seinen Groll hervorrief. Andererseits glaubte er sich verpflichtet, für seinen Feind zu beten – und schon faltete er die Hände und dachte: »Lieber Gott, laß Praileau deines Segens teilhaftig werden.« Aber dann schämte er sich seines

Mangels an Inbrunst. Umsonst faltete er die Hände, als wenn er seine Finger zerbrechen wollte, umsonst schloß er die Augen, umsonst runzelte er die Stirn: im Grunde seines Herzens hatte er nicht den Wunsch, der Segen Gottes möchte sich auf Praileau herabsenken. Er wollte nur eins: ihn kurz und klein schlagen.

»Du bist ein Heuchler«, murmelte er und ließ die Arme sinken. »Du heuchelst Verzeihung und verzeihst nicht.«

Langsam wurde er ruhiger, setzte sich in einen Sessel neben einer Lampe, stand dann wieder auf und trat mit verschränkten Armen vor einen Bücherschrank, dessen Bücher goldverzierte Einbände hatten. Addisons ›Spectator‹ in zehn Bänden stand neben Drydens Gesammelten Werken. Ein in gelbes Leder gebundener Shakespeare ließ ein Grinsen über das Gesicht des Studenten gleiten, der von dem Bücherschrank wegtrat und im Zimmer auf und ab ging. Plötzlich öffnete sich die Tür.

»Wenn Sie auch etwas spät kommen«, sagte Herr Tuck, »so sind Sie mir doch willkommen. Führt Sie was Ernstes zu mir?«

Sie setzten sich.

»Nichts Ernstes«, erwiderte Joseph errötend.

»Dann hätten Sie auch bis morgen warten und mich in meinem Büro aufsuchen können.«

Das Gesicht des Professors wurde verdrießlich. Sein dicker Bauch machte ihm das Atmen schwer. Er lehnte sich in den Sessel zurück.

»Also, was gibt es. Herr Day?«

Joseph senkte den Kopf, als fände er so leichter die Worte, die er sagen wollte. Aber er wagte den Mund nicht zu öffnen. Plötzlich schien es ihm absurd, den Professor zu so später Stunde zu belästigen, um ihm zu sagen, daß er eine andere Vorlesung belegen wollte. Tuck hatte tausendmal recht: er hätte bis morgen warten sollen. Aber da er nun einmal da war, mußte er etwas sagen, das sein Verhalten rechtfertigte.

»Heute«, erklärte er plötzlich und hob sein immer noch vor Scham glühendes Gesicht, »habe ich etwas getan ...«

Er suchte nach den passenden Worten, fand sie aber nicht. Aber ein geduldiges Lächeln ermutigte ihn weiterzusprechen. So sagte er denn:

»Ich habe mein Exemplar von ›Romeo und Julia‹ in Stücke gerissen ...«

Der Professor rührte sich nicht. Er verzog nur die Lippen.

»Ja«, fuhr Joseph fort, »ich mag das Buch nicht und will es nicht durcharbeiten. Wenn ich eben sagte, ich hätte es in Stücke gerissen, so muß ich mich verbessern: ich habe es in zwei Teile gerissen.«

Sie schwiegen.

»Sie wollen also«, sagte der Professor ganz ruhig, »die englische Vorlesung durch eine andere ersetzen.«

»Durch eine englische Vorlesung, die ein anderes Gebiet behandelt.«

»Sie haben die Wahl zwischen Angelsächsisch und Mittelenglisch.«

»Das weiß ich«, sagte Joseph. »Dann nehme ich Mittelenglisch.«

»Also Chaucer?«

»Ja, Chaucer.«

Nicht ohne Mühe erhob Tuck sich aus seinem Sessel. Joseph stand sofort auf.

»Wenn ich mich recht erinnere«, sagte der Professor, »wollten Sie doch Griechisch lernen, um das Neue Testament im Urtext lesen zu können.«

Joseph schüttelte den Kopf.

»Sie haben sicher Ihre Gründe, auf die Vorlesung über neuere englische Literatur zu verzichten. Es ist lange her, daß ich ›Romeo und Julia‹ gelesen habe. Poesie ist nicht mein Fach, und – das bleibt aber unter uns – ich finde Shakespeare langweilig ... Aber ein Buch zu zerreißen ... Und besonders hier! Auf der Universität ...«

Der Student verschränkte die Arme.

»Und trotzdem habe ich es getan.«

»Darauf brauchen Sie sich nichts einzubilden«, erwiderte der Professor streng.

Joseph sah ihn an, sagte aber nichts.

»Hoffentlich sind Sie maßvoll in Ihren Gewohnheiten«, sagte der Professor.

»Ich lebe, wie es sich gehört.«

»Nicht zuviel Alkohol?«

Eine Flamme schoß in Josephs Augen.

»Noch nie ist ein Tropfen Alkohol über meine Lippen gekommen«, sagte er mit etwas heiserer Stimme. »Ich kann mir gar nicht vorstellen, wie er schmeckt.«

Professor Tuck betrachtete ihn. Dann legte er ihm leicht die Hand auf die Schulter.

»Seit vielen Jahren«, sagte er lächelnd, »bin ich der Mentor vieler Studenten. Mir kann man alles sagen. Es ist fast mein Beruf, Bekenntnisse anzuhören. Wenn Sie Schwierigkeiten haben ...«

»Ich habe keine Schwierigkeiten, Herr Professor.«

»Und weshalb haben Sie das Buch zerrissen?«

»Nun«, erwiderte Joseph mit stolz erhobenem Kopf, »ich kam an eine Stelle, die derart gemein ist, daß mich die Wut gepackt hat.«

»Ich erinnere mich solcher Stellen nicht«, murmelte der Professor und ließ seine Hand von der Schulter des anderen sinken.

»Gewisse Herausgeber lassen sie einfach weg«, erwiderte Joseph mit schlauem und fast verschlagenem Gesicht.

»Schon möglich. Aber Sie sind sehr streng, Herr Day. Ich weiß nicht, ob Sie sich darüber klar sind, daß Chaucer auch nicht gerade für junge Mädchen schrieb. Was wollen Sie werden?«

»Das weiß ich noch nicht.«

»Was interessiert Sie denn besonders?«

Das Gesicht des jungen Mannes wurde hart, er zögerte; endlich antwortete er mit düsterem Blick:

»Religion.«

Der Professor senkte den Kopf, kratzte sich hinter den Ohren und schien zu überlegen.

»Ich will Sie nicht kränken, aber Sie sind noch sehr jung«, sagte er freundschaftlich. »Ihre Ansichten sind interessant, und ich sehe, daß Sie in puncto Moral keinen Spaß verstehen. Aber wenn Sie trotzdem mal eine Dummheit machen sollten, wie jeder junge Mann sie macht, dann vergessen Sie nicht, daß ich stets bereit bin, Sie mit meinem Rat zu unterstützen.«

»Ich hoffe zuversichtlich, daß ich solche Dummheiten nicht machen werde.«

»Ihretwegen hoffe ich das auch, aber in Ihrem Alter ist die Liebe die wichtigste Sache der Welt, und sie hat schon manchen zu Tollheiten verführt.«

Mit leidender Stimme erwiderte Joseph:

»Die wichtigste Sache der Welt ist für mich der Glaube, Herr Professor.«

»Na, Herr Day«, sagte Tuck und klopfte Joseph dabei jovial auf den Rücken, »dann ist ja alles in Ordnung. Ich werde gleich morgen veranlassen, daß Sie für die Vorlesung, die Sie sich ausgesucht haben, eingeschrieben werden.«

Während er das sagte, schob er ihn sachte in das Vorzimmer, wo sie sich verabschiedeten.

14

Joseph ging nicht gleich nach Hause. Er ging bei David vorbei, der in seinem Zimmer an dem mit Heften und Lexika bedeckten Tisch saß und arbeitete. Ein etwas mechanisch wirkendes Lächeln erhellte sein friedliches Gesicht über den Büchern.

»Nein, du störst mich nicht«, antwortete er auf Josephs Frage. »Du störst mich nie. Setz dich dahin, mir gegenüber.«

Joseph stellte einen Stuhl an den Tisch und setzte sich.

»Ich bleibe nicht lange«, sagte er. »Ich habe dir eigentlich nichts mitzuteilen ... Aber ich mußte jemanden sehen.«

David faltete die Hände über einem Lexikon. Wie über einer Bibel, dachte Joseph.

»Wenn du in dem Zimmer am Ende des Flurs wohntest, von dem ich dir erzählt habe, dann hätten wir beide Gesellschaft.«

Joseph senkte den Kopf. Im Licht der Lampe sah es aus, als sei sein Gesicht mit einer goldenen Maske bedeckt, in der die Augen wie große, dunkle Löcher wirkten. Sein Gesicht hatte etwas so Ergreifendes und Edles, daß David plötzlich ausrief:

»Du bist so ...«

Er hielt plötzlich inne, genau wie damals im Laden des Schneiders. »Was?« fragte Joseph.

»... blaß«, erwiderte David und schlug die Augen nieder. »Und auch ein wenig aufgeregt.«

Mit wenigen Worten berichtete Joseph von seinen Schwierigkeiten beim Studium Shakespeares und seinem Besuch bei dem Mathematikprofessor.

»Habe ich falsch gehandelt?« fragte er zum Schluß.

»In bezug auf die Vorlesung? Nein. Dazu bist du berechtigt.«

»Durfte ich das Saubuch nicht zerreißen?«

David überlegte.

»Man muß Shakespeare gelesen haben. Ich leihe dir mal eine gereinigte Ausgabe. Daß du das Buch so einfach zerrissen hast, kann ich natürlich nicht billigen. Aber ... Weißt du, Joseph, die Welt ist nun mal unrein, und damit muß man sich abfinden.«

»Nein«, entgegnete Joseph und stand auf. »Wer sich mit der Unreinheit der Welt abfindet, der verleugnet das Evangelium.«

»Darum handelt es sich nicht«, erwiderte David, der auch aufgestanden war. »Du lebst in der Welt, weil Gott dich hineingestellt hat.«

Josephs Augen begannen zu funkeln.

»Ich hasse die Welt. Christus hat gesagt, er bete nicht für die Welt. Die Welt ist verdammt.«

Er drehte sich um und ging zur Tür. Schweigend begleitete David ihn bis an das Ende des Gartens, wo der Mond bleiche Lichtflecken zwischen den dunklen Schatten der Sykomoren warf. Als sie das von Glycinen bedeckte Gitter erreicht hatten, legte David seine Hand leicht auf Josephs Schulter.

»Im Grunde«, sagte er, »denken wir beide gleich. Aber man muß die Seelen durch Milde, Geduld und eine gewisse Verführungskunst gewinnen.«

»Verführungskunst?« rief Joseph empört.

»Versteh mich recht«, erwiderte David mit etwas leiserer Stimme. »Du bist in deiner Anständigkeit und Ehrlichkeit derart stur, daß dir alles verdächtig vorkommt. Wir müssen den Teufel mit allen Waffen bekämpfen, die Gott uns in die Hand gibt...«

»Mit der Peitsche, wie Jesus im Tempel.«

David antwortete nicht, und Joseph bewegte sich nicht. Er war stolz und doch verwirrt über das, was er gerade gesagt hatte, und wußte nicht, wie er sich verabschieden sollte.

»Du weißt«, murmelte David schließlich, »daß wir beide dasselbe glauben und hoffen. Und ich liebe dich wie einen Bruder, einen Bruder in Christo.«

Joseph machte eine Bewegung.

»Das weiß ich«, erwiderte er in jenem etwas heiseren Ton, der bei ihm eine plötzliche Erregung verriet.

Er fragte sich, ob er Davids Arm drücken sollte, aber anstatt das zu tun, wich er einen Schritt zurück. Sein

Herz klopfte. Er bemühte sich, den jungen Mann anzulächeln, der ihn so ernst ansah, während er sich an das Gitter lehnte, wo die Blütendolden sich schwarz und weiß im Mondlicht abzeichneten.

»Ja«, sagte er dann verlegen, »du hast recht: wir glauben dasselbe. Ich danke dir für diese Worte.«

»Gute Nacht, Joseph«, sagte David.

Etwas lauter sagte er, während Joseph die Straße überquerte: »Denk an die Antwort, die du mir noch geben mußt.«

Joseph wandte sich um.

»Welche Antwort?«

»Wegen des Zimmers. Und dann noch eins: morgen nachmittag gehen wir zum Schneider. Ich hole dich ab.«

Diese Worte rief David fast in einem Atemzug, während er schon das Gitter schloß. Joseph sah, daß er ihm, während er durch den kleinen Garten ging, zuwinkte. Aber diese freundliche Geste fand keine Erwiderung.

15

Als Joseph sein Zimmer betrat, schlug es zehn Uhr. Vor dem Schlafengehen konnte er sein Geschichtspensum noch erledigen, dachte er. Aber umsonst nahm er den Kopf zwischen die Fäuste, umsonst heftete er den Blick auf das offene Buch, seine Gedanken gingen immer wieder andere Wege. Er ärgerte sich über David, weil er das mit dem Schneider gesagt hatte. Dadurch hatte er die gute Wirkung all dessen, was er vorher gesagt hatte, zunichte gemacht. Ja, so war dieser kleine junge Mann, der so praktisch und geschickt zugleich war. Zu geschickt. Er wollte die Seelen verführen! Vor allem aber ärgerte sich Joseph über sich selbst, weil er nichts über Simon gesagt hatte, denn das war der Grund seines Besuches gewesen. Wieder einmal hatte er nicht das gesagt, was er hatte sagen wollen, und statt dessen etwas ganz anderes gesagt. Und dabei war es doch so einfach, sich David anzuvertrauen, der ihn so gern leiden mochte. Aber weshalb mußte David ihn immer wieder reizen? »Glaube im Urzustand«, dachte er. »Er aber will einen gezähmten Glauben, mit weißem Bäffchen und gepflegten Nägeln.«

Plötzlich klappte er sein Buch zu. Er ging bis an das Ende des Flurs und klopfte an Simons Tür. Keine Antwort. Aber aus dem Nebenzimmer tönte Mac Allisters trompetende Stimme:

»Simon ist ausgegangen. Wer ist denn da?«

In Hemdsärmeln und die Hände in den Hosentaschen kam er und lehnte sich gegen den Türrahmen.

»Sieh da«, sagte er obenhin, »der Würgeengel.«

»Weshalb nennst du mich so?«

»Nicht nur ich, sondern alle anderen auch, du Tropf. Brauchst mich nicht so anzustieren. Ich habe keine Angst vor dir. Komm rein und trink einen Schluck. Allein macht das Trinken keinen Spaß.«

»Nein«, sagte Joseph.

Er machte ein paar Schritte in Richtung auf sein Zimmer.

»Was willst du denn von Simon?« fragte MacAllister, ohne sich zu rühren.

Joseph blieb stehen.

»Mit ihm sprechen.«

»Nimm dich in acht«, erwiderte MacAllister und ging langsam hinter ihm her.

»Ich verstehe dich nicht.«

»Das ist es ja eben. Du verstehst überhaupt nichts.«

Er überholte Joseph, betrat das Zimmer, warf sich bäuchlings auf das Bett und preßte das Gesicht ins Kopfkissen.

»Verlasse sofort mein Zimmer!« befahl Joseph.

MacAllister sah ihn mit halbgeschlossenen Augen von der Seite an.

»Soll ich dir mal was über Simon erzählen?« fragte er zutraulich.

Joseph zögerte, dann trat er an das Kopfende des Bettes und stemmte die Fäuste in die Hüften.

»Was denn?« fragte er.

»Simon ist krank.«

»Krank? Was hat er denn?«

»Er hat, daß er absonderlich ist. Seltsam, wenn du das lieber hörst. Wegen all der furchtbaren Einzelheiten wende dich an Killigrew. Er wird dir einen langen Vortrag über Freud halten.«

»Freud?«

»Und wenn du ganz artig bist, erfährst du auch allerlei über Platon, Michelangelo und Shakespeare.«

»Ich verstehe kein Wort.«

»Ich verstehe kein Wort«, wiederholte MacAllister und ahmte dabei Josephs ernste Stimme nach.

Er schloß die Augen, als wollte er schlafen, aber sein spöttisches Profil schien den großen Jungen, der unbeweglich dastand, zu verspotten.

»Geh jetzt«, sagte Joseph.

»Warum nutzt du nicht die Gelegenheit, daß ich hier und dir ausgeliefert bin, und versuchst, meine Seele zu retten? Halte mir doch mal eine kleine Predigt. Ich bin ganz still und schnarche auch nicht zu laut. Und dir verdanke ich es dann, wenn ich vielleicht bald eine Harfe und Flügel habe.«

»Über solche Dinge spottet man nicht«, rief Joseph, der bis an den Hals errötete.

»Hör mal zu, Jo«, fuhr MacAllister fort, »morgen abend gehen wir in die Stadt, uns amüsieren. Du solltest mitkommen. Großer Empfang in dem schönen, roten Haus an der Ecke der Jefferson Street, in der Nähe des Bahnhofs. Damenbedienung. Dann Tanz. Soll ich dir erzählen, was für einer?«

»Ich weiß nicht, was du meinst.«

»Natürlich nicht. Aber das wirst du schon noch begreifen.«

Im selben Augenblick machte er im Bett derart eindeutige Bewegungen, daß Joseph fühlte, wie ihm die Ohren zu glühen anfingen. Ohne ein Wort zu sagen, schnallte er den Gürtel los und mit dieser Peitsche in der Hand hob er plötzlich den Arm. Und wie damals im Wald, als er mit dem Ast auf die Sykomore einschlug, hatte er den Eindruck, daß sich sein Arm von selbst bewegte. Der schmale Riemen sauste durch die laue Luft und traf MacAllisters Rücken, der heulend aus dem Bett sprang. Ein zweiter Schlag traf seine Beine, und wieder stieß er einen Schrei der Wut und des Schmerzes aus.

»Du wolltest eine Predigt hören, da hast du sie!« sagte Joseph wie jemand, der erstickt. Er kannte seine eigene Stimme nicht wieder. »Soll ich weiterpredigen, du Sohn des Belial?«

Sein Opfer warf ihm einen haßerfüllten Blick zu und murmelte: »Nein!« In der Stille hörte man den keuchenden Atem der beiden Jungen, die sich, den Mund halbgeöffnet, betrachteten. Endlich stand MacAllister auf und erreichte mit dem Rücken zur Wand und zitternden Knien die Tür. Sein kleines, blasses Gesicht spiegelte ein mit Überraschung gemischtes Entsetzen, und sein Unterkiefer bebte, als hätte er vergessen, den Mund zu schließen. Während der folgenden Sekunden ließen sie sich nicht aus den Augen, aber Joseph wandte unmerklich den Kopf, um zu sehen, wie der Sohn Belials endlich aus dem Zimmer verschwand.

In diesem Augenblick erklang Frau Dares harte Stimme durch die Stille.

»Herr Day, einen Augenblick bitte.«

Joseph verließ sein Zimmer und ging zur Treppe. Den Gürtel hatte er immer noch in der Hand, als wären beide miteinander verwachsen. Schritte kamen die

Treppe herauf, dann wurde Frau Dares Kopf durch das Geländer sichtbar. Ihre Frisur war ein wenig zerzaust, ihre Backen waren rot geschminkt, und ihre Augen funkelten.

»Ich wollte Sie nur daran erinnern, daß Ihr Zimmer sich über dem meinen befindet.«

Sie sah den Riemen und zog die Brauen hoch. Ein leichtes Lächeln kräuselte ihre Mundwinkel.

»Schon wieder eine Schlägerei«, dachte sie. Mit milderer Stimme fügte sie hinzu: »Weiter nichts, Herr Day. Gute Nacht.«

Er murmelte ein paar Worte und machte eine kleine Verbeugung. Der Kopf verschwand.

Als Joseph wieder in seinem Zimmer war, schloß er die Tür, warf den Gürtel auf den Fußboden und verbarg sein heißes Gesicht und die Augen mit den brennenden Lidern in den Händen. Man hatte seine lauten Worte gehört. Frau Dare hatte sie gehört. Das war fast ein Skandal.

»Ich habe es nur zu MacAllisters Bestem getan«, flüsterte er zwischen den Fingern.

Aber eine innere Stimme flüsterte ihm zu: »Den wolltest du nicht schlagen.« Dann sagte er, ohne sich zu bewegen: »David.«

Ja, David. Der brachte ihn auch auf mit seinem Gerede und gönnerhaften Getue ... »Nein«, sagte die Stimme wieder. »Einen anderen ...«

Joseph rührte sich immer noch nicht.

»Ich habe gesündigt«, sagte er sich. »Ich hätte Mac Allister aus dem Zimmer jagen sollen. Aber ich durfte ihn nicht schlagen. Dazu hatte ich kein Recht. Ich werde ihn um Verzeihung bitten, so schwer mir das auch fällt.«

»Einen anderen«, sagte die unbarmherzige, leise Stimme wieder. »An einem anderen wolltest du dich rächen. Du kennst seinen Namen.«

»Das ist nicht wahr!« sagte Joseph laut und nahm die

Hände vom Gesicht. »Dem habe ich längst verziehen. An den denke ich nicht mehr.«

»Er heißt Praileau«, flüsterte die Stimme. Dann verstummte sie. Joseph befiel ein Zittern. Um ihn her schien alles so ruhig: die Bücher unter der Lampe, der Schaukelstuhl in der Ecke, das Fenster, das sich in die kühle Nacht hinaus öffnete, die vom Quaken der Frösche in den Bäumen erfüllt war. Aber Joseph empfand dennoch ein seltsames Unbehagen, und er wandte den Kopf und blickte über die Schulter, als erwartete er jemanden zu sehen. Aber es war niemand außer ihm im Zimmer.

Ohne daran zu denken, die Lampe zu löschen, fiel er schwer auf sein Bett und schlief sofort ein.

16

Mit mürrischem Gesicht legte er das große Paket, das seinen neuen Anzug enthielt, auf einen Stuhl.

»Du kannst ihn morgen zur Kirche anziehen«, sagte David mit einem Lächeln.

Joseph war in Versuchung, ihm in ironischem Ton für diese Erlaubnis zu danken, aber er beherrschte sich und schwieg, denn schließlich hatte ja David den Anzug bezahlt. Aber wieder einmal trug der kleine Pastor den Sieg davon und lenkte Joseph ganz wie er es wollte.

»Dein Zimmer gefällt mir«, sagte er und blickte sich zustimmend um. »Nur diese... bedauerliche Nachbarschaft.«

Joseph wußte, worauf er hinaus wollte, und antwortete nicht. Viel lieber wäre er allein gewesen. Aber er konnte doch den nicht fortschicken, dem er wegen des neuen Anzugs verpflichtet war. So fand er sich damit ab, die lästige Anwesenheit des anderen, so gut es ging, zu ertragen. Dennoch betrachtete er voller Haß den hellblauen Karton, der mit roter Kordel verschnürt war.

Besonders quälte es ihn – viel mehr als die Anzuggeschichte –, daß er David aus Schwäche seine persönlichen Nöte anvertraut hatte, das heißt, eigentlich hatte ihm David diese Geständnisse entlockt, als sie sich aus Sparsamkeit zu Fuß in die Stadt begaben. Und so wußte David, der niemals über sich selbst sprach, jetzt die ganze Geschichte mit Simon, auch das lächerliche Detail mit der Magnolienblüte, den Auftritt mit MacAllister und die beschämenden Schläge. Ach, wenn er doch diese Worte zurücknehmen und diesem kleinen, leidenschaftslosen Menschen die Erinnerung an dieses indiskrete Geschwätz entreißen könnte. Denn schließlich hatte er sich ihm ausgeliefert, und wenn David auch die Gewaltanwendung gegen MacAllister leicht tadelte, sagte er doch über Simon kein Wort und kniff nur die Lippen zusammen. Ja, wenn er gesagt hätte: »Bravo, Joseph, so war's richtig!« Aber nein, eine vorsichtige Zurückhaltung, die Zurückhaltung eines alten Herren. Gott sei Dank hatte Joseph ihm nichts von seinem Streit mit Praileau erzählt!

»Aber«, sagte David ein paar Sekunden später, den Hut in der Hand, »ich will dich weiter nicht stören. Du hast zu arbeiten. Wir sehen uns morgen früh um acht Uhr. Vergiß nicht, daß das Abendmahl gereicht wird.«

»Ich weiß es«, erwiderte Joseph.

David machte einen Schritt zur Tür.

»Ich danke dir für dein Vertrauen«, sagte er, als er die Türschwelle überschritt.

»Ich danke dir für die zwanzig Dollar, die du mir vorgestreckt hast«, erwiderte Joseph fast schroff.

Kaum hatte er diese Worte ausgesprochen, als er sie schon bereute. Er wandte sich zur Tür und wollte David zurückrufen. Aber dieser ging bereits die Treppe hinunter, und zwei Studenten kamen in lautem Gespräch die Treppe herauf. Joseph zögerte, dann schloß er die Tür und setzte sich an seinen Arbeitstisch.

Er las das ganze vierte Kapitel des Matthäus-Evangeliums und dann das fünfte bis zum vierundzwanzigsten Vers. Hier unterbrach er seine Lektüre und sah aus dem Fenster. Ein feiner Regen ließ die großen gelben und roten Blätter erglänzen, die die kleine Straße bedeckten, und die ersten Herbstdüfte strömten in sein Zimmer. Im Hause gegenüber saß ein Student am Fenster bei der Arbeit wie Joseph, aber er hob den Kopf nicht von seinem Buch.

»Und gehe zuvor hin und versöhne dich mit deinem Bruder«, murmelte Joseph.

Das Buch sprach zu ihm wie eine lebendige Person. Das Buch hatte eine Stimme, die keiner jemals gehörten Stimme glich, und diese Stimme sagte immer das Wort, das den Kern des Problems traf, aber sie verlangte oft sehr Schweres. Im vorliegenden Falle handelte es sich um etwas Unmögliches.

»Unmöglich«, sagte er und stand auf.

Aber der Klang dieses Wortes ließ ihn sich schämen. Man konnte dem Buch nichts abschlagen. Das Buch lag da auf dem Tisch und sagte immer dasselbe und würde es auch weiterhin tun, und niemand würde es daran hindern können. Man konnte ihm kein Schweigen auferlegen. »Vor allem versöhne dich«, sagte es, nicht aber zu einem x-beliebigen, sondern zu Joseph im besonderen, als wäre Christus in das Zimmer gekommen und säße nun da und spräche mit ihm.

Er wußte, daß er nachgeben würde, weil er dem Buch immer nachgab, und auch den Menschen gab er nach, wenn er in dem, was sie sagten, ein Echo des Buches zu vernehmen glaubte. Aber diesmal konnte er nicht nachgeben. Deshalb hatte er wohl ein Gefühl, als müßte er ersticken, deshalb griff er mit der Hand nach seinem Hals: er wollte etwas Unmögliches tun, nicht morgen, sondern gleich. Die Worte, die er sagen mußte, waren sicher nicht leicht zu finden. Er würde sich darauf vorbereiten müssen. Er würde einen Vorwand finden und zuerst von etwas Gleichgültigem sprechen...

Einige Augenblicke lang blieb er unbeweglich mitten im Zimmer stehen, mit wütendem Blick. Er wollte sich bei MacAllister nicht entschuldigen, weil er ihn im Grunde seines Herzens verachtete.

Plötzlich verließ er das Zimmer und begab sich an das Ende des Korridors. Die Tür stand offen. Er trat ein.

Bäuchlings auf dem Bett liegend und den Kopf zwischen beiden Händen, las MacAllister eine Nummer der ›Police Gazette‹, deren rosa Seiten mit Fotografien von nackten Frauen geschmückt waren. Bei dem Geräusch, das Joseph machte, hob er den Blick und richtete sich mit leicht schmerzverzerrtem Gesicht auf. Ohne ein Wort zu sagen, erhob er sich von seinem Bett und ging in eine Ecke des Zimmers. Wieder war das kleine, bleiche Gesicht von Angst erfüllt. Sie schien aus seinen Augen zu strömen wie aus einer Quelle und sich über sein Gesicht zu verbreiten. Joseph versuchte zu lächeln und wollte sprechen, aber er wußte nicht, was er sagen sollte, denn mit diesem Empfang hatte er nicht gerechnet. Endlich öffnete er den Mund und sagte mit unsicherer Stimme:

»Ich möchte mich mit dir versöhnen.«

MacAllister rührte sich nicht. Joseph wartete einen Augenblick. Dann sagte er in sichererem Ton:

»Ich möchte dich um Verzeihung bitten.«

Der Klang dieser Worte wirkte ganz seltsam auf ihn: er hatte den Eindruck, daß nicht er, sondern ein anderer sie gesprochen hatte und daß sie ihm das Herz öffneten. Plötzlich empfand er tiefe Zuneigung zu dem, den er beleidigt hatte. Er machte einen Schritt auf MacAllister zu.

»Ich hätte dich nicht schlagen sollen«, sagte er voller Wärme. »Das war unrecht von mir. Ich habe meine Kraft mißbraucht. Du sollst mir verzeihen, ich will alles wieder gutmachen.«

MacAllister blieb unbeweglich und antwortete nicht.

»Ich weiß nicht, weshalb ich dich geschlagen habe«, fuhr Joseph fort. »Ich werde oft zornig und weiß dann nicht mehr, was ich tue. Verstehst du?«

Vor MacAllisters Schweigen war er machtlos. Er konnte nicht immer wieder um Verzeihung bitten. Das wurde lächerlich, und das Buch verriet nicht, wie man sich in einem solchen Fall verhalten sollte. Nach kurzem Zögern trat er noch einen Schritt auf MacAllister zu und streckte ihm die Hand entgegen. »Gib mir die Hand«, sagte er milde.

Aber MacAllisters Hände klebten sozusagen an der Wand. Sie bewegten sich nicht. Seine kleinen, grauen Augen fixierten Josephs schwarze mit dem gleichen Entsetzen wie am Abend vorher. Nach Verlauf einiger Sekunden lächelte Joseph traurig und ließ die Hand sinken.

»Dann kann ich wieder gehen«, sagte er.

Mit einer etwas linkischen Geste, die er sich selbst nicht erklären konnte, berührte er MacAllisters Arm und verließ das Zimmer. Auf dem Korridor, der in die Zimmer führte, rief eine innere Stimme ihm zu: »So einfach geht das nicht! Du schlägst deinen Nächsten mit aller Kraft und dann bittest du ihn um Verzeihung. Er hatte schon recht, wenn er die Hand ausschlug, die du ihm reichtest; so einfach geht das nicht!«

Er wankte, als hätte jemand ihm ins Gesicht geschlagen. Dann torkelte er in sein Zimmer zurück. Weniger um zu beten, als vor Entsetzen vor sich selbst kniete er vor dem Bett nieder und vergrub das Gesicht in den gebeugten Armen.

17

An diesem Abend fehlten zwei beim Essen: MacAllister und Simon, und die Leuchter erhellten ihre leeren Plätze. Aber Joseph stellte keinerlei Fragen. Sehr gerade saß er auf seinem Stuhl und sah über den Kopf des kleinen John Stuart hinweg, der sich am anderen Ende des Tisches hinter der großen Brille verbergen zu wollen schien und vor Verlegenheit nicht aus noch ein wußte, wenn man ihn anredete. Neben ihm stopfte Skinny, der vom Lande kam, schweigend in sich hinein, was man ihm reichte, und legte die Gabel nur nieder, wenn er sich die langen, schwarzen Strähnen aus dem Gesicht strich, die ihm in die Augen hingen. Fast niemand sprach. Nur George, der große, bleiche Bursche mit der sommersprossigen Nase, ließ sich dann und wann vernehmen und äußerte eine unumstößliche Ansicht über die Verdienste gewisser Fußballspieler. Er war ein hagerer, derber junger Mann, mit kleinen, beweglichen Augen, deren Ausdruck fast böse war. Mit verschlagenem Gesicht machte er oft Anspielungen auf Dinge, die Joseph nicht verstand, die aber die Freude des Jungen vom Lande erregten. Gegen Ende der Mahlzeit goß er sich ein Glas Wasser ein und sagte:

»MacAllister langweilt sich heute abend bestimmt nicht. Jetzt ist er schon da unten.«

Beim Namen MacAllister spitzte Joseph die Ohren. Zu gern hätte er gewußt, was George mit »da unten« meinte.

»Ich gehe da nicht hin«, sagte der vom Lande mit vollem Mund. »Erstens kostet es viel Geld, und zweitens will ich die Ärzte nicht reich machen.«

George warf den Kopf zurück und stürzte sein Glas Wasser hinunter, dann stand er auf, um das Zimmer zu verlassen. Mit einem lasterhaften Lächeln reckte er sich und sagte:

»Man kann nicht immer den Ratschlag des alten Geizhalses Benjamin Franklin befolgen.«

»Benjamin Franklin?« wiederholte der andere.

»Natürlich, du Unschuldslamm: ›Das kostet nichts, das ist gefahrlos und angenehm dazu.‹«

Lautes Lachen begrüßte dieses Zitat, aber ohne sich um seinen Erfolg zu kümmern, begnügte sich George mit einem verächtlichen Lächeln und verließ mit eingezogenen Schultern das Eßzimmer. Wo er den Abend beenden würde, war klar. Als er gegangen war, herrschte Schweigen, dann fragte Joseph, der nicht ganz begriff, um was es sich handelte:

»Wo ist denn Simon?«

»Weiß ich nicht«, sagte der vom Lande, der seinerseits aufstand, um das Zimmer zu verlassen. Zwei andere Studenten begleiteten ihn. Als Joseph mit John Stuart allein war, wiederholte er seine Frage.

»Simon ist ausgegangen«, murmelte Stuart mit erstickter Stimme und faltete die Serviette.

»Wohin ist er gegangen?«

Stuart zuckte mit den Schultern und verschwand.

18

Wieder bei David, in diesem Zimmer, in dem man sich so wohl fühlte, wo alles nur Sicherheit war und Behagen, nicht nur materielles, sondern auch moralisches Behagen. Hier fand man sich auf merkwürdige Weise gegen die Welt geschützt. Die Lampe in der Mitte des Tisches verbreitete sanftes und beruhigendes Licht und ließ die Einbände der Bücher in den Regalen und den Goldschnitt der Bibel am Kopfende des kleinen, schmalen Bettes funkeln.

Die beiden jungen Leute standen einander gegenüber, und David hielt Josephs Hände in den seinen.

»Du brauchst dich nicht zu entschuldigen«, wiederholte David. »Das beschämt mich. Du hast mich eben nicht gekränkt. Das bringst du nie und nimmer fertig. Ich weiß, wie du bist. Bei dir ist die Absicht immer gut. Sieh mich an.«

Joseph hob den Blick.

»Ich will dir eine Frage stellen«, sagte er.

»Sprich.«

»Habe ich Simon gegenüber richtig gehandelt?«

David bedeutete Joseph, sich zu setzen.

»Simon ist seelisch labil«, sagte er und faltete verlegen die Hände. »Ich habe kürzlich mit jemandem über ihn gesprochen. Du solltest irgendwie dafür sorgen, daß er dich nicht mehr besucht. Schade, daß ihr in dem gleichen Hause wohnt. Wenn du hier wohntest...«

Joseph beugte sich auf seinem Sessel vor und sah David in die Augen.

»Habe ich Simon gegenüber richtig oder falsch gehandelt?« fragte er wieder.

»Du hast nicht falsch gehandelt, aber du gefährdest ihn.«

»Wieso?«

David biß sich auf die Lippen.

»Ich kann dir nicht antworten, Joseph. Jedenfalls nicht heute abend. Ich muß das alles erst überlegen und mit mir zu Rate gehen. Bete für Simon«, fügte er hinzu, »bete viel für ihn.«

Plötzlich erhob sich Joseph. Zorn flammte in seinen Augen.

»Ich weiß schon, was du denkst«, sagte er. »Alle glauben, ich verstände das nicht. So ein Blödsinn! Ich verstehe das sehr gut. Ich weiß Bescheid.«

»Sprechen wir nicht mehr davon«, erwiderte David schnell. »Wir wollen nie wieder davon sprechen. Das sind Dinge, über die man einfach nicht spricht.«

»Ich will für Simon beten«, sagte Joseph ruhiger, »aber ich weiß, daß der, der Unzucht treibt, nie in das

Himmelreich kommt. So steht es in der Heiligen Schrift. Alle diese Jungen mit ihren Weibergeschichten sind Kinder des Zorns.«

»Weibergeschichten?«

»Natürlich. Warum schaust du so erstaunt? Hältst du mich für schwachsinnig? Wenn Simon auch behauptet, er dächte nie an Weiber, er denkt doch daran, genau wie die anderen. Heute abend sind sie alle in die Stadt gegangen. In das Haus, von dem MacAllister mir erzählte, ein Haus ...«

Bei diesen Worten richtete David sich auf und bemühte sich, eine plötzliche Erregung zu meistern.

»Meinst du das Freudenhaus?«

»Ja. Und ich bin sicher, daß Simon sich jetzt dort befindet.«

David antwortete nicht gleich. Er sah Joseph verlegen an.

»Man soll die Menschen nicht verurteilen«, sagte er schließlich. »Das hat Christus ausdrücklich gesagt. In unserem Alter ist der Trieb fast unwiderstehlich ... der Sexualtrieb.«

»Ich hasse den Sexualtrieb«, erwiderte Joseph mit dumpfer Stimme.

Er stand jetzt neben dem Tisch, die Fäuste geballt, den oberen Teil des Gesichtes von der Lampe erhellt. Etwas lief wie eine große Welle über sein Gesicht. Mit verhaltener Wut fuhr er fort:

»Hast du gehört, was ich eben sagte? Ich hasse den Sexualtrieb. Sollen wir ihm unterliegen? Diese blinde Macht ist das Böse.«

»Nicht immer.«

»Doch. Immer. Wir werden in einem Anfall von Wahnsinn empfangen. Glaubst du denn, ich wüßte über diese Dinge nicht Bescheid? Grauenhaft ist es.«

»Aber Christus hat an der Hochzeit zu Kanaan teilgenommen.«

»Was beweist das? Er hat auch mit den Sündern zusammen gegessen und die Huldigung einer verworfenen Frau angenommen.«

David schwieg. Kurz darauf fuhr Joseph leiser fort:

»Am Tage meiner Ankunft hier hat Frau Dare zu mir gesagt, ich müßte noch mancherlei lernen. Sie hat recht. Ich wußte nichts. Aber ich habe gelernt. Du würdest staunen, wenn du wüßtest, was alles ich in zehn Tagen gelernt habe. Ich habe mich über die Menschen getäuscht. Ich wollte Seelen retten. Ja, das kommt dir vielleicht lächerlich vor.«

»Nein, durchaus nicht«, erwiderte David. »Das habe ich in deinen Augen gelesen, und deshalb fühlte ich mich zu dir hingezogen.«

Joseph wich unwillkürlich zurück.

»Die Seelen liegen im Staub«, sagte er, sich aufrichtend. »Nur wenige von ihnen sind gerettet.«

»Das wissen wir nicht.«

»Wegen des Fleisches sind nur wenige gerettet.«

David ging um den Tisch herum und stellte sich vor seinen Besucher, den er lange wortlos ansah. Dann fragte er mit schüchternem Ernst:

»Sollen wir zusammen beten?«

Joseph senkte den Kopf. Aus einer unwillkürlichen Regung löschte David die Lampe, und in der Dunkelheit knieten die beiden jungen Menschen nebeneinander nieder. Zusammen beteten sie das Vaterunser: » ... und führe uns nicht in Versuchung, sondern erlöse uns von dem Bösen, denn Dein ist das Reich und die Kraft und die Herrlichkeit. Amen!«

Sie schwiegen und blieben auf den Knien. Kein Laut der Außenwelt drang zu ihnen. Nach einigen Minuten fragte Joseph plötzlich mit einer Art heiserem Flüstern:

»Als wir neulich zusammen spazierengingen, sagtest du, wir beide, du und ich, wären auserwählt. Weißt du das noch?«

»Ja.«

»Weshalb hast du das gesagt?«

»Weil ich dessen sicher bin.«

Joseph wartete einen Augenblick, dann fuhr er im gleichen Ton fort:

»Wir sind immer vor Gott, aber in diesem Augenblick sind wir, glaube ich, in besonderer Weise vor ihm. Ich möchte dich etwas fragen.«

David antwortete nicht. Nach einem neuerlichen Schweigen fragte Joseph:

»Wenn man im Innersten seines Herzens seiner Rettung nicht sicher ist, wird man dann trotzdem gerettet?«

»Der Glaube gibt diese Gewißheit«, murmelte David. »Wer glaubt, wird gerettet.«

»Aber kann man glauben und die Gewißheit, gerettet zu werden, nicht haben?«

David zögerte.

»Handelt es sich um dich, Joseph?«

Schweigen. Dann kam die Antwort, kaum vernehmbar wie ein Hauch: »Ja, um mich.«

»›Wer an mich glaubt, hat das ewige Leben‹«, sagte David.

Und langsam fügte er hinzu:

»›Laßt euer Herz nicht in Verwirrung geraten. Glaubet an Gott und glaubet an mich. ‹«

In der Dunkelheit suchte seine Hand die Josephs und drückte sie.

»Laß dein Herz nicht in Verwirrung geraten«, sagte er leiser. »Die Heilige Schrift kennt keinen Irrtum. Du glaubst; du bist gerettet.«

»Wäre es eine Versuchung des Himmels, wenn ich um ein Zeichen bäte?«

»Du glaubst und du betest. Das ist ein Zeichen.«

Joseph schwieg. Seine Augen hatten sich an die Dunkelheit gewöhnt, und er erkannte den weißen Flecken, den das Laken auf Davids Bett bildete, und vor dem Fenster den Tüllvorhang, den der Abendwind leicht bewegte. Tiefe Ruhe überkam ihn. Gern hätte er David weitersprechen hören, gern hätte er selbst in dieser Dunkelheit gesprochen, die den Worten einen so ernsten und frommen Klang gab. Zweifellos hatte er David falsch beurteilt, oder besser: ein David, den er bisher nicht gekannt hatte, offenbarte sich ihm, fromm und einfach, ganz anders als der etwas herablassende Junge, der er sonst war.

Er schloß die Augen, faltete die Hände und hatte ein Gefühl, als würde sein ganzes Wesen leichter, als ergösse sich ein unbekanntes Glücksgefühl über ihn. Seit einem Augenblick hatte nichts anderes in der Welt mehr Wichtigkeit als diese plötzliche Freude, die sein Herz erfüllte. Alle Traurigkeit verflog, und statt der gewöhnlichen Sorgen hatte er das Gefühl einer köstlichen Sicherheit.

Zweiter Teil

I

In dieser Nacht wurde Joseph durch die Stimme eines betrunkenen Studenten geweckt, der unter seinem Fenster grölte. Gleichzeitig vernahm er Stimmen in dem Zimmer nebenan. Er zog sich die Bettdecke über den Kopf und versuchte, wieder einzuschlafen, aber was er auch unternahm, die Stimmen von nebenan nicht zu hören, der Lärm drang dennoch zu ihm und auch das Gegröle, das von der Straße heraufkam. So war es immer samstagabends, die Woche endete jedesmal mit einer Sauferei, die bis zum Morgengrauen dauerte. Die Art und Weise, wie seine Nachbarn sprachen, verriet ihm, daß sie mehr als eine Flasche getrunken hatten. Nur Killigrew, dessen nasale Stimme er deutlich erkannte, sprach noch einigermaßen deutlich.

»Das kann kein Mensch feststellen«, wiederholte er.

Ein Fluch ließ Joseph in seinem Bett erbeben.

»Ich weiß es«, schrie MacAllister. »Benton ist es noch, und sicherlich auch Stuart und Dennis...«

»Woran erkennst du das?« fragte Killigrew.

»An ihrer Haltung, ihrem Gang, wie sie sich setzen, sprechen, lachen, essen, die Tür öffnen, pfeifen...«

Das Ende des Satzes ging in lautem Gelächter unter. Gegen seinen Willen lauschte Joseph. Nach langem Schweigen sagte dann jemand überzeugt und voller Verachtung:

»Lächerlich, ein jungfräulicher Mann.«

»Ein jungfräulicher Mann hat einfach Angst vor den Weibern«, trompetete MacAllister, »und wer vor den Weibern Angst hat, ist einfach nicht zu gebrauchen.«

Instinktiv hielt Joseph sich die Ohren zu. Aber dann schämte er sich dieser Feigheit und sprang aus dem Bett. Am liebsten hätte er gegen die Tür geschlagen und so die Schwätzer zum Schweigen gebracht, aber der Gedanke, daß er in ein paar Stunden zum Abendmahl ging, hielt ihn zurück, denn er fürchtete, in Wut zu geraten. Er blieb in der Dunkelheit stehen, nur mit dem Nachthemd bekleidet, das ihm fast bis an die Knic reichte. »Wenn die mich so sähen«, dachte er. Er stellte sich vor, wie sie bei seinem Anblick lachen würden, aber gleichzeitig begann sein Herz zu schlagen, als wäre Gefahr im Anzug.

»Du kannst sicher sein, das Jahr ist noch nicht zu Ende und alle Studenten sind da gewesen«, sagte eine betrunkene Stimme.

»Wetten, daß nicht?« rief MacAllister.

»Ausgenommen ein paar zukünftige Pfarrer«, sagte eine andere Stimme.

»Dummkopf! Das sind die geilsten Böcke!«

»Wieso, Dummkopf!«

Joseph hörte, wie ein Stuhl umgeworfen wurde. Dann erklang laut und schneidend Killigrews Stimme:

»Nur keine Keilerei. Ihr redet von Dingen, von denen ihr keine Ahnung habt. Die einen meiden die Dirnen aus Angst vor Ansteckung, die anderen ...«

»Auf alle Fälle«, unterbrach ihn ein anderer, »wird man einen Studenten dort nicht sehen. Ihr wißt, wen ich meine.«

»Wenn ihr nicht leiser redet, macht ihr ihn noch wach.«

Joseph fühlte, wie sein Gesicht plötzlich glühte: von ihm war die Rede. Er ballte die Fäuste und ging unwillkürlich zur Tür. Den Worten Killigrews folgte ein kurzes Schweigen. Dann sagte jemand:

»Ach der!«

Diese Worte wurden wohl von einer Geste begleitet, denn lautes Lachen erscholl, und jemand sagte spöttisch:

»Engel haben keine Begierde.«

»Engel!« sagte Killigrew mit seiner verächtlichsten Stimme. »Der ist genauso aus Fleisch und Blut wie wir. Er ist nur ein Spätzünder, das ist alles.«

»Oder er verdrängt«, meinte einer, der bisher geschwiegen hatte.

»Nein«, erwiderte Killigrew. »Eines Tages wird er verdrängen, aber bisher ist seine Sexualität... noch nicht erwacht.«

Diese Worte wurden mit lautem Gelächter aufgenommen. Joseph wich einen Schritt zurück, hielt sich wieder die Ohren zu und schämte sich, denn daß er sich die Ohren zuhielt, war gleichbedeutend mit Flucht. Vielleicht war es ganz nützlich, wenn er hörte, was diese Männer im Nebenzimmer sagten. Aber er fürchtete auch, es wäre Sünde. Manche Worte, die durch die Tür zu ihm drangen, schienen vollkommen sinnlos: und doch hatten sie einen seltsamen Klang. Man meinte, er sei ein Spätzünder. Bezog sich das auf seine Studien? Aber was bedeutete »Verdrängung«. Und dann die geheimnisvollen und unpassenden Worte über seinen noch nicht erwachten Sexualtrieb.

Plötzlich sank er neben seinem Bett auf die Knie, griff mit den Händen in sein dichtes Haar und versuchte, sich zu sammeln: »Herr, laß sie schweigen!« dachte er. Aber gegen seinen Willen hörte er weiter auf die Stimmen von nebenan.

»Bei seiner Figur könnte er jedes Weib haben«, sagte einer halblaut.

»Praileau ist besser gebaut«, schrie MacAllister.

Joseph bebte.

»Praileau ist nur besser angezogen«, sagte Killigrew. Weshalb sprachen sie von Praileau? Wußten sie, was sich zwischen ihnen zugetragen hatte?

»Viele Frauen können Rothaarige nicht leiden«, meinte MacAllister.

»Ich möchte die Frau mal sehen, die sich nach dem nicht die Finger leckt«, sagte ein anderer.

»Der packt sie sich...«

Mit einer Art Sprung erhob sich Joseph, ging bis in die Mitte des Zimmers, packte den Stuhl, auf dem sorgfältig gefaltet seine Kleider lagen und warf ihn mit aller Gewalt gegen die Tür. Er sah Rock und Hose wie lebendige Wesen durch das Halbdunkel flattern, und dann schien plötzlich ein großer dumpfer Knall das ganze Haus zu erfüllen.

Es folgte eine tiefe Stille, in die hinein Killigrew mit geheuchelter Besorgnis aus dem Nebenzimmer fragte:

»Haben wir dich geweckt, Jo?«

Noch ehe Joseph die Frage beantworten konnte, hörte er Frau Dare am Fuß der Treppe rufen. Er öffnete die Tür, wagte sich aber nicht auf den Flur wegen seiner nackten Beine.

»Frau Dare«, sagte er leise.

»Was ist denn los?«

»Nichts«, sagte Joseph.

Mit leichtem Zittern in der Stimme sagte sie:

»Doch nicht wieder eine Schlägerei?«

Es vergingen ein paar Sekunden.

Joseph murmelte ein paar Entschuldigungsworte und schloß dann mit besonderer Behutsamkeit die Tür. Er warf sich auf sein Bett, zog die Decke hoch und schloß die Augen. Nebenan wurde wieder geflüstert. Aber er hörte nicht mehr hin und war bald eingeschlafen.

2

Am nächsten Tag stand er früh auf und nahm ein kaltes Bad. Das ganze Haus schlief noch. Er vermied jedes Geräusch, lag still in der Wanne, sang auch nicht, was er so gern getan hätte, und seifte in der Stille seinen großen, weißen Körper ein, den zu betrachten er peinlichst vermied.

Als er sein Zimmer wieder betrat, galt sein erster Blick dem Karton, der seinen neuen Anzug enthielt.

Der Anzug, den er tagtäglich trug, lag auf dem Fußboden, nicht weit von dem Stuhl, den er gegen die Tür geschleudert hatte. Joseph hätte keinen Augenblick zwischen den beiden Anzügen gezögert, wenn er David nicht versprochen hätte, heute den Sonntagsanzug zu tragen. Aber als er die Schachtel öffnete, seufzte er und warf den Inhalt achtlos auf das Bett. Was den Gedanken betraf, den Anzug schwarz färben zu lassen, so hatte ihn der zukünftige Pfarrer langsam davon abgebracht, nachdem er die Schneiderrechnung bezahlt hatte. Das würde nur wieder Geld kosten, und dieses Grau wäre doch schon so dunkel... Joseph hatte sich des Geldes wegen gefügt – diese Frage stand nun einmal zwischen ihnen –, aber er hatte große Mühe, seiner Wut Herr zu werden.

Er zog sich an. Ja, die Hose kniff mehr, als er es in Erinnerung hatte, der Rock aber schien nach Maß gearbeitet. Um das festzustellen, brauchte er nur in den kleinen Spiegel über dem Kamin zu blicken. Aber Joseph ließ diesen Blick, der ihm fast als etwas Unerlaubtes erschien, nur ein paar Sekunden dauern, dann wandte er den Kopf ab und blieb einen Augenblick unbeweglich stehen, denn er wußte nicht, was er in diesem Anzug, den er viel zu gut für sich fand, anfangen sollte. Dann ging er zum Fenster, das Gesicht von einem unbewußten Lächeln erhellt. Plötzlich dachte er: »Deine Gebete.«

Er errötete, als hätte man ihn geschlagen. Seit dem Erwachen hatte er nicht an Gott gedacht. Das war das erstemal seit vielen Jahren und traf ihn wie ein Schlag gegen die Brust. Gleichzeitig aber dachte er an das seltsame Glück, das er empfunden hatte, als er am Abend vorher mit David zusammen kniend gebetet hatte. Bei Tageslicht sah das auf einmal ganz anders aus.

»Es ist ein Zeichen«, murmelte er, ohne aber zu wagen, seinen Gedanken zu Ende zu denken und in der geheimnisvollen Freude ein Pfand der Rettung zu sehen. Ein Zeichen, vielleicht, eine Antwort auf angstvolle Fragen über den Zustand seiner Seele.

Jetzt stand er neben seinem Bett. Vom nahen Kirchturm schlug es sieben, und dann, in weiterer Ferne, aber weniger feierlich, von der Universität. Er hatte noch fünfzig Minuten für seine Gebete und die Lektüre eines Bibelkapitels. Aber er rührte sich nicht. Eine seltsame Idee war aus der Tiefe seines Hirns aufgetaucht und verwirrte ihn. Er sah an sich herab und betrachtete den Anzug, dessen etwas steifer Stoff noch keine einzige Falte warf, bis auf die Hose, deren Beine – welche Eleganz – eine scharfe Bügelfalte zeigten. Auf diese Falte heftete er seinen Blick. In einem plötzlichen Entschluß löste er den Gürtel, so daß das Kleidungsstück, dessen Vollkommenheit ihn verwirrte, an seinen langen Beinen hinabglitt. Dann legte er die Hose sorgfältig auf einen Stuhl (während er eben noch...), schloß die Tür ab und kniete neben dem Bett nieder. Aber er hatte kaum ein paar Worte gemurmelt, als neue Skrupel ihn befielen. In welchem Aufzug nahte er sich Gott? Im Rock und mit nackten Beinen. Konnte er diese merkwürdige Kleidung erklären? Er konnte es, wie demütigend das auch für ihn war: die Angst, seine Hose zu zerknittern, hatte ihn zu diesem seltsamen Tun veranlaßt. Also nur aus Eitelkeit... Schamrot stand er wieder auf.

Er zog sich an, wie es sich gehörte, und kniete wieder nieder. Er betete länger als sonst, denn er wollte sich auf diese Weise kasteien. Das Gesicht in die Kissen gedrückt, die Hände auf beide Ohren gepreßt, als wollte er seinen Kopf gegen den Lärm der Welt schützen, verharrte er eine Viertelstunde in dieser Stellung. Und sein Haar, das in der Tiefe fast schwarz war, bildete einen dunklen Flecken auf dem weißen Bett.

Als er wieder aufstand, war sein Entschluß gefaßt: er wollte dieses Haus verlassen und das Zimmer mieten, das David ihm vorschlug. Auf diese Weise würde ihn die Nachbarschaft der Lästerer nicht mehr stören, und aller Zorn würde fern von ihm sein. Anderswo gab es auch Seelen, die er retten konnte, und er würde sie durch die Geduld retten, durch die Milde und Zärtlichkeit, die in ihm aufstieg, sobald er gewisse Gesichter sah. Weshalb widersetzte man sich ihm? Alle Schwierigkeiten mit den anderen kamen daher, daß er ihnen nicht begreiflich machen konnte, wie ungeheuer gefährlich die Lage war, in der sie sich befanden. Aber er konnte nicht sprechen, die Worte waren ihm feindlich und kamen ihm nur schwer über die Lippen. Oft sagte er, was er gar nicht sagen wollte.

»Auch Moses konnte nicht reden«, dachte er. »Und auch nicht Jeremias...«

Er schlug den 119. Psalm auf: »Ich suche dich von ganzem Herzen...« Diese Stelle trieb ihm die Tränen in die Augen, als strömten sie aus der Tiefe seines Herzens. Welches Schweigen um ihn! Die kleine Stadt schlief noch. Eine milde Oktobersonne streifte das rosa Backsteintrottoir, das plötzlich zwischen den großen, bunten Blättern zu flammen schien. Joseph fühlte, daß ihm das alles auf ganz besondere Weise gegeben wurde, weil er allein es genoß, diesen Frieden, dieses Licht. Wieder senkte er den Blick auf das Buch und hatte für ein paar Augenblicke die tiefe Gewißheit, gerettet zu sein.

Eine Viertelstunde mochte vergangen sein, als leise an die Tür geklopft wurde. Joseph erinnerte sich, daß er sie abgeschlossen hatte. Er stand sofort auf und öffnete die Tür. Es war Jemima, eine der beiden Negerinnen, die bei Frau Dare im Dienst standen. Eine Stahlbrille gab ihrem alten Gesicht, dessen braunschwarze Haut wie Öl glänzte, ein gelehrtes Aussehen. Sie sah den jungen Mann mit ernsten und milden Augen an und flüsterte:

»Darf ich Ihr Zimmer machen, Herr Joseph? Ich störe Sie nicht.«

Schon wollte er sie fortschicken, als ihr Blick, der so demütig war wie der eines Tieres, ihn umstimmte. Sie war klein und trug ein schwarzes Kleid. Mit dem Besen in der Hand betrat sie das Zimmer.

»Dann habe ich eins schon fertig«, erklärte sie und ging zum Bett. »Die anderen Zimmer mache ich dann, wenn ich aus der Kirche komme.«

Mit ihren langen, schmalen Händen legte sie die Laken und Decken zurecht und wagte dann einen Blick zu dem Studenten, der sich wieder an den Tisch gesetzt hatte. Er beachtete sie nicht. So brauchte sie die Matratze nicht zu wenden. Aber gleich darauf fuhr sie zusammen, denn ohne aufzusehen fragte Joseph halblaut: »Lesen Sie auch alle Tage in der Bibel, Jemima?«

»Jeden Tag«, sagte sie und hob die Matratze hoch.

Etwas gereizt fügte sie hinzu: »Ich habe schon in der Bibel gelesen, als Sie noch nicht auf der Welt waren, Monsieur Joseph.«

Ohne zu antworten las Joseph weiter. Es dauerte einige Zeit, bis Laken und Decken wieder an Ort und Stelle lagen. Dann klopfte Jemima das Kopfkissen in Form.

»Wenn alle Herren im Haus so wären wie Sie«, sagte sie freundlich, »dann wäre für jeden das Leben leichter.«

Joseph fragte sich, was er erwidern könnte, aber es fiel ihm nichts ein.

»Die saufen und fluchen, aber Sie tun das nicht«, sagte sie. »Ich will Ihnen kein Kompliment machen, die Köchin hat neulich gesagt, Sie sähen aus wie ein Engel.«

Er errötete, schlug eine Seite in seinem Buch um und tat so, als hätte er nichts gehört. Jemima fuhr leicht mit dem Besen um die Möbel herum. Nur um etwas zu sagen, murmelte sie:

»Als Fräulein Moira hier wohnte, stand das Bett fast mitten im Zimmer und etwas schräg.«

Ohne den Kopf zu bewegen, hob Joseph den Blick.

»Fräulein Moira«, wiederholte er.

»Ja«, sagte Jemima, »die Adoptivtochter von Frau Dare. Sie bewohnen ihr Zimmer. Während der Ferien schläft sie hier. Weihnachten, wenn Sie nicht hier sind... Aber sie will absolut, daß das Bett schief fast mitten im Zimmer steht. Das Fräulein hat seinen eigenen Kopf. Haben Sie sie schon mal gesehen, Herr Joseph?«

»Ich? Nein.«

»Richtig. Sie verließ das Haus ein paar Stunden vor Ihrer Ankunft. Schade, daß Sie sie nicht noch kennengelernt haben. Ist ein schönes Mädchen, Fräulein Moira. Aber sie hat ihren eigenen Kopf. Und dann ist da noch etwas...«

Sie sprach den Satz nicht zu Ende, als wartete sie auf eine Frage seinerseits. Joseph hatte seinen Blick schon wieder auf das Buch gerichtet. Er biß die Zähne aufeinander und tat so, als wäre er ganz in das versunken, was er las. Wenn Jemima doch endlich das Zimmer verließe! Als sie dann gegangen war, stand er auf, wandte die Augen langsam nach dem Bett und betrachtete es. Das Zigarettenetui, das am Tag seiner Ankunft auf dem Bett gelegen hatte, gehörte ihr. Sie rauchte. Und in dem Bett, in dem er schlief, hatte sie geschlafen. Welch tiefe Stille um ihn, ganz plötzlich, um ihn und in ihm...

Die Uhr am Ende der Straße schlug ein Viertel vor acht. Er unterbrach seine Gedanken, öffnete eine Schublade und entnahm ihr einen schwarzen Schuber, der ein Gebetbuch und ein Gesangbuch enthielt. Er würde wohl zu früh zur Kirche kommen, wenn er jetzt schon aufbrach, aber er wollte keine Minute länger in diesem Zimmer bleiben.

3

Zwei Stunden später war er wieder da. Die beiden frommen Bücher wurden in die Schublade geworfen und die neue Jacke ungeduldig auf das Bett geschleudert. Weshalb war an einem so herrlichen Morgen alles so schlecht verlaufen? In der Kirche hatte ihn die Predigt des Pfarrers über die, die unwürdig das Abendmahl empfangen, mit Entsetzen erfüllt. Der Predigt lag das Wort des Paulus zugrunde über die, die ihre eigene Verdammnis essen oder trinken. Konnte man überhaupt sicher sein, nicht seine eigene Verdammnis beim Abendmahl zu essen oder zu trinken, wenn selbst Engel vor Gott nicht rein waren? An welchen Zeichen sollte man erkennen, daß man sich ohne Gefahr dem Brot und dem Wein nähern konnte? Der Jude, der die Bundeslade angefaßt hatte, um sie vor einem Fall zu bewahren, war tot umgefallen. So setzte sich auch der Sünder dem geistigen Tod aus, es sei denn, er wäre im Blute des Lammes gewaschen und rein von all seinen Sünden.

Er hatte Angst gehabt. Im Augenblick des Abendmahls hatte David, der neben ihm stand, seine Hand berührt und ihm zugeflüstert: »Wir nehmen das Abendmahl zusammen.« »Ich nehme das Abendmahl nicht«, hatte Joseph plötzlich aus einem Entschluß geantwortet. Ohne ein Wort zu sagen, war David mit zehn bis zwölf jungen Leuten, die eine kleine Gruppe bildeten, an den Altar getreten.

Warum hatte er David so geantwortet? Er wußte es nicht. Die Worte waren da, ohne daß er sie überlegt hatte. Und als er sie gesagt hatte, konnte er sie nicht wieder zurücknehmen.

»Ich darf es nicht.« Diese Worte, die er sich innerlich wiederholte, schienen einen Sinn zu haben und auf jeden Einwand zu antworten. Seine Wut von gestern abend war Sünde, und heute morgen... Seit heute morgen war er ein anderer geworden. Die Gewißheit, gerettet zu sein, war einer namenlosen Angst gewichen, und als hätte sich der Teufel schon seiner bemächtigt, hatte er, als sie die Kirche verließen, kurz mit David gesprochen, der ihn wieder einmal wegen des Zimmers fragte. Als dieser junge Mann mit dem zu ernsten Wesen ihn bedrängte, hatte er das so vernünftige Angebot plötzlich abgelehnt. David aber hatte nur gelächelt, hatte ihm leicht den Arm gedrückt und gesagt, daß er verstünde. Wenn er doch wütend geworden wäre! Aber David überließ sich keiner Wut, verlor niemals die Überlegenheit, die ihn von allen absonderte.

Mit den Händen in den Taschen ging Joseph im Zimmer auf und ab. Die Hose kniff ihn. Deshalb wagte er nicht, sich zu setzen. Der Hose könnte etwas passieren. Er kam auf den Gedanken, sich hinzulegen. Aber um zehn Uhr morgens legte man sich nicht hin. Er wollte stehen bleiben und im Stehen lesen, morgen würde er dann wieder den alten Anzug anziehen, und alles wäre wieder wie sonst. Unbeweglich stand er da und heftete den Blick auf das Bett, das er mißbilligend betrachtete. Minutenlang befaßte er sich mit einer Überlegung, bei der sich seine langen Brauen zusammenzogen und die geschwungene Linie seiner fleischigen Lippen ein wenig hart wurde. Schließlich sagte er mit einer dumpfen Stimme, die nur mühsam die Worte formte:

»In dem Bett schlafe ich nicht mehr.«

Dieser Gedanke schien ihn zu beruhigen. Er legte die geöffnete Bibel auf den Kamin und las mehrere Seiten. Aber schon störten ihn die Geräusche im Hause: in den benachbarten Zimmern wurden die Studenten wach, schrien und lachten schon. Seufzend schloß er das Buch und fragte sich, was er tun sollte, als das Knarren der kleinen Holzpforte ihn an das Fenster lockte.

Er hatte eben noch Zeit, einen Mann und eine Frau zu erblicken, beide klein und schwarz gekleidet, die die Verandastufen heraufkamen. In plötzlicher Neugierde, die er nicht beherrschen konnte, öffnete er die Türe seines Zimmers und lauschte. Schon bald vernahm er Stimmen, die aus dem Salon bis zu ihm drangen. Aber er verstand nur, was Frau Dare des öfteren wiederholte:

»Das tut mir leid, schrecklich leid.«

Die Unterhaltung dauerte noch ein paar Minuten, dann kamen die Stimmen näher, und er hörte drei Personen die Treppe heraufkommen. Er schloß die Tür ebenso leise, wie er sie geöffnet hatte, und rührte sich nicht. Zweifellos fühlte er sich schuldig, aber trotzdem fuhr er fort zu horchen. Die Schritte gingen bis an das Ende des Flurs. Dann wurde ein Schlüssel im Schloß gedreht, und eine Tür wurde geöffnet.

In diesem Augenblick trat Joseph wieder an das Fenster, nicht weil er sehen wollte, was sich auf der Straße zutrug, sondern weil er sein Lauschen bereute. Von dort, wo er jetzt stand, konnte er nichts mehr hören. Schweißtropfen kitzelten ihm die Stirn, denn es war heiß, und er wischte sich mit dem Taschentuch über das Gesicht. Und plötzlich meinte er, er hätte die Häuser mit ihren Säulenveranden, die Sykomoren längs der geklinkerten Trottoirs und den von den großen, gelben, roten und purpurnen Blättern zerrissenen Himmel noch nie so deutlich gesehen. Er war verwirrt. Es kam ihm vor, als betrachtete er ein Bild oder die Dekorationen einer leeren Bühne, die auf die Ankunft von jemandem oder von etwas wartet. Im selben Augenblick hörte er wieder Schritte auf dem Flur. Dieses Mal waren sie langsamer. Noch ein paar Sekunden und er sah den schwarzgekleideten Mann das Haus verlassen. Er trug zwei Koffer mit den Initialen von Simon Demuth. Josephs Kehle zog sich zusammen, aber er bewegte sich nicht. Dann bemerkte er, daß der Mann einen zu langen Überzieher trug, der ihm um die Knöchel schlug, und daß er eine große, gebogene Nase hatte, wie man sie auf Karikaturen sieht. Die Frau, die ihm folgte, noch kleiner als vorhin, hielt ein Taschentuch vor den Mund. Beide erreichten bald einen bescheidenen Wagen, der auf der anderen Seite der Straße auf sie wartete, und eine Minute später waren sie verschwunden.

4

Der Tag schien ihm düster und traurig. Aus Langeweile ging er spazieren, aber weder der blaue Himmel noch der herbstliche Duft, der vom Boden aufstieg, gab ihm seine Ruhe wieder. Der Weg, dem er folgte, schlängelte sich durch die Wiesen und kletterte dann gemächlich weiter durch die Wälder, die die Hügel bedeckten. Unter den Schuhen des jungen Mannes raschelten die von der Sonne gedörrten Blätter mit hartem Geräusch. Er irrte einige Zeit unter den Bäumen umher, brach einen Zweig ab, aus dem er sich eine Rute machte, und ging dann den gleichen Weg zurück. Wegen des neuen Anzugs wagte er weder zu laufen noch sich zu bücken, um Steine aufzuheben, die er gern weit geworfen hätte, wie er das in seiner Heimat tat. Er kam sich in seinem Sonntagsanzug recht unglücklich vor. Es war schon besser, er ging wieder nach Hause.

Auf der Treppe begegnete er Frau Dare, die eine Zigarette zwischen den Fingern hielt.

»Ich suchte Sie«, sagte sie. »Kommen Sie doch bitte eben mit.«

Als sie die Tür des Salons geschlossen hatte, sagte sie plötzlich mit ihrer dünnen, energischen Stimme:

»Ich weiß nicht, Herr Day, ob Sie es schon erfahren

haben. Eben waren Simon Demuths Eltern hier. Er hat die Universität verlassen.«

Joseph überlegte eine Sekunde, und dann fragte er: »Und wann kommt er wieder?«

Mit einer ungeduldigen Bewegung schnippte sie die Asche von ihrer Zigarette.

»Er kommt nicht wieder.«

Nach einem Augenblick fügte sie mit gesenkten Lidern hinzu: »Ich wäre Ihnen dankbar, wenn Sie in sein Zimmer zögen. Ja, ich wurde eben angerufen, ich erwarte Besuch. Es handelt sich nur um ein paar Tage... Das werde ich Ihnen noch erklären.«

Josephs Schweigen reizte sie, und sie hob wieder die Augen. Beide sahen sich an.

»Wir werden Ihre Sachen gleich morgen in das andere Zimmer bringen«, sagte sie. »Sind wir einig?«

»Nein«, sagte Joseph.

Frau Dare öffnete den Mund, um etwas zu sagen, änderte dann aber ihren Entschluß. Auf diese Weigerung war sie in keiner Weise vorbereitet. Aber dennoch lächelte sie. Sie setzte sich in einen Sessel und forderte Joseph auf, Platz zu nehmen. Er schüttelte den Kopf und blieb stehen.

»Wie Sie wollen«, sagte sie.

Aus halbgeschlossenen Augen warf sie ihm einen Kennerblick zu und sog an ihrer Zigarette.

»Ihr Anzug gefällt mir«, sagte sie.

Er wurde rot, faßte linkisch nach dem Revers seines Rockes, mit einer Geste, deren Bedeutung nicht klar war, und ließ den Arm gleich wieder sinken. Sie lächelte vor sich hin.

»Sie sind drollig«, sagte sie.

Sie hatte inzwischen ihren Kopf gegen die Rückenlehne des Sessels gelegt und betrachtete ihn mit Wohlwollen.

»Ich hätte lieber eine andere Farbe genommen als dieses Dunkelgrau«, fuhr sie fort. »Dunkelgrün, ein klares, reines Grün würde Ihnen gut stehen. Grün ist die Farbe der Rothaarigen. Sagen Sie mal, Herr Day, wollen Sie wirklich Pastor werden?«

»Nein, Frau Dare.«

»Dazu gratuliere ich Ihnen. Das wäre bestimmt nicht das Richtige für Sie.«

Mit den Händen auf dem Rücken sah er ihr in die Augen.

»Ich weiß nicht, was Sie damit sagen wollen«, sagte er mit belegter Stimme.

Sie machte ihr schönstes Gesicht und flüsterte mit gespitztem Mund: »Charmant.«

Joseph benützte das Schweigen, seinen Händen eine andere Haltung zu geben. Diesmal faltete er sie. Am liebsten hätte er den Salon verlassen, aber er fand hierzu keinen Vorwand. Wenn er sagte, er müßte arbeiten, dann wäre das eine Lüge. Fast gegen seinen Willen wandte er sich ab.

»Daß ich rauche, schockiert Sie wohl?« sagte Frau Dare mit ernsterer Stimme. »Ich weiß das, und es gefällt mir. Ich meine, es gefällt mir, daß Sie so ernst und von der Welt noch nicht verdorben sind. Heutzutage ist das sehr selten ... Wollen Sie sich nicht setzen?«

»Danke, ich bin nicht müde.«

Wieder lächelte sie.

»Was war das gestern abend für ein Lärm?« fragte sie mit gespielter Gleichgültigkeit. »Ich meine diesen dumpfen Krach. Eine Schlägerei?«

»Nein.«

Er zögerte. Dann verschränkte er die Arme herausfordernd über die Brust und sagte endlich:

»Meine Nachbarn sprachen sehr laut und sagten Dinge, die mir mißfielen. Ich habe den Krach gemacht, um ...«

» ... zu erreichen, daß sie den Mund hielten.«

»Ja. Entschuldigen Sie bitte.«

»Ach«, sagte sie und bewegte die lange Hand, »ich

hätte kein Wort darüber verloren, wenn ich nicht gerade einen Brief geschrieben hätte ... an meine Adoptivtochter ...«

Joseph rührte sich nicht.

»An Moira«, seufzte Frau Dare. »Sehr gegen meinen Willen verläßt sie die Schule, die sie besucht, die dritte in diesem Jahr. Aber das ist eine lange Geschichte. Ich garantiere Ihnen, daß sie nur ein paar Tage hier bleibt, sie und ihre Freundin Celina, die sie begleitet. Diese ... (sie machte eine Geste und beendete den Satz nicht). Kurzum, Moira will Ihr Zimmer, das sie vor Ihrer Ankunft bewohnte. Ich bin sicher, daß wir zwei das unter uns regeln ...«

Sie ließ ein paar Sekunden vergehen, als wollte sie Joseph erlauben zu antworten. Aber Joseph schwieg.

»Wir reden noch einmal darüber«, sagte sie unbekümmert. Dann stand sie plötzlich auf und fragte:

»Und was sagten Ihre Nachbarn?«

»Aber ...«

Wieder errötete er. Diese Frage überraschte ihn, und er wußte nicht, was er antworten sollte. Schließlich murmelte er:

»Unanständigkeiten.«

Sie bekam einen Lachanfall, daß ihre Schultern und ihr Bauch erbebten. Ihr großer Mund entblößte eine doppelte Zahnreihe, die vom Rauchen gelb geworden war, aber in ihren hellen Augen funkelte keine Spur von Freude. Joseph betrachtete sie verdutzt. Als sie sich beruhigt hatte, zerdrückte sie mit dem Finger eine Träne im Augenwinkel und ließ eine Art Glucksen hören.

»Ich finde Sie hinreißend«, sagte sie.

Als der junge Mann ein empörtes Gesicht machte, fügte sie hinzu:

»Das ist so eine Redensart, Herr Day. Ich meine das nicht wörtlich.«

Ohne ihn weiter eines Blickes zu würdigen, ging sie

an ihm vorbei und verließ das Zimmer. Kurz darauf hörte Joseph sie im Flur lachen und sagen:

»Unanständigkeiten.«

Er biß sich auf die Lippen und ging hinauf in sein Zimmer.

5

Als er an diesem Abend das Eßzimmer verließ, traf er Killigrew, der ihn auf die Veranda zog.

»Ich muß Ihnen etwas mitteilen, das Sie überraschen wird«, begann er.

Er trug einen Anzug aus grobem, rauhem Stoff, der einen starken Geruch ausströmte, dazu eine Pumphose, wie Golfspieler sie tragen, und grüne Wollstrümpfe. Seine Brille funkelte hart in dem Halbdunkel.

»Was?« fragte Joseph.

»Vielleicht wissen Sie schon, was mit Simon passiert ist?«

»Frau Dare hat mir gesagt, er käme nicht wieder.«

Killigrew legte eine Hand auf Josephs Schulter und murmelte:

»Jo, Simon ist tot.«

Joseph bebte, aber er sagte nichts.

»An der Universität soll das nach Möglichkeit niemand erfahren. Seine Eltern legen großen Wert darauf. Wir stammen aus derselben Stadt, und ich kenne seine Familie. Am Montag ist er mit dem Zug plötzlich nach Hause gefahren. Beim Hantieren mit einer Schußwaffe ist es dann geschehen.«

Kurzes Schweigen folgte diesen Worten.

»Eine Schußwaffe... Warum?« fragte Joseph plötzlich.

»Das weiß kein Mensch. Niemand kann es sagen,

ob es sich um einen Unfall oder um etwas anderes handelt.«

Joseph ergriff Killigrews Hand und schüttelte sie.

»Und Sie«, fragte er, »was glauben Sie?«

»Ich weiß es nicht, ich weiß nichts«, erwiderte Killigrew leise. »Meine Meinung ist auch ganz belanglos. Simon ist tot.«

Er machte seine Hand frei und verschwand.

6

Josephs erste Regung war, gleich zu David zu gehen und mit ihm das Gehörte zu besprechen. Aber er gab diese Absicht gleich wieder auf und ging in die Bibliothek, wo er eine Stunde in einer der Nischen verbrachte, den Kopf zwischen den Fäusten und die Augen auf die Seiten eines Buches geheftet, dessen Titel er unmöglich hätte sagen können. »Simon ist tot«, sagte er sich immer wieder, als wollte er sich zwingen, an diese Worte zu glauben. Aber trotz allem, erregt war er eigentlich nicht. Er wäre gern ergriffen gewesen, aber seine Augen blieben trocken, und als er die erste Überraschung überwunden hatte, schlug sein Herz so ruhig wie immer. Er wollte sich Simon im Sarge liegend vorstellen, aber das gelang ihm nicht. Es war, als striche die Nachricht von diesem Tod um ihn herum, als suchte sie vergeblich eine Öffnung, durch die sie bis in sein Gehirn dringen konnte. Auch der Glaube gab Joseph keinerlei Hilfe, denn nach seiner Meinung war ein Gebet für Simon nutzlos: Simon war verdammt.

Er stand auf, gab der Bibliothekarin das Buch zurück und ging nach draußen. Regentropfen schlugen ihm ins Gesicht, und er roch den leichten Duft, der aus der feuchten Erde aufstieg. Der Duft hatte etwas Berauschendes, und er atmete ihn voller Freude durch die weitgeöffneten Nasenlöcher ein. Dann schlug er den Rockkragen hoch. Er ging die Stufen der Bibliothek hinunter und dann weiter über den Weg, der zu der großen Allee führte. Über ihm brauste der Wind durch die Bäume, wirbelte die Blätter durch die schwarze Luft mit einem großen, dumpfen Schrei, der plötzlich verklang und dann gleich wieder ertönte. Die Frische der Nacht erschien Joseph köstlich, und er empfand ein derartiges Wohlbehagen, daß er unwillkürlich lächelte wie über ein geheimes Glück. Seine Brust dehnte sich. Unbewußt ging er schneller, die Hände in den Taschen, dann packte ihn plötzlich die Lust zu laufen, aber er hielt sich zurück, denn er hatte sich daran gewöhnt, sich zu beherrschen. Gegen die ungeheure Lebensfreude aber, die er in der Tiefe seines Herzens und gleichsam in seinem ganzen Sein empfand, die er sich nicht erklären konnte, war er machtlos.

Als er wieder in seinem Zimmer war, zog er den Rock aus und warf ihn auf einen Stuhl. Er schob auf dem Tisch ein paar Bücher hin und her, als wollte er arbeiten, und tatsächlich schlug er eine griechische Grammatik auf; sein Blick wanderte über eine Seite mit Deklinationstabellen. Er runzelte die Stirn und legte das Buch auf den Tisch. Tiefe Stille herrschte im ganzen Hause. Draußen legte sich der Wind, und der Regen rauschte eintönig und mild durch die Bäume mit einem Geräusch, das wie ein Flüstern war. Joseph trat an das Fenster und blickte hinaus auf das rosafarbene Trottoir aus Klinkersteinen, das unter einer Laterne wie Email funkelte, und um diesen leuchtenden Flecken war die Nacht voll von dem Gemurmel der Wassertropfen auf den Blättern. Und wieder bemächtigte sich seiner das unverständliche Glücksgefühl: als kreiste eine unbekannte Kraft durch seinen ganzen Körper, und mit einer plötzlichen Bewegung griff er nach seiner Schulter, nach seinem Arm, betastete sein Fleisch und, selbst über sein Tun überrascht, überkam ihn plötzlich eine Art Verlegenheit, und er ließ seine Hand kraftlos über seinen Schenkel gleiten.

»Simon ist tot«, dachte er versunken. »Simon hört den Regen nicht mehr.« Ein paar Sekunden lang sah er den kleinen Studenten mit seinem Skizzenbuch vor sich, sah seine Augen, die unruhig und flehend zugleich waren wie die eines geschlagenen Hundes. »Wie gefallen dir meine Skizzen...« Seine Schüchternheit, das irgendwie Verletzte in seinem Blick... Man konnte nicht »nein« zu ihm sagen, aber das mißbrauchte er gleich und schlich sich ein. Und dann diese Geschichte mit der Magnolienblüte und der merkwürdige Tränenausbruch...

Joseph hob plötzlich die Hand, als wollte er die Erinnerung an diese Dinge verscheuchen. Der Gedanke an Tote führte zu nichts. Er setzte sich auf sein Bett und sah auf seine Uhr. Es war kurz vor elf, aber wegen des Regens würde er die Uhr draußen nicht hören. Seit kurzem fiel der Regen dichter, und das Ohr unterschied den ernsten und vollen Klang des Wassers, das durch die Bäume rieselte, und das scharfe Trommeln der Tropfen auf dem Verandadach. Manchmal hörte es sich an wie Gesang, aber man mußte genau hinhören, um inmitten all diesen Lärms die reine und ferne Stimme zu vernehmen, die sich in die Nacht erhob und aus einer anderen Welt zu kommen schien. Und man wußte nicht, ob das, was sie sagen wollte, traurig oder fröhlich war.

Joseph erhob sich und löschte das Licht. Seine Zimmernachbarn waren sicher in der Stadt, denn kein Laut war im Haus zu hören, und er empfand tiefe Befriedigung bei dem Gedanken, daß er allein war. Er reckte sich im Halbdunkel und gähnte vor Müdigkeit. Dann zog er das Hemd aus, schnallte den Gürtel los und zog die Hose aus. Seit seiner Kindheit zog er sich im Dunkeln aus, und immer vermied er, seinen Körper zu betrachten, aber an diesem Abend sah er doch die

Weiße seiner Glieder. Auch ohne Licht erkannte er die Form seiner Arme, seiner Knie. Früher hatte sein Vater zu ihm gesagt, der Leib führte in die Hölle, die Seele aber in den Himmel. Das stimmte: der Körper war der Feind der Christen.

Er zog das Nachthemd an und kniete nieder, um zu beten. Aber er betete hastig und mit dem geheimen Wunsch, die Gebete bald hinter sich zu haben. Mitten im Vaterunser war ihm der seltsame Gedanke gekommen, sein Bett umzustellen, und dieser Gedanke beschäftigte ihn derart, daß er eigentlich gar nicht mehr wußte, was er sagte. Um sein Gewissen zu entlasten, fing er noch einmal von vorn an. Aber wieder verhedderte er sich, und einen Augenblick später stand er auf und schob das Bett in die Mitte des Zimmers, bis es schräg stand, von Kamin und Tür gleich weit entfernt.

Seine Hände bebten leicht, als sie die Kupferstange berührten. Mit einer Heftigkeit, die ihn selbst erstaunte, riß er die Decke vom Bett, aber seit heute morgen war all sein Tun anders als sonst. Er ging um das Bett herum und strich leicht mit den Fingerspitzen über das Kopfkissen und das Laken, mit einer Geste, die schüchtern und liebkosend zugleich war. Dann warf er sich plötzlich auf das schmale Bett, dessen Federn unter dem Gewicht seines Körpers knarrten, und reckte sich zu seiner ganzen Länge.

7

Gegen ein Uhr weckte ihn MacAllisters Stimme, der nach Hause kam und mit einem seiner Nachbarn sprach. Beide hatten getrunken, und Joseph verstand, daß sie von einer Frau sprachen. Aus Gewohnheit und Vorsicht legte er die Hände flach auf die Ohren und blieb ein paar Sekunden in dieser Haltung, als seine

Beine sich plötzlich entspannten und er mit einem Sprung aus dem Bett war.

»Du bist schlimmer als die da«, rief er.

Stehend und beide Fäuste gegen die Brust gepreßt, wiederholte er die Worte mit vor Erregung heiserer Stimme. Er keuchte wie nach einem Lauf. In plötzlichem Entschluß zog er sein Nachthemd aus und kleidete sich schnell an, ohne sich die Zeit zu nehmen, die Krawatte umzubinden. In Schuhen, aber ohne Socken verließ er sein Zimmer und war bald auf der Straße.

Es hatte aufgehört zu regnen. Zuerst ging er mit langen Schritten, aber bald fing er an zu laufen und machte erst halt, als er das Haus erreicht hatte, in dem David wohnte. Zuerst wollte er an der Haustür klingeln, aber er besann sich anders, als er sah, daß nirgends mehr Licht brannte. Er öffnete das Gartentor und ging über den Rasen und dann weiter um das alte Haus herum.

Dort, wo er jetzt war, warfen die Bäume einen so dunklen Schatten, daß er sich an den Holzlatten entlangtasten mußte, um Davids Fenster zu erreichen. Das Fenster war offen, wie er gehofft hatte. Aber das Gitter aus feinem Draht versperrte den Weg ins Zimmer und widerstand auch Josephs Anstrengungen, es emporzuheben. Mit halblauter Stimme rief er David. Als er keine Antwort erhielt, schlug er mit der flachen Hand gegen das Gitter und rief lauter.

Das Schweigen, das darauf folgte, war so tief, daß er es nicht zu stören wagte. Mehrere Minuten blieb er unbeweglich und unentschlossen stehen. Die Nacht war erfüllt von einem scharfen Duft, der aus dem toten Laub aufstieg, und man vernahm nur das Murmeln eines leichten Windes, der dann und wann durch die Wipfel der Bäume strich. Endlich faßte er wieder Mut und rief.

»Bist du es?« fragte Davids Stimme.

»Komm mal ans Fenster«, erwiderte Joseph.

In der Dunkelheit sah er den weißen Flecken, den Davids Gesicht hinter dem Drahtgitter bildete.

»Hör mal«, flüsterte er. »Ich hab's mir überlegt. Wenn das Zimmer noch frei ist, nehme ich es.«

»Das ist gut«, erwiderte David in jenem ernsten Ton, der Joseph immer ein wenig auf die Nerven ging. »Ich sage Frau Ferguson gleich morgen früh Bescheid.«

»Wundert es dich nicht, daß ich so spät zu dir komme?« fragte Joseph, der eine gewisse Ungeduld nicht unterdrücken konnte.

Die Antwort ließ etwas auf sich warten. Und dann klang es leise durch das Gitter:

»Ich stelle möglichst wenig Fragen.«

»Mit andern Worten: ich bin vollkommen«, dachte Joseph. Er entfernte sich vom Fenster, als wollte er gehen. Dann kam er plötzlich wieder näher.

»Ich muß dir noch etwas sagen«, sagte er mühsam. David löste einen Haken und entfernte das Gitter.

»Komm rein«, sagte er. »Ich mache Licht.«

»Nein«, sagte Joseph, »kein Licht.«

Er schwang sich auf die Fensterbank und von dort ins Zimmer.

»Setz dich«, sagte David. Er faßte ihn bei der Hand und führte ihn zu einem Stuhl.

Aber Joseph machte sich frei.

»Nein. Ich will lieber stehen. Hör zu.«

Er ließ einen Augenblick vergehen. Dann flüsterte er:

»Ich bin verloren, David.«

Diese Worte fielen in eine tiefe Stille.

»Hast du gehört, was ich gesagt habe?« fragte Joseph.

»Ja«, erwiderte Davids Stimme in der Dunkelheit. »Ich vermute, daß du dein Seelenheil meinst.«

»Natürlich.«

»Nur Gott weiß, ob du verloren bist.«

»Ich weiß, was ich sage. Ich bin verloren. Heute

nacht, vorhin, ist es mir zur Gewißheit geworden. Du ahnst nicht, wieviel Böses und Unreines in mir ist. Ich wußte es selbst nicht. Ganz plötzlich ist mir diese Erkenntnis gekommen. Es war wie eine Offenbarung, und ich bin sehr erschrocken. Ja, ich glaubte, ich könnte vor Gott bestehen wie du – aber das kann ich nicht. Wenn du wüßtest, was für Gedanken mir manchmal durch den Kopf gehen, würdest du nie wieder mit mir sprechen. Ich habe dich belogen...«

»Schweig«, sagte David. »Seit einer Minute redest du, als wärest du nicht bei Sinnen.«

»Laß mich ausreden. Wenn ich gerettet wäre, würde ich anders leben. Meine Taten beweisen, daß ich verloren bin. Heute nacht habe ich gehandelt wie ein Verworfener.«

»Ich will nicht wissen, was du getan hast«, unterbrach ihn David.

»Du wirst mich trotzdem anhören. Ich hatte mir geschworen, wegen eines gewissen Gedankens, der mir beim Anblick meines Bettes gekommen war, nicht darin zu schlafen. Auf dem Fußboden wollte ich die Nacht verbringen. Ich ahnte, was sich ereignen würde. Ich habe nachgegeben. Ich habe...«

Ein Schlag ins Gesicht schloß ihm den Mund. Er taumelte verdutzt zurück. »David!« schrie er.

»Ich mußte dich zum Schweigen bringen«, erwiderte David.

Im selben Augenblick zündete er die Lampe an, die auf dem Tisch stand. Beide schlossen geblendet die Augen. Dann öffneten sie sie wieder. In seinem weiß-blau gestreiften Pyjama ließ David eher an ein Kind als an einen Mann denken, und mit einer kindlichen Bewegung schob er die lange, schwarze Haarsträhne aus der Stirn.

»Schlag mich, wenn du willst«, sagte er.

Joseph schüttelte den Kopf.

»Willst du mir noch mehr sagen?« fragte David milde.

Wieder schüttelte Joseph den Kopf. Was er in der Dunkelheit sagen konnte, das konnte er bei diesem harten und seltsamen Licht nicht sagen, das sein Gesicht entblößte, und seine Backe brannte noch von dem Schlag, den er erhalten hatte. Er fühlte, wie er vor Scham errötete. Er konnte David nicht schlagen. Das war ganz unmöglich: David war David.

Ohne ein Wort zu sagen, steckte er die Hände in die Taschen und verließ das Zimmer.

8

Weniger als vierundzwanzig Stunden später räumte er dann unter Davids zustimmenden Blicken seine Bücher und Kleider in dem neuen Zimmer ein.

Wieder einmal hatte sich Joseph den Gründen dessen gefügt, den er bei sich den Pastor nannte, und seine Eigenliebe litt darunter. Aber er versuchte, sich das nicht anmerken zu lassen. Und dann hatte er ja aus freien Stücken gehandelt. Er hatte David mitten in der Nacht aufgesucht, um ihm zu sagen, daß er das Zimmer nähme, aber trotz allem hatte der Pastor gesiegt: so endete das jedesmal.

»Soll ich dir helfen?« fragte David plötzlich.

»Nein, ich bin fertig.«

Er legte ein Hemd in die Schublade, wobei er sorgfältiger zu Werke ging, als wenn er allein gewesen wäre, und murmelte: »Aber trotzdem vielen Dank.«

David rieb sich die Hände und lächelte, daß seine Zähne sichtbar wurden.

»Sieh mal«, sagte er in jovialem Ton, »die Sonne heißt dich willkommen.«

Ein gelber Strahl fiel durch die Blätter einer Magnolie, die das Fenster ein wenig verdunkelte, und bildete einen handgroßen Flecken auf dem verschossenen Wollteppich. Joseph warf einen Blick auf die Stelle, die David ihm zeigte, hob dann den Kopf und ließ seine großen, schwarzen Augen um sich schweifen. Das Zimmer war geräumig und niedrig, mit alten Möbeln ausgestattet und hatte die liebenswerte Prüderie, der man noch in manchen Wohnungen dieser Gegend begegnet. Ein großes, mit einer bunten Decke bedecktes Bett reckte vier schwarze Holzsäulen zur Decke empor; ihr Zweck war nicht ersichtlich, denn sie trugen nichts. In der Nähe des Fensters schien der einfache Schaukelstuhl mit der geschwungenen Rückenlehne aufmerksam hinauszuschauen auf das, was sich auf der Straße, jenseits des Gartens ereignete. In einer Ecke stand ein Eichentisch. Er war gegen die Wand geschoben, und über ihm hing ein Stich, der eine große Schlacht aus dem Sezessionskrieg darstellte, mit vielen weißen Rauchwolken am Fuß der Hügel und bärtigen Offizieren im Vordergrund.

Als Joseph allein war, lauschte er einen Augenblick gespannt. Dann erhellte ein Lächeln sein Gesicht. Kein Geräusch störte die Stille dieses Zimmers. Man hätte meinen können, man sei irgendwo auf dem Lande, trotz der kleinen Straße, die man zwischen den Bäumen sah, und wie um diese Vorstellung vollständig zu machen, schwebte zwischen diesen Wänden ein leichter Duft von Früchten und Holz. Hier würde er sicher arbeiten und sich sammeln können, und wenn er das ein wenig David verdankte, so verdankte er es vor allem dem, der in ganz besonderer Weise über ihm wachte und ihn fortnahm aus der Gesellschaft der Sünder. Seit einigen Minuten hatte er das Gefühl, daß Gott ihm wieder seine Freundschaft zuteil werden ließ, daß die Versöhnung nahe war, und in plötzlicher Dankbarkeit versprach er, die ganze Nacht stehend, sitzend oder auf dem Fußboden liegend zu verbringen, um seine fleischliche Sünde zu büßen. Jetzt schien ihm sein Aufenthalt bei Frau Dare wie ein böser Traum: die obszönen Gespräche der Studenten und als unvermeidliche Folge der Sündenfall, der den Himmel verschloß. Was die trübe und wirre Geschichte mit Simon anging, so wollte er nicht mehr daran denken. Alles das war nun vorbei. Er hatte Abschied von Frau Dare genommen, und nun begann ein neues Leben, für das dieses Zimmer ein Zeichen, dessen Abbild es sozusagen war.

»Ein Zeichen«, murmelte er.

Am liebsten hätte er gesungen, wäre zu David geeilt, um ihn zu umarmen, ihm den Schlag ins Gesicht von neulich abends zu verzeihen, wie auch ihm verziehen worden war. Er war jetzt sicher, daß Gott ihn wieder liebte.

Gegen halb sieben klopfte David an seine Tür und führte ihn in das Eßzimmer, wo Frau Ferguson sie erwartete. Sie war klein und hager und hielt sich sehr gerade, als wollte sie so ihrer kurzen Gestalt ein Stück hinzufügen. Ihr zerbrechlicher Körper verschwand in einem blauen Baumwollkleid mit sehr weiten Falten. Ihr Haar, das trotz ihrer sechzig Jahre schwarz geblieben war, umrahmte den oberen Teil des Gesichtes, dessen zu weiße Haut wie Wachs schimmerte, und schmiegte sich so eng an den Kopf, daß man unwillkürlich an einen Totenkopf dachte, und das um so mehr, da die Nase klein und fein war und die Backenknochen zwei kleine Schatten auf die Backen warfen, die wie zwei Löcher wirkten. Aber in den tiefen Augenhöhlen leuchteten die Augen lebhaft und milde zugleich und sprachen und lächelten in diesem Gesicht, das von absoluter Unbeweglichkeit getroffen zu sein schien.

Sie reichte Joseph eine Hand, deren Leichtigkeit ihn überraschte, und mit einer festen und deutlichen Stimme, die tiefer war, als man es bei einer Frau erwartete, sagte sie ein paar Worte, die er in seiner Verwirrung nicht verstand. Trotzdem verbeugte er sich und stellte sich neben den Stuhl, auf den sie deutete. Dann sprach die Frau ein kurzes Gebet, und sie setzten sich.

Das Eßzimmer war klein, viereckig, und der Tisch so lang, daß man an seinen beiden Enden fast die Wand streifte, wenn man um ihn herumgehen wollte. Ein ovaler Spiegel, der von einem kupfernen Adler gekrönt war, neigte sich über einem schwarzgestrichenen Kamin, und zwischen den beiden vorhanglosen Fenstern sah man das Bildnis eines Mannes, der in selbstsicherer Haltung die Arme auf der Brust verschränkte und große, schneeweiße, gestärkte Manschetten sehen ließ. Das rosige und klassisch geschnittene Gesicht wäre angenehm gewesen ohne den Blick der blauen Augen, der die Essenden traf wie ein Blitz. So ungeschickt dieses Gemälde auch war, es war doch so gewissenhaft und wahr, daß der furchtbare Mann in seinem Rahmen zu leben und zu atmen schien, bereit, seine Manschetten zu bewegen und ein paar niederschmetternde Worte zu sagen.

Wie bei Frau Dare standen auch hier zwei silberne Leuchter auf dem Tisch. Aber die Löffel waren aus Silber und nicht aus Zinn. Joseph bemerkte diese Einzelheiten, ohne daraus einen anderen Schluß zu ziehen als den, daß sich bei Frau Ferguson die Strenge mit einem gewissen, etwas protzigen Wohlstand verband. Er wagte den Mund nur zum Essen zu öffnen und war im übrigen durchaus bereit, sein Benehmen David anzupassen, der Schweigen bewahrte. Zwischen diesen beiden jungen Menschen im Glanz ihrer Jugend erschien Frau Ferguson wie eine allegorische Gestalt, so sehr kontrastierten ihr blutleeres Gesicht und ihre schmalen Schultern mit Davids rosa Backen und Josephs breiter Gestalt, aber keine dieser drei Personen ahnte die Wirkung, die sie auf einen Beobachter gemacht hätten. Das Dienstmädchen, das nach der Suppe auf das Klingeln von Frau Ferguson erschien, richtete seine Augen gleich auf den Neuankömmling und schien sie nicht wieder von ihm abwenden zu können. Es war eine junge Negerin, deren Gesicht wie Mahagoni glänzte. Ihre vor Staunen geweiteten Augen glitten von rechts nach links, je nachdem wie sie sich um den Tisch bewegte. Frau Ferguson befahl ihr mit raschen Worten, die Schüssel auf den Tisch zu stellen und das Zimmer zu verlassen. Dann begann sie mit ihren Mietern eine vorsichtige Unterhaltung.

Joseph beantwortete höflich die Fragen, die sie an ihn richtete. Er fühlte sich glücklich in dieser stillen und freundlichen Wohnung, wo eine Art undefinierbarer Würde auf allem zu liegen schien, und selbst die Pfeffermühle, nach der der junge Mann griff, war in seinen Augen eine Seltenheit und Kostbarkeit. Es fiel ihm gar nicht schwer, der Dame des Hauses mitzuteilen, daß er aus einer kleinen Stadt stammte und sein Vater früher Landwirt gewesen war, was David in einige Verlegenheit setzte, die Joseph nicht gleich bemerkte.

»Du meinst, daß dein Vater einen Bauernhof besaß«, sagte David.

Joseph schoß das Blut ins Gesicht. Er schlug die Augen nieder, und plötzlich kam ihm zum Bewußtsein, daß er von geringerer Herkunft war als diese beiden Menschen mit dem reservierten Benehmen. Wie in einem Nebel sah er die Pfeffermühle, die ihm erschreckend vornehm vorkam. Er zögerte einen Augenblick. Dann sagte er mit belegter Stimme:

»Ich meine, daß mein Vater auf dem Feld arbeitete.«

In dem tiefen Schweigen, das nun folgte, fuhr er fort:

»Jetzt arbeitet er nicht mehr. Er ist blind.«

»Blind«, wiederholte Frau Ferguson mit wohlerzogener Teilnahme.

Sie goß sich ein Glas Wasser ein, wartete einen Augenblick und fragte Joseph dann, welche Vorlesungen er hörte. Auch diesbezüglich befriedigte Joseph ihre Neugierde.

»Es sind fast die gleichen Vorlesungen, die David hört«, sagte sie mit zustimmendem Lächeln.

Die Mahlzeit war schnell beendet. Als sie vom Tisch aufstanden, fragte Frau Ferguson Joseph, ob er rauche.

»Ich habe so schreckliche Angst vor Feuer«, erklärte sie.

Der junge Mann beruhigte sie, er hätte noch nie in seinem Leben geraucht. Ein Stein fiel ihr vom Herzen. Fast zärtlich ruhte ihr Blick auf Joseph. Sie murmelte:

»David hat mir viel von Ihnen erzählt. Ich weiß, daß Sie nicht so sind wie die jungen Leute hier. Sie trinken nicht...«

Er schüttelte den Kopf. Frau Ferguson lächelte noch einmal und zog sich dann zurück.

Allein mit Joseph, zeigte David auf das Bild zwischen den beiden Fenstern.

»Das ist Frau Fergusons Mann«, sagte er leise. »Im Jahre 1890 hat er in Mesopotamien Ausgrabungen geleitet, und wenn ich nicht irre, ist er der Verfasser eines Buches über die Genesis. Von Beruf war er Arzt. Er soll sehr fromm gewesen sein.«

»Weshalb macht er ein so unzufriedenes Gesicht?« fragte Joseph.

»Tut er das? Jedenfalls hat er einen schönen ernsten Ausdruck. Das Zimmer, in dem du wohnst, war seines. Er ist kurz vor dem Kriege gestorben. Seitdem hat Frau Ferguson zwei Studenten zu sich ins Haus genommen. Sie braucht das eigentlich nicht. Sie stammt aus sehr guter Familie und ist ziemlich reich. Aber sie hat Angst vor dem Alleinsein. Verstehst du das?«

»Das verstehe ich.«

Einen Augenblick lang betrachteten sie das Bild, ohne ein Wort zu sagen. Dann räusperte sich David.

»Ich muß mich wegen gestern abend noch entschuldigen. Ich habe dich gegen meinen Willen geschlagen. Ich wollte nur verhindern, daß du mir etwas mitteiltest, das du später vielleicht bereuen und mir nachtragen würdest.«

Joseph rührte sich nicht. Immer noch betrachtete er Dr. Ferguson.

»Verstehst du?« fragte David.

»Nein.«

»Es gibt Dinge, die man besser für sich behält«, erklärte David mit seiner geduldigsten Stimme. »Nur mit Gott solltest du darüber sprechen und ihn um Verzeihung bitten, wenn du dich schuldig fühlst. Niemand soll sich zwischen den Herrn und dich stellen.«

»Ja.«

Diesen Worten folgte wieder Schweigen.

»Hast du mir verziehen?« flüsterte David endlich.

Joseph blickte ihn mit glänzenden Augen an.

»Schon lange«, rief er.

Liebevolle Worte kamen ihm auf die Lippen, aber er hielt sie zurück. Beide schwiegen ein wenig verlegen.

»Ich wußte nicht, daß dein Vater blind ist«, sagte David, »aber vielleicht sprichst du nicht gern darüber.«

»Ich habe nicht daran gedacht, es dir zu erzählen, weil...«

»Ich will nicht aufdringlich sein.«

»Davon ist doch nicht die Rede. Mein Vater ist sehr... jähzornig, auch heute noch. In seiner Jugend konnte er furchtbar böse werden. Dann wußte er nicht mehr, was er tat. Eines Tages geriet er mit einem Fremden in Streit wegen... wegen meiner Mutter. Mein Vater stürzte sich auf ihn und hätte ihn getötet, aber der andere war viel stärker. Es war ein junger Pole, der in der Gegend Arbeit suchte. Er hat meinen Vater mit beiden Fäusten in die Augen geschlagen...«

Das Blut stieg ihm plötzlich ins Gesicht, und er sprach nicht weiter.

»Das ist eine schreckliche Erinnerung«, antwortete David. »Ich bedaure, dich gefragt zu haben.«

»Im Gegenteil«, erwiderte Joseph, »es ist mir ein Trost, dir meine Geheimnisse anzuvertrauen. Ich möchte, daß du es weißt.«

David lächelte, und sie sprachen von etwas anderem. Als sie das Eßzimmer verließen und einander gute Nacht wünschten, schien David sich einer erfreulichen Neuigkeit zu erinnern, die er beinahe vergessen hätte Joseph mitzuteilen.

»Was ich dir noch sagen wollte, ich habe gehört, daß die Cafeteria in acht Tagen eröffnet wird«, sagte er.

9

Joseph ging sofort in sein Zimmer, wo er bis elf Uhr arbeitete. Um diese Zeit verrichtete er seine Gebete und zog sich wie immer im Dunkeln aus. Dann nahm er eine Decke von seinem Bett, wickelte sich hinein und legte sich mit seltsamer Zufriedenheit auf den Fußboden. Er reckte sich und streckte sich auf den Brettern aus, als hätte er ein Federbett unter sich. Aber kurz darauf lag er ganz ruhig da und wartete, daß er einschliefe. Es verging jedoch eine lange Zeit, ohne daß es ihm gelang.

»Mein Körper hat es nicht bequem«, dachte er, »aber meine Seele hat ihren Frieden.« Mit welcher Freude brachte er dem Herrn die Unbequemlichkeit und die Schmerzen seiner Glieder dar! Er stellte sich vor, wie er sich unter Todesqualen zu seinem Glauben bekannte, und schöpfte daraus große Befriedigung. Trotz allem bedauerte er, ein Wörterbuch als Kopfkissen unter den Kopf geschoben zu haben. Es war zu dick und schnitt ihm in den Nacken. Aber auch das war Buße und Sühne, und er fragte sich, was David von diesen Qualen dächte, die er sich auferlegte. David schlief diese Nacht in seinem Bett, in seinem schmalen, aber bequemen Bett, und das allein war ein Nachgeben gegenüber der Sinnlichkeit. Aber David hatte keine Sünde zu büßen. David sündigte niemals. Er war sicher das, was man einen Gerechten nannte.

Er drehte sich ganz zerschlagen auf die linke Seite. Das Gespräch mit Frau Ferguson beim Abendessen kam ihm in den Sinn. Vielleicht hätte er der alten Dame doch verschweigen sollen, daß sein Vater auf dem Feld gearbeitet hatte. David schien damit nicht einverstanden, aber Joseph mußte die Wahrheit sagen, auch wenn sie peinlich war. Und dann hatte David ihn ein wenig geärgert, indem er von der Cafeteria sprach, besonders nach dem, was er ihm von seinem Vater erzählt hatte. Der Augenblick schien Joseph nicht glücklich gewählt. Aber er verzieh David, alles verzieh er ihm, den Schlag ins Gesicht und das andere. Er sah ihn auf den Knien liegen, damals, als sie zusammen gebetet hatten, und er konnte ein Gefühl der Bewunderung, ja fast des Neides nicht unterdrücken.

Ein Schmerz in der Schulter zwang ihn, eine andere Lage einzunehmen. David war sicher gerettet. Das Zeichen, das in der Apokalypse die Auserwählten tragen, stand fast sichtbar auf seiner Stirn. Eine Viertelstunde lang beschäftigte er sich in Gedanken mit diesen Dingen und horchte dabei auf die Geräusche in dem alten Haus: ein leichter Schritt über seinem Kopf, eine Tür, die vorsichtig geschlossen wurde. Frau Fergusons Zimmer lag auf derselben Seite wie das Davids, und zwar dem Garten gegenüber, der sich hinter dem Haus erstreckte, während sein Zimmer auf die Straße hinaussah. Plötzlich knarrte der Fußboden nicht weit von seinem Kopf wie unter dem Schritt eines unsichtbaren Wesens. Joseph öffnete die Augen und sah in der

Dunkelheit den Fenstervorhang sich leicht im Winde bewegen. Bald fühlte er auf seiner Wange die frische Luft, die bis zu ihm herwehte und ihm das Haar aus der Stirn blies. Auf der linken Seite lag er schlecht, aber daß er das Fenster und das Viereck aus weißem Tüll sah, das zu leben und zu beben schien, beruhigte ihn.

Plötzlich überfiel ihn der Wunsch, zu Hause, bei seinen Eltern zu sein. Er dachte an das Maisbündel, das in der Nähe seines Bettes an der Wand hing, und an die bunte Decke, die die Mutter für ihn aus alten Stoffresten genäht hatte; auch der Geruch seines Zimmers kam ihm in Erinnerung. Sein Herz krampfte sich zusammen. Er nahm sich vor, gleich morgen an die Mutter zu schreiben, um ihr wie immer mitzuteilen, daß es ihm gutgehe und er jeden Tag in der Bibel lese. In der Erinnerung kam ihm das Haus ganz klein vor, als sähe er es durch ein Fernrohr. Vor dem Haus war die Gemeindewiese mit dem alten Zaun, dessen Bretter stellenweise so alt waren, daß der Regen sie zerfurcht hatte. Vom Dachboden aus sah man die kleine, graugestrichene Holzkirche mit dem rechteckigen Turm und dann, etwas weiter entfernt, Wälder, die sich in den ersten kalten Nächten rot färbten. Und diese Wälder dufteten so herrlich, daß man Lust bekam, sich auf dem toten Laub auszustrecken und bis zum Abend liegen zu bleiben und den scharfen und milden Duft einzuatmen, der vom Boden aufstieg.

Während er an all dies dachte, empfand er eine Traurigkeit, die an Verzweiflung grenzte. Er schloß die Augen und bemühte sich wieder, zu schlafen, aber der Schmerz in der Schulter hielt ihn wach, und aus einem Grund, den er sich nicht eingestand, zögerte er, seine Lage zu verändern. Aber er wollte zumindest versuchen, an etwas anderes zu denken. Er sah jetzt Frau Fergusons bleiches Gesicht vor sich und fragte sich, ob sie wohl gerettet wäre. Er hatte nicht den Mut, sich zu sagen, daß ihm das ganz einerlei war. Und woran erkannte man überhaupt, ob eine Seele gerettet war oder nicht? David war ein ganz besonderer Fall. Bei den meisten Menschen wußte man es nicht. Plötzlich sah er Frau Dare mit ihrem geschminkten Mund und ihrer Zigarette, und er öffnete die Augen weit, als hätte er einen Schlag erhalten. War diese Frau gerettet? Die harte und dünne Stimme, scharf wie eine Messerklinge, klang in seiner Erinnerung. »Sie wollen fort, Herr Day? Morgen kommt Moira. Sie kann dann ihr Zimmer gleich beziehen.« Morgen, das heißt heute. Während er hier auf dem Fußboden lag, schlief Moira in ihrem Bett, in dem Bett, in dem er drei Wochen lang selbst geschlafen hatte. Sie fand die Kuhle wieder, die sich an die Hüften schmiegte und einen zwang, sich ein wenig zu krümmen, sich dieser Höhlung anzupassen. Die junge Frau hatte die Matratze an dieser Stelle eingedrückt, ihr Fleisch, das Gewicht ihres Fleisches.

Sein Herz begann heftiger zu schlagen. Alles fing wieder an. Die Bilder in seinem Kopf entstanden von selbst, durch einen untrüglichen Mechanismus. Noch nie hatte er an eine Frau gedacht, und wenn, dann nur so flüchtig, daß es nicht zählte, daß dieser Gedanke ihn nicht beschmutzte, aber in dieser Nacht wie in der vergangenen, brachte etwas sein Blut in Wallung. »Fräulein Moira ist schön ...« Die banalen Worte der alten Negerin kamen ihm in den Sinn und schienen ihm von außerordentlicher Anmut. Unwillkürlich versuchte er sich Moira vorzustellen; vor allem ihre Haut mußte schön sein, ganz bernsteinfarben, und dazu blaue Augen, und dann ihre Brust, was man von ihrer Brust sehen konnte, von diesem Teil des Körpers, den man verbirgt.

Plötzlich warf er die Decke von sich und stand auf. Der Fußboden ächzte unter seinen Schritten, und er meinte, die Dunkelheit wäre bewohnt. Seit einer halben Stunde quälte ihn der Gedanke, nicht allein in diesem Zimmer zu sein, ohne daß er ihn sich eingestehen wollte. Es handelte sich nicht um Geister – solche Geschichten interessierten ihn kaum –, sondern um etwas anderes, das er nicht hätte beschreiben, dem er keinen Namen hätte geben können. Es glich einer unbestimmten Gegenwart in der Nacht, und sie umgab ihn wie die Luft. Er hob die Decke auf und legte sie sich um die Schultern. Dann setzte er sich ans Fenster in den Schaukelstuhl, der unter dem Gewicht seines Körpers nachgab. Die Straße war deutlich sichtbar, ganz am Ende des Gartens, zwischen den Bäumen, die sich schwarz von dem etwas helleren Hintergrund des Himmels abhoben. Er erkannte sogar die Ecke eines weißgestrichenen Hauses, und das beruhigte ihn ein wenig. Unbewußt betete er: »Der Herr ist mein Hirte...« Aber diese Worte schienen tot auf seinen Lippen, weil er etwas in sich fühlte, was ihnen widersprach. Der Herr war nicht sein Hirte.

Er schauderte. Der frischer gewordene Wind floß ihm wie Wasser über Gesicht und Brust, und er zog die Decke bis an die Ohren. Die auf den Garten gerichteten Augen fielen ihm zu, aber jetzt kämpfte er gegen den Schlaf an. Links von ihm befand sich in der Tat jener riesige Schatten, der ihn gewissermaßen zu belauern schien, und er bedauerte, nicht gleich auf den Gedanken gekommen zu sein, zur Tür zu gehen und das Licht einzuschalten, anstatt sich ans Fenster zu setzen, denn jetzt konnte er das Zimmer nicht mehr durchqueren. Er hatte Angst. Das kam ihm nicht gleich zum Bewußtsein, aber er warf hin und wieder einen flüchtigen Blick in den hinteren Teil des Zimmers und rückte instinktiv auf dem Sessel ein wenig weiter nach rechts. Nach wenigen Minuten sah er nicht mehr in den Garten. Er wandte seinen Blick nach der Tür, dorthin, wo das Dunkel dichter war. »Ich friere«, dachte er zitternd und wollte die Decke fester um sich ziehen, aber seine in den harten Stoff gekrallten Hände schienen sich in Marmor verwandelt zu haben. Vergeblich versuchte er, die Säulen des Bettes zu erkennen, das große Viereck des Kamins: seine Blicke stießen gegen eine Art schwarzer Mauer. Er konnte allenfalls ein Stück der Decke an ihrem unbestimmten hellen Schein ausmachen, und auf diesen nebelhaften Flecken richtete er seine ganze Aufmerksamkeit wie auf eine Insel in der bösen Dunkelheit. Jetzt wich das unreine Bild, das ihn eben noch so fesselte, und machte dem Entsetzen Platz, und aus diesen wirren Vorstellungen löste sich ein klarer Gedanke, zuerst bescheiden wie jemand, der sich geduldig einen Weg durch eine Menge bahnt, dann endlich siegreich und triumphierend: »Du hast dich geirrt. So leicht verzeiht Gott nicht. Denn es steht geschrieben, daß der Unreine nicht in das Himmelreich kommt. Du bist verloren.«

Er rührte sich nicht. Etwas zutiefst in ihm war getroffen, und wie aus Vorsicht hielt er den Atem an, als hoffte er noch, dem Feind seine Gegenwart zu verbergen, aber sein ganzer Körper war so schwer geworden, daß er keinen Finger mehr zu heben vermochte. Über den Ohren und am Hals spannte die Haut, und in seiner Brust schlug das Herz und machte ein Geräusch wie eine Hand, die gegen eine dicke Mauer schlägt. Plötzlich sah er den langen, weißen Flecken der Decke nicht mehr, und wie jemand, der in die Leere stürzt, hatte er das Gefühl, als ob all sein Blut nach dem Hals strömte und sich seine Gedärme im Leibe umdrehten.

Als er die Augen wieder öffnete, sah er die Tür in einem grauen Licht, das tückisch an den Wänden entlang schlich. Die beiden weißen Türflächen waren von einem schwarzen Strich umrahmt, der den Blick auf unbestimmte Weise von oben nach unten und von rechts nach links zu führen schien. Nicht ohne Mühe wandte er ein wenig den Kopf und sah das Bett, dessen Säulen leuchteten, dann die Kommode mit den Kupfergriffen. Etwas packte ihn an der Kehle, und er meinte, er müsse weinen. Aber er beherrschte sich. Dann überkam ihn eine wilde Freude. In den Bäumen ließ ein Vogel ein paar schüchterne Töne vernehmen, verstummte dann wieder, wie von Unruhe ergriffen. Joseph erkannte die Töne der Drossel und seufzte vor Glück.

»Ich habe geschlafen«, dachte er. »Ich habe geträumt.«

10

Einige Minuten vor dem Frühstück klopfte David an die Tür. Ein Duft von Seife und Zahnpasta umgab ihn, und unter den langen, schwarzen und leuchtenden Brauen funkelten die ultramarinblauen Augen noch stärker als sonst.

»Wie hast du geschlafen?« fragte er.

Joseph empfand etwas wie Befriedigung, als er ihm antwortete, er hätte eine mittelmäßige Nacht verbracht. Schließlich war es ja Davids Schuld, daß er das Zimmer gemietet hatte.

Das Gesicht des »Pastors« wurde plötzlich ernst.

»Gefällt es dir hier nicht?«

»Das habe ich nicht gesagt.«

David ließ die Blicke umherschweifen.

»Mir gefällt das Zimmer gut. Aber vielleicht mußt du dich erst an das Bett gewöhnen. Die erste Nacht...«

Joseph machte ein Gesicht, das zugleich geheimnisvoll und leidend war, und antwortete nicht. David betrachtete ihn aufmerksam.

»Ich weiß schon, etwas ist nicht in Ordnung«, sagte er.

»Ja«, rief Joseph, »wenn du es denn wissen willst. Ja, etwas ist nicht in Ordnung... An sich ist es albern. Mein Sweater... Ich wollte ihn heute morgen anziehn, weil ich fror. Ich habe ihn in der Kommode gesucht. Er ist nicht da.«

Er wandte ein wenig den Kopf und fügte hinzu:

»Ich habe ihn sicher bei Frau Dare liegen gelassen.«

»Du hast nicht richtig gesucht. Das ist doch nicht möglich.«

»Warum ist das nicht möglich?« fragte Joseph plötzlich gereizt. »Man kann doch einen Sweater im Schrank liegen lassen. Er liegt sicher noch in meinem alten Zimmer. Das ist doch nicht so ungewöhnlich.«

»Ja. Und deswegen braucht man sich nicht aufzuregen. Du holst ihn einfach in der Pause zwischen der griechischen und der englischen Vorlesung.«

»Ich hole ihn, wann ich Lust habe.«

»Natürlich«, erwiderte David lächelnd. »Komm, wir wollen frühstücken.«

Nach der griechischen Vorlesung eilte Joseph zu Frau Dare. Außer Atem blieb er vor dem Hause stehen. Er hatte das seltsame Gefühl, als hätte er es schon vor Monaten verlassen. Es kam ihm neu und vertraut zugleich vor, ein wenig häßlicher, als er geglaubt hatte, und ein wenig verfallener. Im Innersten seines Herzens verabscheute er es.

Wie immer war die Tür halb geöffnet. Er stieß sie auf, ohne zu läuten. Im Flur überfiel ihn der wohlbekannte Geruch nach Staub und Küche, und es kamen ihm so viele Erinnerungen, daß er einen Augenblick wie benommen war. Da die Studenten in den Vorlesungen waren, herrschte im Hause eine Stille, die durch das Klappern des Geschirrs in der Küche kaum gestört wurde. Nichts hatte sich verändert, und während er die Treppe hinaufging, kam er sich vor wie ein Gespenst. Aber trotz aller Vorsicht gaben die Stufen bei jedem seiner Schritte ein Geräusch von sich wie ein heftiger Peitschenknall. Von Unruhe erfaßt, blieb er stehen und fragte sich, ob er das Haus nicht wieder verlassen sollte, als sich plötzlich die Tür seines ehemaligen Zimmers öffnete.

»Bist du's, Celina?« fragte eine Frauenstimme.

Joseph rührte sich nicht. Man konnte ihn nicht sehen, da er selbst die Tür noch nicht sah. Er stellte sich dicht an die Wand und wartete.

»Wer ist da?« fragte die Stimme.

Anstatt die Treppe hinaufzugehen, ging er eine Stufe hinab und wollte seinen Namen nennen. Aber er wagte es nicht. Absätze klapperten durch den Flur, und dann beugte sich die Frau über das Geländer und sagte:

»Wer ist denn da? So antworten Sie doch!«

Er sah sie. Sie trug ein rotes Kleid, von einem Rot, das gedämpft und schreiend zugleich war und ihn schockierte. Sie war klein und zart, bewegte beim Sprechen die schmalen Schultern, und an ihren ungeduldigen Händen klirrten metallene Armbänder. Ihr schwarzes, sorgfältig nach hinten gebürstetes Haar leuchtete. Es bildete eine Art Helm und ließ außergewöhnlich feine kleine Ohren frei. Gegen das Licht konnte er ihr Gesicht nicht deutlich erkennen, und seit einem Augenblick meinte er, daß seine Augen sich trübten.

»Zu wem wollen Sie?« fragte sie.

»Zu niemandem.« Seine Stimme versagte. Endlich brachte er heraus:

»Ich habe in meinem Zimmer etwas liegen gelassen.«

»In welchem Zimmer? Soviel ich weiß, haben Sie hier kein Zimmer.«

»In meinem früheren Zimmer.«

»Kommen Sie rauf«, sagte sie.

Er gehorchte. Als er vor ihr stand, betrachtete er sie, dann schlug er unwillkürlich die Augen nieder. Sie glich in nichts der Frau, die er sich vorgestellt hatte. Sie schien ihm weniger schön und doch anziehender. Ihr Gesicht mit den hohen Backenknochen und den schmalen Wangen war von einem Weiß, das ins Malvenfarbene spielte und den Glanz ihrer großen, meerfarbenen Augen unterstrich. Und auf dieser Haut, deren Zartheit nur mit einer Blume verglichen werden konnte, zeichnete sich der zu rote Mund mit fast brutaler Energie ab. Er glaubte, eher eine Maske als ein menschliches Gesicht vor sich zu sehen.

»Welches war denn Ihr Zimmer?« fragte sie.

Er zeigte auf die Tür.

»Aber das ist doch mein Zimmer«, rief die junge Frau.

Plötzlich lachte sie laut auf.

»Sie sind der rothaarige Student?«

Er betrachtete sie bestürzt und schlug wieder die Augen nieder, diesmal in tiefer Verwirrung.

»Man hatte mir geschrieben, mein Zimmer wäre an einen rothaarigen Studenten vermietet«, sagte sie, »aber daß Sie so rothaarig wären, darauf war ich nicht vorbereitet. Sehen Sie mir doch mal ins Gesicht. Oder haben Sie Angst vor mir?«

»Nein«, sagte er und hob die Lider.

»Schwarze Augen«, sagte sie wie zu sich selbst. »Ihre Augen hatte ich mir anders vorgestellt. Meist haben Rothaarige...«

Sie beendete den Satz nicht und ging mit klappernden Absätzen in ihr Zimmer.

»Kommen Sie rein«, befahl sie, »ich fresse Sie nicht auf.«

Schüchtern folgte er ihr in das Zimmer, wo er die Möbel kaum wiedererkannte, derart waren sie mit Kleidern, Hüten, Schachteln bedeckt. Eine weißseidene Bluse öffnete auf dem Schaukelstuhl mit einer Art Schamlosigkeit die Ärmel, und auf dem ungemachten Bett lagen fleischfarbene Strümpfe und ein pfirsichrosa Nachthemd übereinander. Entsetzt wandte er sich ab. Sein zögernder Blick wandte sich dem Kamin zu, auf dem Parfümflaschen und Kosmetikdosen zufällig aufgereiht waren. Auf dem Arbeitstisch stand eine geöffnete Puderdose und ließ eine runde, weiße Quaste sehen, die an eine kleine Wolke erinnerte. In diesem Zimmer schwebte ein scheußlicher, süßlicher und berauschender Duft, den er sich bemühte nicht einzuatmen. Fliederduft.

Wieder fing sie an zu lachen.

»Diese Unordnung stört Sie wohl? Aber eine Frau lebt nun mal in Unordnung.«

Die Faust in die Hüfte gestemmt, betrachtete sie ihn: »Haben Sie noch nie das Zimmer einer Frau gesehen?«

Er wollte sagen: »Das Zimmer meiner Mutter«, aber er schwieg noch rechtzeitig. Als er nicht antwortete, fragte sie mit leicht singender Stimme:

»Was haben Sie denn hier liegenlassen?«

»Meinen Sweater.«

Ohne ein Wort zu sagen, öffnete sie die Schranktür, tauchte den Arm in die Tiefe und faßte einen blauen Wollsweater, den sie auf den Fußboden warf.

»Ist er das?« fragte sie und schob das Kleidungsstück mit dem Fuß in die Richtung des jungen Mannes. »Ich glaubte, es wäre ein Putzlappen für meine Schuhe.«

Er rührte sich nicht.

»Nun, worauf warten Sie denn noch? Nehmen Sie das Ding und verschwinden Sie.«

Plötzlich bückte er sich, mit Wut im Herzen, vor dieser Frau, und seine Finger krallten sich in die Wolle. Als er zur Tür ging, hielt sie ihn auf.

»Einen Augenblick«, sagte sie, »sehen Sie mich an, wenn Sie keine Angst vor mir haben.«

Gegen seinen Willen drehte er sich um und blickte sie mit zorngeweiteten Augen an. Die junge Frau verzog verächtlich den Mund.

»Sie haben ...«

Sie ließ den Satz ein paar Sekunden in der Schwebe, dann beendete sie ihn mit einem leichten Lächeln:

»... ein komisches Gesicht.«

Joseph fühlte, wie Ohren und Backen ihm zu glühen begannen. Nach kurzem Zögern verließ er das Zimmer. Auf der Treppe hörte er die junge Frau, deren Stimme ihm von Stufe zu Stufe zu folgen schien:

»Sie haben mir nicht mal Ihren Namen gesagt...«

Er ging die Treppe hinunter, ohne zu antworten. Da trat sie mit der Unbefangenheit einer Herrscherin an das Geländer und sagte:

»Auf Wiedersehn, Kleiner.«

Diese Worte, die sie mit schmeichelnder Stimme sprach, erreichten ihn, als er die Schwelle des Hauses überschritt. Am liebsten hätte er die Tür zugeknallt. Aber er beherrschte sich und schloß die Tür möglichst behutsam; doch seine große, weiße Hand faßte den Türknopf mit solcher Gewalt, daß er noch lange danach glaubte, ihn in den Fingern zu halten.

11

Eine halbe Stunde später betrat er das große, helle Auditorium, in dem die Studenten ohne jede Hast ihre Plätze aufsuchten. Es waren etwa sechzig Studenten. Sie gingen schleppenden Schrittes und trugen einen Ausdruck düsterer Gleichgültigkeit zur Schau, den sie dem vor Optimismus strahlenden Gesicht ihres Professors entgegenhielten. Dieser, ein kleiner, hagerer und aufrechter Greis, in hellgrauem Anzug, der einen Hauch von Eleganz hatte, stand auf dem Podium, die Hände auf das Pult gestützt und wartete, bis endlich Ruhe herrschte. Die Sonne traf die Gläser seiner in Gold gefaßten Brille und verlieh diesem weißen Gesicht mit den braunen Flecken einen feurigen Blick.

Es war das zweitemal, daß Joseph diesen Raum betrat, nachdem er auf die Shakespeare-Vorlesung verzichtet hatte, und er fand nicht gleich seinen Platz. Ein wenig aufs Geratewohl setzte er sich neben einen Studenten, den er in seiner Verwirrung nicht erkannte, der sich aber sofort erhob und sich hinten ins Auditorium setzte. Es entstand ein kleines Durcheinander, dann setzte sich auf den frei gewordenen Platz neben Joseph ein untersetzter, lachender Student, der seinen Nachbarn mit dem Ellbogen anstieß.

»Du hast dich auf meinen Platz gesetzt«, sagte er. »Aber das schadet nichts, ich habe jetzt Praileaus Platz.«

Bei diesem Namen wandte Joseph den Kopf und betrachtete starr seinen Nachbarn, der den Blick schielend erwiderte. Sein Gesicht war rund wie das eines Hundes, die Nase platt und voller Sommersprossen.

»Was soll diese Grimasse?« fragte Joseph.

»Ich bin scheel auf die Welt gekommen. Wir schielen alle in unserer Familie. Und dazu sind wir alle ein wenig bucklig.«

Er hob eine Schulter bis über das Ohr und rollte die Augen, daß das Weiß der Augäpfel hervortrat. Joseph wandte den Kopf ab. Ein Ellbogenstoß ließ ihn zusammenfahren.

»Wie heißt du?« fragte sein Nachbar.

»Joseph Day.«

»So? Ich heiße Terence MacFedden, wie der Mann in dem Lied, der tanzen lernen wollte. Aber ich höre auch auf den Namen Terry.«

Dieses Gespräch wurde durch die hohe und nasale Stimme des Professors unterbrochen, der über Chaucer dozierte und, jede Silbe genau betonend, den Prolog der ›Canterbury Tales‹ vorlas. Aber Joseph runzelte umsonst die Stirn, es gelang ihm nicht, dieser naiven und spöttischen Erzählung zu folgen, der noch etwas vom Französischen anhaftete, und wieder befiel ihn Unruhe bei dem Gedanken, daß er nicht verstand, daß er nicht einmal die Worte seiner eigenen Sprache verstand. Vielleicht war er auch zu erregt, als daß er dem Faden des alten Gedichtes hätte folgen können. Gegen seinen Willen zeichnete seine Erinnerung alle Einzelheiten der Begegnung mit Moira nach. Diese kleine, hochmütige, freche Person – so also war sie. Er hatte sie sich ganz anders vorgestellt. Und wenn ihm die wahre Moira auch nicht häßlich erschienen war, so war sie doch zu seltsam, von zu fremdem Aussehen, als daß er sie hätte bewundern können. Fremd, das war schon das richtige Wort. Wie eine Frau aus einem fernen Land. Rot gekleidet wie die Dirne in der Apokalypse, mit geschminkten Lippen. Er erinnerte sich, wie er sich vor ihr bückte, um seinen Sweater aufzuheben. Wie gern wäre er ihr mit der rauhen Wolle über den Mund gefahren, mit welcher furchtbaren Freude hätte er sie geschlagen, bestraft, ja, für ihren Hochmut bestraft! Das Blut stieg ihm ins Gesicht.

Er versuchte sich zu beruhigen, den Versen zuzuhören, deren Rhythmus an den gleichmäßigen Gang eines Ackerpferdes denken ließ, und langsam legte sich seine Wut. Im Grunde empfand er etwas wie Erleichterung bei dem Gedanken, daß Moira anders war, als er sie in seinen unzüchtigen Träumen gesehen hatte. Das war schon besser so. Gott hatte nicht gestattet ... Ein Stück aus einem Psalm kam ihm in den Sinn: »Gott, der Fels meines Heils ...«, und plötzlich schwoll ihm das Herz, während Sätze aus der Bibel um ihn schwirrten wie große Vögel, die die Luft mit ihren riesigen Schwingen aufrührten. Welchen Sinn konnten neben solchen Worten diese nichtigen Verse haben? Wenn er zuhörte, so tat er es nur, um sein Gewissen zu beruhigen, und weil er lernen mußte. Er verschränkte die Arme und lauschte.

Wie kam es, daß er Praileau am ersten Tag in der Vorlesung nicht gesehen hatte? Immer wieder beschäftigte er sich im Geist mit dieser Frage. Aber es hörten so viele Studenten diese als leicht bekannte Vorlesung, daß man nicht jeden einzelnen Besucher bemerkte. Und vor allem, was ging es ihn an, ob Praileau die Vorlesung hörte oder nicht? Trotzdem war ihm das irgendwie peinlich, und heimlich sah er sich immer wieder um. Das nächstemal würde er sich auf einen der hintersten Plätze setzen, denn er hatte das Gefühl, daß man ihn ansah, daß alle ihn ansahen ... wegen seines roten Haares. Mit einer unbewußt koketten Geste strich er sich über den Kopf. Dann verschränkte er wieder männlich die Arme und wölbte die Brust vor wie ein Krieger.

Plötzlich drangen Verse von ungeheurer Einfachheit an sein Ohr. Es handelte sich um einen jungen Knappen, der nach Canterbury ritt, und der Dichter schilderte ihn mit Worten, die der Sprache der Kinder anzugehören schienen. Er zeigte ihn in einem Gewand, »das mit so vielen Blumen bestickt war, daß man hätte meinen können, es wäre eine Wiese«. Sein Haar war lockig, er war wohlgelaunt und voller Kraft und frisch wie der Monat Mai, fügte der alte Dichter hinzu.

Kurz war sein Rock, und lang und weit die seidenen Ärmel.
Stolz im Sattel er saß und ritt dahin voller Anmut,
Lieder singend, die selbst er verfaßt und deren Weis' er erfunden.
Ein guter Kämpfer er war und Tänzer dazu, geschickt im Malen und Schreiben.
Und so heiß in der Liebe, daß während der Nacht
Er noch weniger schlief als die Nachtigall.

Überrascht öffnete Joseph den Mund. Auf die beiden letzten Verse war er nicht gefaßt. Sie ließen ihn erröten, ohne daß er eigentlich wußte, weshalb. »Das ist Poesie«, dachte er. »In der tun die Leute kein Auge mehr zu, wenn sie verliebt sind.« Das Wort Liebe beunruhigte ihn, mehr aber noch die Worte, die ihm vorausgingen: »Heiß in der Liebe.« So etwas sagte man nicht und schrieb es noch viel weniger. Würde er bei Chaucer den gleichen Schwierigkeiten begegnen wie bei Shakespeare? Er blickte um sich, die Studenten hörten aufmerksam zu, und er bemerkte auf dem Gesicht seines Nachbarn ein Lächeln, das Grübchen auf seinen runden Backen entstehen ließ. Wie konnten sie sich für solche Albernheiten interessieren? Aber sie hatten ja nur Unzüchtigkeiten im Kopf, und wenn sie das Wort Liebe hörten, wurden sie wie die Tiere. Ahnten sie denn nichts von dem Feuer, dem sie einst zum Opfer fallen würden?

Voller Mitleid neigte er sich Terence MacFedden zu und flüsterte ihm ins Ohr: »Hör nicht zu.«

»Natürlich höre ich zu«, erwiderte MacFedden, der ihn nicht begriff, ebenso leise. »Paß mal auf, gleich kommt die Frau von Bath, zum Totlachen. Ich habe die Stelle gestern schon gelesen.«

Das Kinn auf die Fäuste gestützt, blickte er in das bleiche Gesicht, das die berauschenden Worte aussprach. Joseph betrachtete ihn schweigend. Sein Herz krampfte sich vor Mitleid zusammen. Einem plötzlichen Impuls folgend, schrieb er auf einen Zettel, den er Terry hinschob: »Bist du Christ?«

Der, dem diese Frage galt, nahm von dem Zettel zuerst keine Notiz. Joseph mußte ihn mit dem Ellbogen anstoßen und auf den Zettel zeigen. Terence Mac Fedden runzelte die Stirn, dann hob er die hellen Augen und sah Joseph an.

»Natürlich«, flüsterte er.

Dann fügte er hinzu:

»Bist du vielleicht krank?«

Er zuckte mit den Schultern und blickte wieder aufmerksam nach vorn, aber sein Profil mit der platten Nase verriet schlechte Laune, und es sah aus, als zöge er wütend die Nase kraus. Joseph überlegte einen Augenblick, dann schrieb er auf einen anderen Zettel: »Presbyterianer, Methodist oder Baptist?«

Diesmal faltete er den Zettel und legte ihn vor seinen Nachbarn, genau zwischen die beiden Ellbogen. Mac

Fedden tat zuerst so, als hätte er nichts bemerkt, aber dann siegte doch die Neugierde, und er faltete den Zettel auseinander. Zwei tiefe, parallele Falten durchzogen seine niedrige Stirn. Mit vor Wut zitternder Hand schrieb er auf denselben Zettel: »Katholisch«. Dann betrachtete er mit wütender Aufmerksamkeit wieder den Professor.

Joseph rückte unmerklich beiseite. In seiner Heimat gab es keine Katholiken, und er dachte nur an sie, wenn er die Stellen in der Heiligen Schrift las, mit denen eindeutig die Kirche Roms gemeint war, in der Gestalt der in Scharlach gekleideten Frau und der Hure Babylon, aber heute hatte Gott es zugelassen, ja gewollt, daß er neben einem dieser Verworfenen saß, denn so gewiß die Sonne durch die hohen Fenster schien und große goldene Flecken auf den Boden dieses Raumes warf, war Terence MacFedden verloren, denn das Himmelreich war denen für ewig verschlossen, die Götzendiener waren.

Plötzlich kam ihm der Gedanke, daß er die gleiche Luft atmete wie ein Verdammter, und eine Art Entsetzen packte ihn, in das sich ein leidenschaftliches Interesse mischte. Hin und wieder warf er einen Blick auf seinen Nachbarn, und als er erkannte, wie ruhig der dasaß und wie wenig er sich um das auf ihm lastende Geschick kümmerte, wurde er von einem unklaren, aber heftigen Mitleid ergriffen. Unterdessen lächelte der Götzendiener wie ein Kind über die alten Scherze des Dichters und zeigte dabei zwischen fleischigen Lippen eine Reihe unregelmäßiger Zähne, die wie die eines Menschenfressers aussahen.

12

Die folgenden Wochen verliefen ohne Zwischenfall, und Joseph erlebte eine innere Ruhe, die ihn an jene glücklichere Zeit erinnerte, als die Versuchungen des Fleisches ihm noch unbekannt gewesen waren. Alles schien angefangen zu haben, seit er hier war und die Studenten von ihren Weibergeschichten sprechen hörte. Und dann Moira... Aber jetzt ging es besser. Er fühlte sich bei Frau Ferguson irgendwie geborgen. Hier ließ man ihn in Ruhe, und er gewöhnte sich an sein Zimmer. Und dann freute es ihn auch, daß David da war, in seiner Nähe, denn David war ein vernünftiger Bursche. Und wenn Joseph doch manchmal an Moira dachte, dann nur, um sich zu sagen, daß sie in keiner Weise der Frau glich, die er sich vorgestellt hatte. Das beruhigte ihn. In gewisser Weise konnte man sogar sagen, daß Moira ihn abstieß: er erinnerte sich, daß sie ein derart enges Kleid trug, daß man gewisse Teile ihres Körpers deutlich erkennen konnte. Und die rote Farbe des Kleides erhöhte diese Schamlosigkeit noch.

Irgend etwas hinderte ihn daran, David von seiner Begegnung mit Moira zu erzählen. Er berichtete ihm nur, daß er seinen Sweater wieder hätte. Zum Ausgleich und aus seinem dauernden Bedürfnis heraus, sich jemandem anzuvertrauen, erzählte er ihm von den Zetteln, die er mit Terence MacFedden während der Vorlesung über englische Literatur gewechselt hatte.

»Meiner Meinung nach hast du unrecht getan«, sagte David. »Einem Unbekannten stellt man keine derart persönliche Frage.«

»Aber sonst hätte ich vielleicht nie erfahren, daß er Katholik ist.«

»Und was hast du davon, wenn du weißt, daß er Katholik ist? Ein Mensch, der so heißt, kann nur Katholik sein«, fügte er lächelnd hinzu.

Was ihm auf der Zunge lag zu sagen, unterdrückte Joseph sofort: zu viele Gedanken stürmten auf ihn ein, als daß er sie verständlich hätte äußern können.

»Komm«, sagte David. »Wir wollen einen Rundgang durch den Garten machen. Ich glaube, wir waren noch nie zusammen dort. Und dann muß ich dir auch etwas sagen.«

Sie verließen das Haus durch die Hintertür und gingen durch eine kleine Allee, die von Liguster eingefaßt war und sich etwas weiter zwischen Ulmen und Sykomoren verlor. Unter ihren Schritten rauschte das tote Laub wie ein Wasserfall, und dieses Geräusch übertönte fast ihre Stimmen. So gingen sie bis zu einer schwarzen Bretterhütte, die an einer kleinen, niedrigen Mauer lehnte, deren rosa Ziegelsteine hier und da ins Violette spielten.

»Hier werden die Gartengeräte untergestellt«, erklärte David und öffnete die Tür. »Vor einigen Jahren hat man hinter einem Wasserrohr eine Klapperschlange gefunden, und deshalb hat Frau Ferguson diese kleine Mauer bauen lassen, über die man ohne Mühe steigen kann, die aber verhindert, daß Schlangen in den Garten kriechen.«

Joseph streckte den Kopf vor und sah im Inneren der Hütte Rechen und Schaufeln und auch das Wasserrohr, von dem David gesprochen hatte. Jenseits der niedrigen Mauer dehnte sich ein weites, mit rostfarbenem Gebüsch bedecktes Gelände bis zur Eisenbahnböschung, die mit einer eintönigen Linie den blaßblauen Horizont begrenzte. Es war ein hartes und durchsichtiges Blau, das den Winter ankündigte.

»Ich will dir etwas anvertrauen«, sagte David plötzlich ein wenig theatralisch. »Du bist mein Freund, du sollst es wissen: Ich bin verlobt.«

Joseph sah ihn an.

»Verlobt«, wiederholte er verdutzt.

»Ja, mit einem Mädchen in meiner Heimat. Vor einem halben Jahr haben wir uns versprochen. Willst du mal ihr Photo sehen?«

Ohne die Antwort auf diese Frage abzuwarten, nahm er aus seiner Brieftasche die Photographie eines Mädchens mit vollem, anmutigem Gesicht, rundlichen Armen und einem unschuldigen Lächeln.

»Ist sie nicht hübsch?« fragte David.

Er fuhr sogleich fort:

»Die Photographie übertreibt nicht. Sie hat diese wunderbare Haut. Sie ist ein Engel, ein Engel, den Gott mir gesandt hat. Sobald ich Pastor bin, heiraten wir.«

Er lachte laut und sagte dann fast mutwillig:

»Ich wette, daß du neidisch bist.«

Bei diesen Worten packte Joseph ihn an beiden Armen, als wollte er ihn an jeder weiteren Bewegung hindern, sah ihn an und sagte dann langsam:

»Das bin ich nicht. Da kannst du sicher sein, David. Die Ehe ist eine gefährliche Versuchung.«

»Was meinst du damit?«

»Das weißt du ganz genau«, erwiderte Joseph mit leuchtenden Augen. »Das Fleisch, die Sinneslust und all die Schamlosigkeiten, die damit verbunden sind ...«

»Schweig!« rief David und machte sich frei.

»Wenn du diese Frau in den Armen hältst, wirst du dann an Gott denken?«

David antwortete nicht, aber er wandte sein Gesicht ab, das der Zorn rötete, und entfernte sich ein paar Schritte. Joseph verschränkte in Siegerpose die Arme und sagte mit deutlicher und ruhiger Stimme:

»Einem unkeuschen Weib ist das Himmelreich verschlossen.«

Beide schwiegen. David ließ ein paar Minuten vergehen, ehe er zu seinem Kameraden zurückkam.

»Joseph«, sagte er lächelnd, »wir wollen von meinen Zukunftsplänen nicht weiter sprechen. Du hast mich gekränkt, aber ich glaube nicht, daß es absichtlich geschah.«

»Ich habe dich gewarnt. Gott hat alle verdammt, die in Unzucht leben.«

»Meinetwegen, du hast mich gewarnt. Die Sonne soll über unserm Zorn nicht untergehen. Gib mir die Hand. Noch nie habe ich die Sünde begangen, von der du sprichst. Und du vergißt, daß Paulus gesagt hat, es sei besser, zu heiraten, als zu brennen. Gib mir die Hand, Joseph.«

Zögernd reichte ihm Joseph eine mißtrauische Hand. Wieder einmal spielte David die bessere Rolle. So endete es fast immer. Sie reichten einander die Hand und kehrten schweigend in das Haus zurück. Die toten Blätter raschelten unter ihren Füßen. Als sie die Stufen der Freitreppe hinaufstiegen, blieb David plötzlich stehen:

»Die Worte... Unzucht und Hurerei, die du so gern gebrauchst, haben etwas Rohes und Häßliches. Ich weiß wohl, daß sie in der Bibel stehen. Aber trotzdem sollten wir mit ihrem Gebrauch vorsichtig sein. Verstehst du?«

Joseph antwortete nicht.

»Darf ich dir etwas sagen... zu deinem Besten, ja, zu deinem Besten?« fuhr David fort. »Ich gestehe, daß ich zögere, und wenn du nicht willst, schweige ich.«

Er wartete eine Weile, dann faßte er Josephs Arm und stammelte voller Scham:

»Verzeih mir, was ich jetzt sage, Joseph, aber du denkst zu viel... an die Unzucht, an das, was du Unzucht nennst. Du fliehst sie, das weiß ich, aber du denkst doch daran.«

»Ich denke daran wie an etwas, das man verabscheut«, erwiderte Joseph mit heiserer Stimme.

David sah mit einem Blick voller Beunruhigung zu ihm auf.

»Joseph«, sagte er schließlich, »man darf in keiner Weise daran denken.«

Diese Worte klangen so ernst und waren so eindringlich, daß Joseph meinte, seine Kehle schnürte sich zusammen.

»Ich kann nicht anders«, stöhnte er.

13

Er ging in sein Zimmer und schloß sich ein. Das Gespräch mit David hatte ihn tief erregt, und er mußte sich auf das Bett legen, um sich zu beruhigen. Aber die Erinnerung an die letzten Worte, die aus seinem eigenen Munde gekommen waren, verwirrten ihn viel mehr als die Mahnung seines Kameraden. War es wahr, daß er immer an die Unzucht dachte? Warum hatte er das gesagt? Mehrere Minuten lang wälzte er diese Frage in seinem Hirn, dann legte er sich plötzlich auf den Bauch, verbarg das Gesicht in seinem Arm, und in dem stillen Zimmer, das zu lauschen schien, erklang eine durch die Angst sanfter gewordene Stimme:

»Herrgott, gib mir ein reines Herz.«

Aber wer auf Erden hatte ein reines Herz? Dachte nicht auch David an die Fleischeslust? Plötzlich kam ihm der Gedanke, daß fast die ganze Menschheit verloren war: sobald die Sinne erwachten, verlangte der Teufel sein Recht, und nur die Kinder und ein paar Heilige sahen Gott im Paradies, alle anderen brannten für alle Ewigkeit im Feuer der Hölle.

Er erhob sich vom Bett und ging zum Fenster. Unwillkürlich legte er die Hand auf die Brust. »Die Heiligen«, dachte er. In der Bibel hatte es welche gegeben, vielleicht gab es auch heute noch welche. Und er hatte geglaubt, daß David einer von ihnen wäre. Aber diese Heiratspläne paßten schlecht zu der Vorstellung, die

Joseph sich von einem Auserwählten machte, für den, der für das ewige Leben bestimmt war. Er erinnerte sich der Worte des Herrn zu dem ungetreuen Engel der Kirche: »Du hast deine erste Liebe verlassen... Ich nehme deinen Leuchter von seinem Platz...« Vielleicht würde die Gnade, die bisher David gewährt worden war, einem anderen zuteil. Sein Herz begann zu klopfen. Wie geheimnisvoll auf einmal alles in diesem Zimmer aussah... Als würde die Wand, die die sichtbare Welt von der unsichtbaren trennte, immer dünner. Nichts hatte sich geändert, und dennoch war nichts mehr vertraut. Sogar das Licht schien anderswoher zu kommen als vom Himmel, den die Dämmerung in die Farben des Feuers tauchte.

Einen langen Augenblick blieb er unbeweglich, als fürchtete er, eine Bewegung könnte eine geheime Ordnung stören, und er empfand eine tiefe Freude, deren Ursache er nicht begriff. Mehrere Male kamen ihm mit seltsamer Hartnäckigkeit die Worte in den Sinn: »Fremd auf Erden...« Aber diese Worte erklangen in ihm, ohne daß er traurig wurde. Im Gegenteil, sie hoben ihn langsam und unaussprechlich sanft empor.

Fast plötzlich brach die Nacht herein, und Joseph tastete sich zum Tisch vor, auf dem die Lampe stand. Er hatte ein Gefühl, als käme er aus einem seltsamen Traum, der ihn auf die andere Seite der Welt geführt hatte, als wäre er hinter eine Kulisse getreten, und er brauchte nun einige Zeit, die gewohnten Bewegungen wiederzufinden, seine Bücher auf dem Tisch zu verteilen, sie aufzuschlagen und zu begreifen, was er las. Von diesem ganzen, unbestimmten Entzücken blieb ihm nur eine leichte Benommenheit, die schnell verflog trotz seiner Anstrengung, etwas davon zu bewahren. Aber eine Viertelstunde später, in eine Übung zur griechischen Grammatik versunken, dachte er nur noch an die Konjugation der Verben auf μι.

Nicht ohne Ärger vernahm er ein Klopfen an der

Tür. Schon war er in Versuchung, nicht zu antworten. Nur ungern sagte er dann: »Herein.«

Es war Killigrew. Er trug seinen grünen Anzug mit der Pumphose und gerippte Wollstrümpfe. Er erinnerte an einen Touristen oder Golfspieler, aber sein Geist war ernst und sein Mund härter als gewöhnlich.

»Tag, Jo«, sagte er mit seiner farblosen und nasalen Stimme. »Hoffentlich störe ich Sie nicht. Frau Dare hat mir Ihre Adresse gegeben.«

Er blickte sich um und setzte sich dann in den Schaukelstuhl. »Ein nettes Zimmer«, sagte er und schaukelte in dem Sessel hin und her. Die Arme auf der Brust verschränkt, sah Joseph ihn schweigend an.

»Darf ich rauchen?« fragte Killigrew und zog eine lange Zigarettenspitze aus grüner Jade aus der Tasche. Ohne die Antwort abzuwarten, fuhr er fort:

»Das beruhigt mich. Sie entschuldigen.«

Er zündete die Zigarette an.

»Ich möchte mit Ihnen über den einen oder anderen, vor allem über Sie selbst sprechen, über Simon und...«

»Über Simon will ich nichts hören«, entgegnete Joseph mit dumpfer Stimme.

»Haben Sie sich seinetwegen nie Gedanken gemacht?«

»Nein. Nie. Ich kannte ihn kaum.«

Killigrew neigte ein wenig den Kopf und betrachtete Joseph dann aufmerksamer.

»Also sprechen wir nicht von Simon«, sagte er langsam. »Aber Simon hatte schon recht: es gibt Worte, die man in Ihrer Gegenwart nie sagen wird, weil man es einfach nicht kann. Sie schüchterten ihn ein. Mich schüchtern Sie nicht ein, aber... ich begreife, daß er schwieg.«

Auf diese Worte folgte ein kurzes Schweigen. Dann fuhr er fort:

»Sie sind derart...«

Er zögerte, lächelte, sog an seiner Zigarette und sagte endlich: »... jungfräulich.«

Joseph errötete.

»Lächerlich«, murmelte er, »was Sie da sagen, ist doch lächerlich.«

Aber Killigrew fuhr mit der übertriebenen Milde fort, mit der man zu einem Kranken spricht:

»Das Wort soll Sie in keiner Weise verletzen. Ich kann mir vorstellen, daß es Sie ein wenig verwirrt, denn es berührt ein Thema, das Sie beunruhigt oder besser: das Sie entsetzt.«

»Ich verstehe Sie nicht«, sagte Joseph.

»Vor einem Teil von sich selbst haben Sie Angst.«

»Ein Teil von mir selbst...«, wiederholte Joseph.

»Vor Ihrem Körper«, fuhr Killigrew mit veränderter Stimme fort.

Dann schwiegen sie wieder. Der Besucher war plötzlich sehr blaß geworden und starrte Joseph an, der mit einer heftigen Bewegung den Kopf abwandte. Einen Augenblick später sprach Killigrew weiter:

»Sie sehen in Ihrem Körper nur einen Feind. Sie halten ihn für eine Gabe des Teufels. In Ihren Augen ist das Fleisch verflucht.«

Er sprach jetzt etwas erregter und legte seine Zigarettenspitze auf die Fensterbank.

»Wir leben im Jahre 1920, Jo. Ihre Ideen stammen noch aus einer früheren Zeit. Sie müssen aufwachen, müssen aus sich heraus, müssen hören, was um Sie herum gesprochen wird...«

Joseph sah ihn an.

»Das habe ich mehr als einmal getan. Gegen meinen Willen. Ich habe Ihre Gespräche mit MacAllister und den anderen gehört. Es war furchtbar.«

»Ich weiß nicht, was Sie gehört haben. Wir haben ganz offen gesprochen. Vielleicht war von der körperlichen Liebe die Rede. Männer unseres Alters denken an nichts anderes, Jo. Und das ist durchaus natürlich.«

Ein verschlagenes Lächeln zeigte sich auf seinem Gesicht. Er beugte den Kopf ein wenig vor und sagte:

»Auch Sie, Jo, denken vielleicht daran.«

Joseph stand auf und legte die Hände auf den Rükken. Er sah seinen Besucher mit zornigem Blick an.

»Lassen Sie mich in Ruhe, Killigrew«, sagte er.

»Ich wollte Sie nicht reizen«, erwiderte Killigrew leise. »Ich bin in guter Absicht zu Ihnen gekommen. Sie würden staunen, in welchem Maße...«

Er sprach nicht weiter. Als Joseph schwieg, fuhr er fort:

»Sie könnten hier viele Freunde haben. Ich will Ihnen weiter keine Komplimente machen, aber...«

Er schaukelte leicht hin und her und sagte leise:

»Sie haben alles, um zu gefallen.«

Während der folgenden Sekunden vernahm man nur das Knarren des Fußbodens unter dem Schaukelstuhl, dann erklang wieder Killigrews Stimme, diesmal recht schüchtern.

»Hat Ihnen das noch niemand gesagt?«

Joseph rührte sich nicht. Plötzlich fielen ihm Moiras Worte ein: »Sie haben ein komisches Gesicht.«

»Nein«, sagte er plötzlich bestimmt. »Ich weiß nur, daß ich ein komisches Gesicht habe. Das hat man mir gesagt.«

»Was!« rief Killigrew, »wer war der Mann, der so blind oder dumm ist...?«

»Ein Mann hat das nicht gesagt. Aber das ist ja auch einerlei.«

»Dann hat es also eine Frau gesagt?«

»Ja, eine Frau.«

Bei diesen Worten schien sich Killigrews Gesicht in Stein zu verwandeln, und seine Augen wurden ganz klein.

»Welche Frau?« fragte er.

»Das geht Sie nichts an.«

»Sie irren sich, Jo. Das ist sogar der Hauptgrund

meines Besuches. Ich will Ihnen einen Dienst erweisen, Sie warnen.«

»Ich verstehe Sie nicht.«

»Wenn Sie mir den Namen der Frau nicht sagen wollen, dann sagen Sie mir wenigstens, ob es sich um eine hiesige Frau handelt.«

»Ja.«

Killigrew lehnte sich in den Schaukelstuhl zurück.

»Sie brauchen kein Wort mehr zu sagen«, sagte er lächelnd. »Ich kenne die Ausdrucksweise dieser Frau.«

Joseph sah zum Fenster und schwieg.

»Es ist Moira«, sagte Killigrew. »Ich weiß, daß sie Sie kennengelernt hat. Sie hat es MacAllister erzählt. Und dann kennen Sie hier auch keine andere Frau. Ihre jetzige Wirtin und Frau Dare kommen nicht in Frage. Sie hätten nie so zu Ihnen gesprochen. Bleibt also nur Moira. Habe ich recht?«

Joseph biß sich auf die Lippen.

»Natürlich ist es Moira«, fuhr Killigrew fort und schaukelte wieder hin und her. »Aber ich will Ihnen sagen, daß die Meinung dieser Frau vollkommen bedeutungslos ist. Die gäbe sich einem Gorilla hin, wenn ein Gorilla ihr den Hof machte. Und daß Sie ihr nicht den Hof machen, ärgert sie. Unzählige Jungens haben von ihr bekommen, was sie wollten. Wegen ihres schlechten Lebenswandels mußte sie die Schule verlassen, und nun ist sie wieder hier, weil es ihr ein paar Studenten angetan haben. Sie wollte nur drei Tage hierbleiben. Drei Tage! Aber sie hat nicht die Absicht, wieder zu verschwinden. Die alten Römer nannten so eine: *lupa,* eine Wölfin, ein ewig hungriges Tier...«

»Was Sie da sagen, gefällt mir nicht«, erwiderte Joseph, ohne sich zu rühren.

»Sie können doch nicht leugnen, daß sie sich aufreizend kleidet, sich schminkt wie die Frauen, vor denen Sie Angst haben. Sie trägt den zweideutigen Duft, nach dem es in gewissen Häusern riecht. Ich will nicht den

Moralprediger spielen. Das wäre lächerlich. Aber wirklich ... sie ist eher abstoßend. Und wer weiß? Gefährlich.«

»Gefährlich?«

»Natürlich, Jo. Sie sind unschuldig wie ein neugeborenes Kind. Sie haben sicher schon mal gehört, daß gewisse Frauen gefährlich sind.«

»Ja«, sagte Joseph plötzlich. »Das hat man mir erzählt.«

»Übrigens«, fuhr Killigrew fort, »diese Unterhaltung beseitigt meine letzten Zweifel. Ja, ich hatte versprochen, Ihnen nichts davon zu sagen, aber etwas ist gegen Sie im Gange.«

»Gegen mich?«

»Wir wollen nicht übertreiben: ein kleines Komplott, ein schlechter Studentenscherz. In der vergangenen Woche hatten sie sich geschworen, dafür zu sorgen, daß der kleine, schüchterne Stuart seine Unschuld verliert. Sie haben ihn doch sicher bei Frau Dare kennengelernt. Zuerst haben sie ihn betrunken gemacht und dann fast gewaltsam mit in die Stadt genommen. Dort hat er dann vor ihren Augen einen gewissen Akt mit einer Frau vollzogen. Verstehen Sie?«

»Ich verstehe.«

»Auch Ihnen wollen sie einen Streich spielen. Nicht den gleichen Streich, sondern ...«

»Sondern was?« fragte Joseph plötzlich sehr ruhig.

»Seien Sie auf der Hut. Ihre etwas fanatische Moral reizt sie. Zu gern sähe man Sie in einer lächerlichen Situation, die Ihrem Ruf schadet.«

»Gott wird sie strafen«, sagte Joseph milde.

»Ich wollte Sie auf alle Fälle warnen.«

Joseph erwiderte nichts. Er stand etwas entfernt von Killigrew, der sich schaukelte und ihn beobachtete, und schaute durch das Fenster, als suchte er im Himmel Antwort auf eine Frage. Eine unsagbare Traurigkeit breitete sich über seine Züge, überzog einen Teil des Gesichts nach dem anderen, zuerst die Augen und dann den Mund.

In diesem Augenblick wurde an die Tür geklopft, und wie aus einem Traum gerissen rief Joseph:

»Herein!«

Die Tür öffnete sich, und eine alte Negerin betrat das Zimmer. Sie trug ein schwarzes Kleid und dazu eine weiße Schürze, die ihr bis auf die Füße reichte. Von ihrem elfenbeinfarbenen Gesicht hoben sich die Lider und die Lippen lila ab, und Runzeln, die aussahen, als wären sie mit Tusche gemalt, durchfurchten ihre Bakken und ihre Stirn. Eine Nickelbrille gab ihrem Gesicht etwas Gelehrtes und Strenges zugleich. Sie trug auf dem Arm eine graue, dicke Wolldecke, die sorgfältig vierfach gefaltet war.

»Frau Ferguson meint, Sie brauchen noch eine Zusatzdecke«, sagte sie und legte ihre Last auf das Bett.

Sie sah Joseph an, der sich nicht rührte und kein Wort sagte.

»Die Nächte werden schon kälter«, sagte Killigrew.

Er stand auf, ging zum Bett und befühlte die Decke, als handelte es sich um sein Bett.

»Die ist aber dick«, murmelte er mit beifälligem Lächeln. »Sie ist sicher schön warm.«

»Auf alle Fälle ist sie nicht leicht zu tragen«, sagte die Dienerin und verließ das Zimmer.

Als sie die Tür hinter sich geschlossen hatte, machte Killigrew ein paar Schritte auf Joseph zu und sah ihn etwas unsicher an. »Da Sie nichts sagten, habe ich es für Sie getan«, sagte er.

Joseph schwieg.

»Warum so ernst?« fragte Killigrew leise. »Sie sind so scheu...«

Und in einem halb verschwörerischen, halb bittenden Ton fügte er hinzu:

»Wer weiß? Wenn Sie wollen, könnten wir Freunde werden...«

Vorsichtig streckte er die Hand aus und legte sie leicht auf die Josephs, die zitterte. Die Blicke der beiden Männer trafen sich.

»Weshalb fassen Sie mich an?« schrie Joseph und ballte die Faust.

Killigrew wurde blaß, und seine Augen funkelten hinter der Brille. Er öffnete den Mund, um etwas zu sagen. Aber er schwieg. Er ließ die Hand sinken.

»Gehen Sie jetzt«, befahl Joseph.

14

Als Joseph und David ein paar Tage später auf dem Wege zur Vorlesung waren, begegneten sie in der großen Allee Moira. Ein marineblauer Mantel hüllte sie fast ganz ein, nur ihre feinen, aber kräftigen Beine waren zu sehen. Hochmütig klapperten ihre übertrieben hohen Absätze auf dem Trottoir. Joseph wandte den Kopf ab, aber er bemerkte doch den verächtlichen Blick, mit dem sie ihn im Vorbeigehen streifte, und das Blut stieg ihm ins Gesicht.

Als sie einige Zeit unter den Sykomoren dahingegangen waren, deren gebogene Zweige noch ein paar wenige gelbe Blätter trugen, sagte Joseph plötzlich:

»Das ist die Adoptivtochter von Frau Dare, die eben an uns vorbeigegangen ist. Sie heißt Moira.«

Er schwieg einen Augenblick in der geheimen Hoffnung, daß David ihn fragen würde. Dann fuhr er fort:

»Ich hatte neulich Gelegenheit, ein paar Worte mit ihr zu sprechen.«

»In diesem Falle«, erwiderte David mit ruhiger Stimme, »hätte ich sie an deiner Stelle gegrüßt.«

»Ich habe sie absichtlich nicht gegrüßt. Ich wollte nicht.«

Diese Worte verklangen in tiefem Schweigen, aber Joseph schien wie erleichtert durch das, was er gesagt hatte, und die beiden Studenten sprachen kein Wort mehr, bis sie die Galerie erreichten, die an der großen Rasenfläche entlangführte. In diesem Augenblick sagte Joseph:

»David, ich will versuchen, Terence zu bekehren.«

»Terence?«

»Ja, Terence MacFedden, den Katholiken, von dem ich dir vor ein paar Tagen erzählt habe. Vergangene Nacht ist es mir zur Gewißheit geworden, daß Gott von mir verlangt, ihn zu retten.«

Er war auf Zustimmung, ja auf begeisterte Zustimmung gefaßt gewesen und blickte zu seinem Kameraden. Aber das kluge und regelmäßige Profil Davids verriet keine Spur von Erregung.

»Wenn ich dir einen Rat geben darf«, sagte David endlich, »sei vorsichtig. Du kennst die Katholiken nicht. Es wäre besser, du ließest diesen in Ruhe.«

»Ich kann aber doch nicht tatenlos zusehen, wie er in sein Verderben rennt.«

»Das kann niemand wissen. Du hast genau wie ich gelernt, daß die Taufe und der Glaube an Christus genügen, um gerettet zu werden. Wenn Terence Mac Fedden diese beiden Bedingungen erfüllt, kommt er in den Himmel.«

»David«, schrie Joseph und blieb stehn, »glaubst du wirklich, was du da sagst?«

David war auch stehen geblieben und sah Joseph ruhig an.

»Ohne den mindesten Zweifel.«

Sie gingen weiter. Joseph senkte den Kopf auf die Brust und dachte angestrengt nach. Das Übel war größer, als er dachte. David ließ sich von seinen Heiratsplänen blenden. Schon war das Verderben in ihm, aber er würde ihn retten, würde alle retten.

In plötzlich aufwallender Zuneigung legte er den

Arm um die Schulter seines Kameraden, und mit leicht ansteigender Stimme fragte er:

»Glaubst du immer noch, David, daß wir gerettet sind, daß wir beide gerettet sind und leuchten werden wie die Sonne, wie Christus es den Auserwählten versprochen hat?«

»Ja«, erwiderte David, »aber du befragst dich zu viel.«

Sie hatten die lange Galerie verlassen und befanden sich in einem großen offenen Raum, wo sich der Klang ihrer Worte in der reinen und kalten Luft verlor. Ein neoklassizistischer Bau schloß den Horizont nach einer Seite hin ab, aber rechts sah man die blauen Hügel zwischen den goldgefleckten Bäumen, und bei diesem Anblick fühlte Joseph, wie ihm warm ums Herz wurde.

»Es gibt Augenblicke, in denen ich sofort sterben möchte, um in den Himmel zu kommen«, sagte er leise, den Blick in die Ferne gerichtet.

In diesem Augenblick ertönte eine Glocke. Sie verkündete das Ende einer Vorlesung, und Studenten überquerten den Rasen, zuerst einzeln, dann in kleinen Gruppen, und bald sah es aus, als kämen sie von überall her. Man erkannte die älteren Semester an ihrem etwas lässigen Schritt und die Studenten des ersten Jahres an ihrer Hast und ihrem ernsten Gesichtsausdruck. David und Joseph beschleunigten die Schritte und bemühten sich, abseits von den anderen zu gehen.

»Ich muß dich was fragen«, sagte Joseph, als sie sich dem Gebäude näherten, in dem die griechische Vorlesung stattfand. »Diese Frau, der wir eben begegneten, diese Moira Dare...«

»Und?«

»Ist doch nicht hübsch, oder?«

»Ich weiß nicht.«

»Hast du nicht gesehen, wie sie geschminkt war? Ihr Mund...«

David sah Joseph scharf an.

»Ich betrachte nie eine Frau auf der Straße«, sagte er.

Joseph biß sich auf die Lippen und antwortete nicht. Schweigend gingen sie die Stufen hinauf, die in den Säulengang führten, und Joseph wollte gerade die Tür öffnen, als sie von der anderen Seite aufgestoßen wurde. Beinahe wären er und Praileau zusammengestoßen. In seinem braunen Gesicht strömte das Blut in die Wangen und schien den Glanz seiner schwarzen Augen zu verstärken. Trotz der kalten Luft war der Hemdkragen mit absichtlicher Nachlässigkeit geöffnet, und die Art, wie er die Brust vorstreckte und den Kopf zurückwarf, hatte etwas Herausforderndes. Dennoch wollte er zur Seite treten, als er Joseph sah, besann sich aber gleich anders und ging vor ihm her, den Blick auf die Uhr der Bibliothek gerichtet, die sich am anderen Ende der Rasenfläche befand. Joseph wandte den Kopf, als er an ihm vorbeiging, und sah ihm einen Augenblick nach. »Mit ihm hätte sie nicht so gesprochen wie mit mir, als ich mir meinen Sweater holte«, dachte er, »und er hätte sich auch nie vor ihr gebückt.« Ein plötzlich aufflammender Zorn ließ ihn die Zähne aufeinanderbeißen, als er an all die Demütigungen dachte, die er, seit er auf der Universität war, erlitten hatte, und seine Stirn legte sich in Falten.

»Was hast du denn?« erkundigte sich David. »Du machst auf einmal so ein sorgenvolles Gesicht.«

Sie gingen an den Gipsstatuen vorbei, und wie immer senkte Joseph den Blick.

»Nichts«, sagte er heiser. »Kümmere dich nicht um mich.«

15

Als er sich am nächsten Tag anzog, blieb er mit der Rocktasche am Schlüssel eines Möbels hängen. Ein langer Riß war die Folge. Der Unfall betrübte ihn. Schon wollte er David um Rat fragen, besann sich aber gleich anders; dann mußte er eben den neuen Anzug anziehen. Sicher hätte David diese Meinung nicht geteilt und wieder einmal eine seiner vernünftigen Lösungen vorgeschlagen, aber diesmal war Joseph fest entschlossen, zu tun, was er wollte. Drei Minuten später verließ er sein Zimmer im Sonntagsanzug.

Zu seiner Überraschung schien sein Kamerad nichts zu bemerken. Wie immer frühstückten sie allein unter den Blicken des verstorbenen Mannes von Frau Ferguson, die später aufstand. Die Sonne ließ eine silberne Kaffeekanne mit majestätischen Formen aufleuchten und fiel auf Davids Hände, der sorgsam, damit nichts verlorenging, seine Grapefruit mit einem kleinen Löffel aß.

»Wenn du damit einverstanden bist«, sagte er, ohne aufzusehen, »gehen wir übermorgen zusammen in die Cafeteria.«

»Mein Anzug erinnert ihn daran, daß ich ihm zwanzig Dollar schulde«, dachte Joseph. Natürlich hat er gleich gesehen, daß ich den neuen Anzug anhabe. Aber er hat absichtlich nichts gesagt.

Warum hatte er nicht diese zwanzig Dollar, um sie ihm auf den Tisch zu knallen und ihn mit seiner Cafeteria zum Teufel zu jagen! Er faltete unter dem Tisch die Hände, daß die Gelenke knackten, als wollte er seine Wut daran auslassen.

»Hast du gehört, was ich gesagt habe?« fragte David und legte den Löffel auf den Tisch.

»Natürlich.«

»Also abgemacht?«

Der Rotschopf nickte schroff. Schweigsam aßen sie ein paar Bissen Toastbrot, das noch dampfte, als sie es brachen, und nach Verlauf einiger Minuten sagte Joseph, von dem Wunsch getrieben, den jungen »Pastor« herauszufordern:

»Du hast noch gar nicht bemerkt, daß ich meinen neuen Anzug anhabe.«

»Doch«, erwiderte David und goß ihm Kaffee ein.

»Es interessiert dich wohl nicht, warum?«

David füllte seine Tasse und rührte ihren Inhalt mit dem Löffel um.

»Ich stelle immer möglichst wenig Fragen«, sagte er milde.

»Verzeih«, erwiderte Joseph lächelnd, »ich vergesse immer wieder, daß du ohne Fehler bist.«

David ging darauf nicht ein, aber als sie das Eßzimmer verließen, ergriff er Josephs Arm und sagte:

»Gestern war mein Geburtstag. Meine Eltern haben mir ein Geschenk geschickt. Willst du mir versprechen, die Frage, die ich dir jetzt stelle, mit ja zu beantworten?«

»Nein«, sagte Joseph erstaunt. »Das heißt, das kommt ganz darauf an.«

»Willst du mir dann wenigstens versprechen, nicht gleich nein zu sagen, sondern erst zu überlegen?«

»Abgemacht.«

»Ich möchte dir die kleine Schuld, die du noch bei mir hast, erlassen. Darf ich? Nein, antworte heute nicht.«

Joseph wurde rot.

»Auf diese Weise«, fuhr David fort, ohne ihm Zeit zu lassen, etwas erwidern zu können, »gehört das ganze Geld, das du in der Cafeteria verdienst, dir. Der Gedanke, daß du arbeitest, um mir das Geld zurückzuzahlen, ist mir unerträglich. Übrigens nehme ich an, daß du ja gesagt hast, weil dein Nein mich zu sehr beleidigen würde, und du weißt doch, daß es in gewissen Fällen ebenso hochherzig ist, zu nehmen wie zu geben.«

Unter diesen Worten schob er ihn zur Tür, wie ein Erwachsener ein Kind schiebt.

16

Als er in seinem Zimmer allein war, nahm Joseph seine griechische Grammatik und knallte sie auf den Fußboden. »Ich will nicht«, schrie er.

Aber er mochte sich sträuben wie er wollte, er wurde immer wieder von David besiegt. David irrte sich niemals, er benahm sich wie ein Auserwählter, und es machte ihm augenscheinlich gar keine Schwierigkeiten, seine, Josephs Gedanken zu lesen. Es gab Augenblicke, in denen Joseph ihn verabscheute, seine Stimme, seine Augen, sein Haar, die Art und Weise, wie er wie eine alte Jungfer die Grapefruit aß, kurz, alles was typisch für David war. Heute ganz besonders. Das in diese kleine Predigt verpackte Geschenk war doch die Höhe! Er würde es nicht annehmen. Schon überlegte er, was er ihm heute abend sagen würde: »Und wenn ich mir beim Geschirrspülen die Finger wundreiben müßte ...« Aber das klang irgendwie lächerlich, er würde es nicht sagen, er wußte, daß er es nicht sagen würde, im Gegenteil, er würde David wegen seiner Worte von eben und von neulich im Garten um Vergebung bitten. Deswegen hatte er seine griechische Grammatik auf den Fußboden geworfen, deswegen trat er sie mit den Füßen. Aber eine Minute später hob er sie beschämt auf, putzte sie mit dem Ärmel ab, strich mit den Händen über den Einband, als wollte er sie wegen der schlechten Behandlung, die er ihr hatte zuteil werden lassen, trösten.

Im Flur traf er David, der auf ihn wartete, um mit ihm in die Vorlesung zu gehen.

17

In Davids Zimmer war es immer gemütlich. Schon auf der Schwelle umfing einen eine köstliche Wärme wie ein unsichtbares Gewand und ließ einen vor Wohlbehagen lächeln. Die Lampe auf dem Tisch verbreitete ihr ruhiges Licht und warf einen großen gelben Fleck an die Decke. Und inmitten seiner Bücher wirkte David so sicher, als könnte nichts ihn aus der Ruhe bringen: hier, wie im hellen Tageslicht, machte er den seltsamen Eindruck, daß er für alles und jeden unerreichbar war. Das empfand Joseph, und bald reizte es ihn, bald aber erfüllte ihn eine innere Freude über seine Gespräche mit David.

Seit einem Augenblick schwiegen beide erregt. Dann streckte David die Hand über den Arbeitstisch und berührte die Josephs.

»So darfst du nie wieder zu mir sprechen«, sagte er. »Nie wieder sollst du mich um Verzeihung bitten. Dabei komme ich um vor Scham.«

Er zog seine Hand zurück und fügte leise hinzu:

»Ich habe dich viel zu gern, als daß du mich wirklich beleidigen könntest. Verstehst du? Was du mir neulich bei der Hütte über das Heiraten sagtest, hätte ich längst vergessen, wenn du nicht heute abend davon angefangen hättest.«

Joseph sah ihn schweigend an.

»Erinnerst du dich an die Stelle bei Paulus, die ich bezüglich der Heirat nannte?« fuhr David fort.

»Es ist besser zu heiraten als zu brennen«, zitierte Joseph.

David neigte den Kopf.

»Diese Worte gelten für uns alle«, sagte er, »für mich wie für die anderen.«

»Für dich!« rief Joseph. »Das ist nicht möglich. Wirst du denn auch manchmal in Versuchung geführt?«

David hob leicht die Schultern.

»Glaubst du, wir wären aus verschiedenem Ton gemacht?« fragte er.

Nach kurzem Schweigen murmelte Joseph:

»Willst du deswegen heiraten?«

»Ich heirate, weil ich ... verliebt bin«, sagte David.

Joseph errötete tief und schlug die Augen nieder. Es wäre ihm viel lieber gewesen, David hätte sich dieses verdächtigen Wortes nicht bedient, das eine Sünde zu bedecken schien. Gewiß, man konnte sich auf die Liebe der Heiligen zu ihren Gattinnen berufen: im Alten Testament weinte Jakob vor Liebe bei Rahels Anblick, und im Neuen Testament weinten Petrus und seine Frau. Aber Johannes war nicht verheiratet. Es war schon besser, dieses Thema nicht wieder zu berühren, wenigstens heute abend nicht. Heute abend fühlte er sich David trotz dieser geheimnisvollen und etwas peinlichen Frage sehr nahe. Er dachte einen Augenblick lang nach und sagte dann zögernd:

»Ich muß dich etwas fragen, aber das ist nicht so einfach. Ich habe das Gefühl, daß man nicht einmal daran denken sollte. Und dennoch will ich es wissen.«

»Um was handelt es sich?«

»Christus wurde in der Wüste in Versuchung geführt, weil er Hunger hatte. Die Versuchung war der Hunger, der körperliche Hunger ...«

»Ja«, sagte David, der die Frage ahnte.

»Und der andere Hunger, David ... Weißt du, ob er den auch kennengelernt hat?«

Davids Augen hatten sich geweitet, wie vor plötzlicher Angst.

»Das weiß ich nicht«, hauchte er. »Darüber habe ich nie nachgedacht. Daran denkt man am besten nicht, Joseph. Das kommt fast einer Gotteslästerung gleich.«

»Ich will Gott nicht lästern«, sagte Joseph leise. »Aber ich glaube, wenn man mir sagte, daß auch er auf diese Weise gelitten hat, dann fühlte ich mich stärker und würde mir sagen: Auch er...«

»Ich weiß es nicht.«

Sie schwiegen. Alles Blut war aus Davids Wangen gewichen, er schlug die Augen nieder, um seine Verwirrung zu verbergen. Eine Minute lang blieb er vollkommen unbeweglich. Dann schien er sich wieder in der Gewalt zu haben und sagte plötzlich: »Ich mache mir deinetwegen manchmal Sorgen, weil ich dich sehr gern habe. Das Gute in dir hat etwas Maßloses...«

»Was meinst du damit?«

»Neulich abends war Killigrew bei mir. Ich kannte ihn nicht. Er hat mit mir über dich gesprochen.«

»Ich mag diesen Burschen nicht«, sagte Joseph mit finsterer Miene.

»Um die Wahrheit zu sagen, ich auch nicht. Vielleicht wäre es besser, du sprächest nicht mehr mit ihm.«

»Mit ihm sprechen! Er ist mir widerlich. Etwas in seinem Wesen stößt mich ab. Wenn er einen ansieht, meint man, er berühre einen. Ich bin davon überzeugt, daß er verkommen ist und hinter den Weibern her.«

»Nein«, sagte David ernst. »Er ist nicht hinter den Weibern her. Aber darum handelt es sich jetzt nicht. Killigrew hat mir von seinem Gespräch mit dir berichtet, als du deinen Shakespeare in Stücke gerissen hast.«

»Ja, und?«

»Dein Vorurteil gegen diesen Dichter läßt sich nur durch deine religiöse Erziehung erklären. Aber lesen mußt du ihn deshalb doch.«

»Ausgeschlossen.«

»Hör mal zu«, fuhr David fort. »Es ist kein Zufall, daß wir einander begegnet sind. Gott will, daß wir einander helfen. Wenn du an der Ausbreitung seines Reiches arbeiten willst, dann mußt du dich jetzt schon darauf vorbereiten, mußt studieren...«

»Das tue ich doch.«

»... lernen, soviel wie möglich lernen, damit du mit jedem von gleich zu gleich sprechen kannst, mit den gelehrten Ungläubigen, die es zu retten gilt. Sonst achtet man dich nicht. Man hört dich nicht einmal an. Und wer Shakespeare nicht gelesen hat, ist ungebildet.«

Joseph senkte den Kopf.

»Du hast nicht gelesen, was ich in ›Romeo und Julia‹ gelesen habe.«

»Mir wird manches klar. Vor einiger Zeit habe ich dir von einer gereinigten Shakespeare-Ausgabe erzählt. Du bist nicht der einzige, der sich durch Verse wie die, auf die du anspielst, verletzt fühlt. Es gibt eine Ausgabe, in der alle derartigen Stellen fehlen. Ein gewisser Bowdler hat sie im vergangenen Jahrhundert besorgt und damit einen vollkommen ungefährlichen Shakespeare geschaffen. Der kleine Band, den ich da habe, enthält die Inhaltsangabe und Auszüge aus den berühmten Tragödien: ›Hamlet‹, ›Othello‹, ›Antonius und Kleopatra‹. Du mußt sie wenigstens auf diese Weise unbedingt kennenlernen!«

»Meinst du?«

»Bestimmt. Und wenn es sich nur darum handelte, etwas über das menschliche Herz zu erfahren.«

»Das menschliche Herz? Glaubst du wirklich?«

»Natürlich. Wir sind achtzehn Jahre alt, Joseph, wir sind doch keine Kinder mehr. Sieh mal her.«

Während er das sagte, öffnete er eine Tischschublade und entnahm ihr ein kleines Buch, das er Joseph hinlegte.

»Ich habe das Buch kürzlich erstanden, um es dir zu schenken«, sagte er mit etwas schüchternem Lächeln. »Lies, was ich auf das Vorsatzblatt geschrieben habe.«

Joseph gehorchte. Über seinem Namen hatte David den seinen geschrieben und dann das heutige Datum: 25. November 1920.

Er lächelte und wußte nicht, was er sagen sollte. Vielleicht war er zu gerührt.

»Ich danke dir«, sagte er schließlich. »Ich werde das Buch lesen, da du meinst, es könnte mir nützlich sein.«

»Ich hätte gern einen Spruch aus der Bibel hinzugefügt, aber es schien mir nicht richtig, in ein weltliches Buch einen Bibelspruch zu schreiben. Und was hätte ich auch schreiben sollen?«

»Etwas über das menschliche Herz«, schlug Joseph vor. »Ich meine, es wäre besser, wenn ein Bibelspruch drin stände.«

David nahm die Feder und überlegte.

Plötzlich sagte Joseph: »›Wenn auch dein Herz dich verdammt, Gott ist größer als dein Herz.‹«

Sein Gesicht sah aus, als wäre er berauscht, und er wiederholte die Worte mit versagender Stimme.

»Ja«, sagte David. »Aber was hast du?«

»Ich weiß nicht. Wie von selbst ist mir dieser Spruch über die Lippen gekommen. Verurteilt dich dein Herz nicht, David? Mir scheint, meins verdammt mich jeden Tag, seit ich auf der Universität bin, und dieses Wort paßt für mich.«

»Soll ich diese Worte hineinschreiben?«

»Gott selbst spricht«, sagte Joseph, ohne Davids Worte zu hören, »es ist, als wäre er mit diesen Worten ins Zimmer getreten. Ich könnte vor Angst oder vor Freude sterben, David. Der Ewige kommt zu uns und sagt diese Worte, um uns wieder zu sich zu nehmen und uns zu retten, wenn wir den Halt verlieren und in Verzweiflung fallen.«

»In Verzweiflung?« wiederholte David, die Feder in der Hand. »Was willst du damit sagen?«

»Das wirst du nie begreifen«, erwiderte Joseph mit Wärme, »weil dein Herz dich nicht verdammt. Du bist ein Gerechter, David. Ich aber bin das nicht. Und wenn du auch sagst, du würdest in Versuchung geführt, ich glaube es dir nicht. Ich habe Schlechtes von dir gedacht, ich habe geglaubt, du sähest in der Ehe nur die Befriedigung der sinnlichen Begierden, weil ich mir einbildete, du wärest wie ich. Nein, laß mich ausreden, dieses Mal. Ich sehe dich jetzt, so wie du bist und wie ich dich zuerst sah. Du kannst nicht sündigen wie ich. Dir ist der Friede für immer gegeben, und in dir gibt es keine Unsittlichkeit, während bei mir alles Gewalt ist. Ich habe dir niemals die Wahrheit über mich gesagt, nichts habe ich dir gesagt, aber heute abend mußt du mich anhören.«

Er unterbrach sich plötzlich und sah David in die Augen. Dann sagte er mit etwas heiserer Stimme:

»Ich wäre gern ein Heiliger, wie die Heiligen in alten Zeiten. Seit meiner Kindheit spielte ich mit dem Gedanken, ein Vertrauter Gottes zu sein. Ich liebte Gott. Ich habe Gott geliebt, bevor ich ihn fürchtete. Jetzt aber ist alles anders geworden. Was in mir vor sich geht, kann ich dir nicht sagen. Dazu fehlen mir die Worte; sie sind mir feindlich und verraten mich. Die Hoffnung, die du im Herzen trägst, habe auch ich, aber daneben habe ich eine furchtbare Angst. Du hast Gott gefunden, und nie wieder wird er dir genommen, aber ich fürchte jeden Moment, ihn zu verlieren, weil ich glaube, ich bin durch und durch sündig. Ich brenne, David. Wenn ich nicht mit einer Frau in Unzucht falle, dann behütet mich Gott davor, wie er den Philister Abimelech behütete, aber ich sehne mich nach dieser Sünde, die ich nicht begehe. Du weißt nicht, was dieser körperliche Hunger bedeutet. Ich meine oft, ich wäre von meinem Fleisch getrennt, als lebten zwei Menschen in mir, von denen der eine leidet und der andere dem Leiden zusieht.«

Wieder schwieg er. David senkte den Kopf.

»Du hattest recht, mit mir darüber zu sprechen«, sagte er mit zögernder Stimme. »Ich glaube, wir müssen beten. Ich werde beten...«

»Es gibt eine Frau, an die ich denke«, sagte Joseph plötzlich.

Wieder schlich sich Entsetzen in Davids Blick.

»Das darfst du nicht«, flüsterte er. »Ich will es nicht wissen. Das geht mich nichts an.«

»Und doch weißt du, um wen es sich handelt. Ich möchte dir ihren Namen sagen. Ich glaube, das wäre eine Erleichterung für mich.«

»Du sollst ihn mir nicht sagen.«

Joseph blickte ihn schweigend an.

»Sie steht zwischen mir und Gott«, sagte er endlich. »Ich hasse sie. Im Grunde hasse ich sie.«

»Du darfst niemanden hassen.«

Sie schwiegen, sahen einander nicht mehr an. Kurz darauf erhob sich Joseph.

»Ich hätte dir das alles vielleicht nicht sagen sollen«, sagte er etwas ruhiger, »aber es war stärker als ich. Seit Wochen schon schweige ich, und dann kommt der Tag, an dem ich nicht mehr kann. Ich glaube, du hast recht, wenn du sagst: man darf niemanden hassen. Du hast immer recht. Ich habe immer unrecht, so oder so.«

David antwortete nicht. Er nahm die Feder wieder zur Hand und schrieb ein paar Worte auf die Vorsatzseite der Shakespeare-Ausgabe.

»Wenn auch dein Herz dich verdammt...«, las Joseph.

Er schüttelte den Kopf und steckte das kleine Buch in die Tasche.

18

An diesem Abend konnte er wieder nicht einschlafen. Immer wieder mußte er an sein Gespräch mit David denken und dessen Verlauf so rekonstruieren, wie er ihn gern gehabt hätte, denn er schämte sich mehrerer Sätze, die ihm entschlüpft waren. Wieder einmal hatte er gesagt, was er nicht sagen wollte. Diese Worte, die ihm gegen seinen Willen über die Lippen kamen, überraschten ihn immer wieder, weil sie Dinge ans Tageslicht brachten, die sich bis dahin in der Tiefe seines Wesens verborgen hatten. Gewiß hatte er sich früher nach Heiligkeit gesehnt, aber diesen Wunsch hatte er nie in Worte gefaßt, hatte ihn sich nicht eingestanden. Er wußte kaum, daß in dunklen Bereichen seiner Seele ihn derartige Gedanken beschäftigten. Und nun hatte er diese Gedanken auf einmal ausgesprochen. Wenn er diese Worte doch zurückholen könnte, wie man ein Stück Papier vernichtet, auf das man etwas Lächerliches geschrieben hat!

Auch das, was er über Moira gesagt hatte. Er versuchte, nicht mehr an Moira zu denken. Er wälzte sich in seinem Bett mit offenen Augen von der einen Seite auf die andere. Die Uhr im Eßzimmer schlug drei – geschäftig und ungeduldig. Dann ließ sich, tief in der Nacht, die Universitätsuhr vernehmen, faul und schläfrig.

Noch nie hatte er drei Uhr schlagen hören. Seine Hand suchte die kleine Nachttischlampe und drückte auf den Knopf. Das Zimmer wurde sichtbar, aber es wirkte, als hätte man es aus tiefem Schlaf geweckt, denn alles sah nun ganz anders, fast beunruhigend aus. Auf den rechten Arm gestützt und das Kinn in der hohlen Hand, blickte er mit seinen großen, dunklen Augen besorgt umher. Die Gedanken, die man in der Dunkelheit hat, sind anders als die bei Tageslicht. Wenn er die Lampe löschte, das wußte er, wurde er wieder Moiras Beute.

»Sie ist nicht gerade eine Schönheit.« Zwanzigmal am Tage wiederholte er sich diese Worte, denn er wußte, daß er recht hatte. Aber was nützte alles Rechthaben, wenn sie ihn trotzdem anzog? Und sie war so schrecklich anziehend. Schon damals, als er sich voller Wut vor ihr bückte, um seinen Sweater aufzuheben. Aber das erkannte er erst jetzt: kurz nach drei Uhr war er ihr verfallen, an diesem kalten Novembermorgen streifte ihn der Verdacht, daß er verloren war wie die anderen.

Der Arm schlief ihm ein, aber er rührte sich nicht. Wenn sich auch nichts um ihn her verändert hatte, so hatte er doch das Gefühl, daß die Dinge ihn beobachteten, wie in den Spukgeschichten. Plötzlich warf er die Decke von sich und stand auf. Da er nicht schlafen konnte, wollte er lesen.

An seinen nackten Beinen fühlte er die eiskalte Luft, die vom Garten hereinströmte, und er ging zitternd zum Fenster, um es zu schließen. Instinktiv griff er nach der Bibel, aber er legte sie gleich wieder auf den Tisch. Fand er nicht in diesem Buch seine Verdammung, schwarz auf weiß, als wäre sie extra für ihn geschrieben? Nicht nur an einer Stelle, sondern an vielen.

Er merkte, daß seine Zähne aufeinanderschlugen. Ein paar Sekunden lang blickte er um sich. Dann kam ihm der Gedanke, sich die Shakespeare-Ausgabe anzusehen, die David ihm geschenkt hatte. Er ging durch das Zimmer, griff mit der Hand in die Rocktasche und zog aus ihr den kleinen Band. Dann legte er sich wieder ins Bett, kroch mit einem Schaudern unter die Decke und fand die köstliche Wärme wieder, die er dort zurückgelassen hatte.

Einen Augenblick hielt er das geöffnete Buch in Augenhöhe. Zusammengekauert und mit angezogenen Beinen zitterte er vor Kälte. Aber langsam wurde er wieder warm. Er blätterte in dem Buch und machte bei der Inhaltsangabe von ›Othello‹ halt. Er las sie mehrmals, zuerst zerstreut, dann bemühte er sich, den Sinn dieser Geschichte zu begreifen, die ihm absurd und widerlich vorkam. Wie konnte es nur geschehen, daß ein Mann eine Frau, die er liebte, tötete? Man tötete doch nur seine Feinde. Gewiß, das geschah in einem Buch: es war eine erfundene Geschichte, eine Lüge.

Und dann dieser Neger, der eine weiße Frau mit dem Kopfkissen erstickte ... Er konnte es einfach nicht fassen, daß David es für erforderlich hielt, solche Dinge zu lesen. Das also war das Wissen um das menschliche Herz? Der Stil spielte augenscheinlich auch eine Rolle. Jeder wußte, daß man Shakespeare gelesen haben mußte.

Was er selbst empfand, das fand er nicht in den Büchern, das erkannte er nicht einmal in den Versen der Dichter wieder. Dennoch erregte ihn das Wort Liebe ganz seltsam. Gott lieben, seinen Nächsten lieben, waren Ausdrücke, die für ihn ihre brennende Neuheit behielten, aber Liebe war Zärtlichkeit und Freude. Sie konnte nicht Tod sein und Verderben und schreckliche Handlungen. Warum mußte die Liebe der Menschen Sünde sein?

Er blätterte zurück bis auf die erste Seite, auf die David die wenigen Worte geschrieben hatte, und betrachtete sie, bis seine Augen sich trübten. Die Buchstaben tanzten vor seinen Augen. »Wenn auch dein Herz dich verdammt, Gott ist größer als dein Herz.« Langsam näherte er das Buch seinem Gesicht und drückte die Lippen auf die Worte des geliebten Jüngers. Eine plötzliche Zuneigung ergriff ihn und erhob ihn. So unruhig er eben noch war, so sehr freute er sich in dieser Minute. Alle Leidenschaft, deren er fähig war, legte er in diesen Kuß. Als wären seine Seele und sein Fleisch endlich eins geworden, als vereinten sie sich dort, wohin er den Mund preßte.

Ohne daß er es merkte, entglitt das Buch seinen Fingern, und er schlief ein.

19

Am nächsten Morgen begab er sich nach der letzten Vorlesung mit David in die Cafeteria.

Es war ein langes Gebäude, das man von weitem für einen neugriechischen Tempel hätte halten können und das sich seiner hohen Schornsteine aus Backstein zu schämen schien, denn es versteckte sich in einer Senke hinter der Turnhalle. Die beiden jungen Burschen betraten es durch eine Seitentür und befanden sich in einer großen Küche, wo mehrere Frauen in weißen Schürzen bei der Arbeit waren. Eine von ihnen kam auf sie zu und nickte ihnen unwirsch zu. Dick und klein, mit glänzendem Gesicht, stemmte sie eine Faust in die Hüfte und richtete ihren Blick zuerst auf Josephs Füße. Dann sah sie mißbilligend langsam an dem jungen Mann in die Höhe, bis sie ihm ins Gesicht blickte. Joseph rührte sich nicht. David mußte die gleiche Prüfung über sich ergehen lassen. Er stieß seinen Kameraden mit dem Ellbogen an, damit er etwas sagte, aber Joseph tat den Mund nicht auf.

»Zwei kann ich nicht gebrauchen«, sagte die Frau. David sagte, er wäre nur mitgekommen, um seinen Freund vorzustellen.

»Ja, um mich vorzustellen«, wiederholte Joseph mit einer leichten Geste.

Er errötete.

»Sie arbeiten hier nur mittags, abends nicht.«

Die beiden jungen Leute nickten.

»Was Sie brauchen, finden Sie da hinten«, sagte sie zu Joseph und zeigte in den Hintergrund der Küche.

David drückte leicht Josephs Arm und zog sich dann zurück.

Eine Viertelstunde später betrat Joseph den großen Saal des Restaurants. Rechts und links sah man zwei große Reihen von Tischen mit Marmorplatten und im Hintergrund eine Art Anrichte, auf der die gefüllten

Teller standen: Fleisch und Gemüse auf der einen, der Nachtisch auf der anderen Seite. Die Studenten erhielten am Eingang ein Tablett und ein Zinnbesteck. Dann holten sie sich ihr Essen, bezahlten und setzten sich an einen Tisch. Josephs Arbeit bestand darin, wenn die Gäste den Saal verließen, das Geschirr einzusammeln. Er war nicht der einzige, der diese Arbeit tat. Fünf andere Studenten standen wartend an den Wänden, die Hände auf dem Rücken.

Sie hatten lange, weiße Schürzen umgebunden, die bis zu den Knöcheln reichten, und trugen dazu enge, kurze Drillichjacken mit Metallknöpfen. Mit gespielter Ungezwungenheit lächelten sie einander zu oder sagten ein paar Scherzworte, aber Joseph litt ziemlich unter seiner neuen Situation und sah starr vor sich, die Augen auf die gegenüberliegende Wand gerichtet. Die weiße Schürze umspannte seine Taille, und er mochte den Schnitt der Jacke nicht, die die Hüften nicht bedeckte. Außerdem hatte er das Gefühl, daß man sich über ihn lustig machte, und durch den Lärm der Unterhaltungen und das Klappern von Gabeln und Messern glaubte er mehrere Male seinen Namen zu hören. Vielleicht rief man ihn sogar. Er wollte auf alle Fälle tun, als ob er nicht hörte. Zweifellos waren auch Studenten, die er kannte, in dem Saal, und dieser Gedanke vermehrte seine Verlegenheit. Er fühlte fast körperlich die Blicke, die sich auf ihn hefteten, auf sein Gesicht, seine Ohren und vor allem sein Haar. Wie oft hatte er schon versucht, sein Haar zu glätten, dessen natürliche Wellen wie Flammen emporzüngelten, wie seine Farbe der des Feuers glich. Er, der immer unauffällig sein wollte, konnte sich ebensowenig verbergen wie eine Fackel, die in der Dunkelheit brennt. Und die Schürze, die ihm um die Beine schlug, erinnerte ihn an einen Weiberrock... Vielleicht lachte man deswegen.

Irgend jemand berührte seine Schulter.

»David«, sagte er zitternd, »mit dir habe ich nicht gerechnet.«

»Ich wollte mal sehen, wie du zurechtkommst«, erwiderte David lächelnd. »Ich bleibe nur einen Augenblick.«

»Alles in Ordnung«, erwiderte Joseph. Mit einer Art Begeisterung in Augen und Stimme fügte er hinzu:

»Besonders, wenn du da bist. Ich meine, deine Anwesenheit hat etwas Stärkendes. Vielleicht sollte ich dir das hier nicht sagen. Der Ort ist wohl nicht der richtige.«

»Aber nein. Ist schon gut. Aber du solltest dich auf niemand stützen, weder auf mich noch auf jemand anderen. Warum machst du so ein verstörtes Gesicht?«

»Alle sehen mich an, und das ist mir peinlich.«

David zuckte mit den Schultern.

»Niemand beobachtet dich. Behalte du nur die Tische im Auge. Manche sind schon beim Nachtisch.«

»Ist Killigrew auch hier?«

»Ich sehe ihn nicht«, erwiderte David, der seine Blicke durch den Saal schweifen ließ. »Doch, da hinten, am letzten Tisch, in der Nähe der Theke.«

»Das ist mir besonders peinlich.«

»Du bist ein seltsamer Mensch. Brauchst doch nur den Kopf wegzuwenden, wenn du siehst, daß er auf dich zukommt.«

»Und MacAllister?«

»Das weiß ich nicht. Aber sieh dich doch selbst um. Was hast du denn?«

»Ich kann diesen Lärm nicht ertragen«, murmelte Joseph.

Sein unruhiger Blick wandte sich David zu, der ihn verlassen zu wollen schien.

»Bleibe hier«, sagte er.

»Das kann ich nicht. Heute nachmittag sehen wir uns wieder.«

Joseph sah ihm nach. Er hatte seine Gereiztheit wohl bemerkt und fand ihn trotz dieses pastorenhaften Lächelns, das ständig seinen Mund umspielte, ein wenig hart. Jetzt bedauerte er sogar die liebevollen Worte, die er zu ihm gesagt hatte, aber wieder einmal stellte er fest, daß er nicht Herr über sein Herz war. Vielleicht verachtete David ihn, weil er so schüchtern war, weil er nicht einmal wagte, um sich zu blicken, um festzustellen, ob Killigrew oder MacAllister da waren. Jedenfalls war er froh, daß er nicht die Frage gestellt hatte, die ihm auf der Zunge lag, denn wenn er jemanden nicht sehen – oder auch sehen – wollte (er wußte es nicht mehr), so war es Moira. Ihretwegen und der Verwirrung wegen, in die sie ihn stürzte, hätte er David beinahe gefragt, ob sich der arme Simon im Saale befände, und die Gedanken an diesen seltsamen Menschen schienen ihm von böser Vorbedeutung, denn er versuchte, nicht an ihn zu denken, wie er, wenn auch aus anderen Gründen, versuchte, nicht an Moira zu denken. Die Welt war voller Dinge und Menschen, an die man nicht denken durfte.

In diesem Augenblick erhoben sich zwei oder drei Studenten von ihren Plätzen, und er ging zu dem Tisch, um abzuräumen. Ohne zu große Ungeschicklichkeit häufte er die benutzten Teller auf ein Tablett, sammelte die Gläser ein, die Messer und die Gabeln. Dabei hatte er die Augen gesenkt, um keinem Blick zu begegnen, aber unter der kurzen Drillichjacke hämmerte ihm das Herz. In seiner Hast, fertig zu werden, wäre beinahe das ganze Geschirr von dem Tablett, das er zu sehr nach rechts neigte, heruntergerutscht, und wenn er dieses Unglück auch vermied, so brach ihm trotzdem der Schweiß aus.

In der Küche gab man ihm einen leichten Schubs. Glaubte er, sich in einem Salon zu befinden? Die Teller dahin, Messer, Gabeln und Löffel auf einen Haufen in das Spülbecken. Und schnell wieder in den Saal.

»Schneller, schneller!« rief ihm die Frau zu, die ihn vorhin in Empfang genommen hatte.

Er verschwand. Im Saal erhoben sich fast alle zur gleichen Zeit, und die jungen Leute in den weißen Schürzen sammelten das Geschirr mit einer Hast ein, die Joseph vergeblich nachzuahmen versuchte. Die Zinnbestecke prasselten nur so auf die Tabletts. Der Lärm und die Bewegung verwirrten ihn, und er mochte sich noch so sehr bemühen, es seinen Kameraden gleichzutun, sein bestürztes Gesicht gab ihnen Anlaß zu bissigen und spöttischen Bemerkungen. Als einer von ihnen ihn fragte, ob er an seine Freundin dächte und deshalb so langsam wäre, wurde er rot. Aber was Joseph mehr als alles andere aus der Fassung brachte, war die Art und Weise, wie diese jungen Menschen bei jeder Gelegenheit fluchten. Dauernd wurde der Name Christi mißbraucht, und jedesmal traf es Joseph wie ein Schlag, ohne daß er sich daran hätte gewöhnen können. Er fragte sich, wie sie es wagten ... In seiner Heimat fluchten die Leute nicht derart, es sei denn, sie hatten zuviel getrunken.

Als er mit einem gefährlich beladenen Tablett auf dem Weg in die Küche war, fühlte er, daß jemand ihm die Schürzenbänder löste. Er warf einen erschreckten Blick über die Schulter, aber es strömten zu viele an ihm vorbei, als daß er den Schuldigen hätte entdecken können. Aber dann vernahm er eine Stimme.

»Laßt ihn in Ruhe«, befahl die Stimme.

Fast im selben Augenblick wurden die Schürzenbänder von kräftiger Hand wieder geknotet, und Joseph sah, wie Praileau in der Menge verschwand. Die Stimme, die er eben vernommen hatte, war die seines Feindes, dessen hochmütiger Kopf alle anderen zu überragen schien, und gegen seinen Willen sah Joseph ihm ein paar Sekunden lang nach.

In der Küche merkte er, daß seine Hände zitterten, und er fühlte sich plötzlich müde. Aber wieder mußte er in den Saal, um das benutzte Geschirr zu holen, und wieder wurde der Name Christi wie eine Beleidigung in das Geklapper und Geklirr hineingeworfen. Er fragte sich, was er tun sollte. Schon oft, fast jeden Tag, hatte er auf der Universität gehört, wie dieser Name, der doch der Heiligste war, mißbraucht wurde, aber noch nie hatte ihn das so getroffen wie heute, daß er unwillkürlich das Gesicht verzog, als hätte er einen Schlag gegen die Brust erhalten. Und plötzlich kamen ihm die Sorgen von eben wenn nicht lächerlich, so doch unbedeutend und fast unwirklich vor. Die einzige Wirklichkeit war dieser Name, den man, selbst in einem Fluch, nur mit göttlicher Erlaubnis aussprach. Die andere Wirklichkeit, die Wirklichkeit des Fleisches, die Wirklichkeit der Begierde, so grausam sie zu gewissen Stunden auch war, schien ihm in diesem Augenblick ein trügerischer Schein. Es gab zwei Reiche: das Gottes und das der Welt, und diese beiden Reiche schlossen sich gegenseitig aus in den Herzen der Menschen. Diese jungen Leute, die Christus lästerten, stellten, ohne daß sie es wußten, eine unsichtbare Ordnung wieder her.

Die Hände auf einem Stapel von Tellern, blieb er regungslos stehen.

»Na, wer denn nun, du oder ich?«

Der, der diese Worte sagte, hatte schwarze, lachende Augen und ein rundes, pausbäckiges Gesicht, wie die eines Kindes. Er fuhr fort:

»Nimmst du nun die Teller, oder willst du uns ein Kunststück vorführen?«

Joseph schluckte den Speichel hinunter, dann sagte er mit vor Erregung heiserer Stimme langsam und deutlich:

»Ich möchte nur wissen, ob du, der du den Namen Christi dauernd im Munde führst...«

»Was?« sagte der andere, indem er sich über den Tisch neigte, um zwei Gläser zu erreichen, die er dann mit den Fingern einer Hand ergriff.

»... ihn jemals gefunden hast.«

»Was, wen soll ich gefunden haben?«

»Jesus.«

Der junge Mann stellte seine Gläser auf den Tisch und drehte sich nach Joseph um.

»Bist wohl im ersten Semester hier?«

Joseph erwiderte nichts. Wieder einmal fragte er sich, warum ihm gewisse Laute und nicht andere über die Lippen kamen. Aber es war stärker als er: in solchen Augenblicken riß etwas alle Dämme aus Vorsicht und Angst nieder.

»Weißt du, mein Lieber«, sagte der mit den schwarzen Augen, indem er eine Handvoll Gabeln auf sein Tablett knallte, »es steht ja nicht einmal fest, ob dein Christus jemals existiert hat.«

»Ich bin davon überzeugt.«

Er schlug die Augen nieder, zwang sich aber, sie wieder zu heben, und sah seinen Gesprächspartner mit dem Blick eines Geistersehers an.

»Ich bin davon überzeugt«, wiederholte er mit Nachdruck. »Er ist hier, neben uns, neben dir.«

Die Worte wurden mit einer derartigen Sicherheit ausgesprochen, daß der andere sich unwillkürlich umsah.

»Quatsch«, sagte er etwas gereizt. »Eines Tages steigst du noch auf einen Stuhl und predigst uns von der Hölle. Aber vorläufig sammle erst mal die Teller ein.«

Joseph gehorchte mit rotem Gesicht. Vielleicht hatte er seine Worte zur Unzeit geäußert, wenn man diese Dinge nach menschlichen Gesichtspunkten betrachtete, aber Gott, der ihn im geheimen sah, urteilte sicher anders darüber. Dieser Gedanke ließ ihm das Herz schneller schlagen. Er nahm sein Tablett und war bald in der Küche, wo man ihn gleich vor ein Becken mit warmem Wasser stellte, in dem er mehrere Stapel Teller abwaschen mußte.

Auf einen Stuhl zu steigen und zu den Menschen von der Hölle, ihrer Seele, der Sünde zu sprechen, sie vor den ewigen Flammen zu retten, dazu war er berufen. Gott verkündete es ihm durch den Mund dieses Unbekannten. Joseph fühlte, wie ihm bei dem Gedanken, daß die Wahl des Himmels auf ihn gefallen war, die Tränen in die Augen stiegen. Er war gerettet. Seit einer Stunde sagte etwas ihm das immer wieder, und sein Herz war zum Bersten voll von Liebe, einer weiten und wirren Liebe, die von Christus ausging zu allen Kreaturen. So hatte er denn in diesen großen Saal gehen, hatte dort arbeiten, die Tische abräumen müssen, um dem Ungläubigen zu begegnen, der ihn auf seinen Weg brachte. Aber vorher hatte es wieder Davids Rates bedurft, der ihn veranlaßt hatte, der Cafeteria seine Dienste anzubieten. Und dann die Geschichte mit dem neuen Anzug, ohne die nie davon die Rede gewesen wäre, daß Joseph Kellnerarbeit verrichtete. Wie fern das alles schien, aber wie zwangsläufig eins ins andere griff ... Gott lenkte alles. Man brauchte sich nur seinen Händen anzuvertrauen.

Am liebsten wäre er gelaufen und hätte laut geschrien, aber er fürchtete, daß man sich über ihn lustig machen würde. In der langen Allee, durch die ein eiskalter Wind pfiff, beschleunigte er seine Schritte, die Hände in den Taschen seines Mantels. Wenn auch der Himmel grau, die Bäume kahl waren und Kälte auf der Erde und in den Herzen der Menschen herrschte, er war erfüllt von einer Freude, die niemand ihm rauben konnte. Seine Versuchungen kamen ihm wieder in den Sinn, aber sie lagen nun in weiter Ferne und schienen Versuchungen eines anderen. Er fühlte sich in seiner Seele derart erhoben, daß er an Frau Fergusons Haus vorbeiging und das erst merkte, als er die ersten Häuser der Stadt erreichte. Er kehrte um, und ohne anzuklopfen trat er bei David ein, der an seinem Tisch saß und ihn fragend anblickte.

»Ich muß mit dir sprechen«, sagte Joseph, den Blick auf die Wand gerichtet. »Es hat sich etwas ereignet.«

»In der Cafeteria?« fragte David mit leichter Unruhe. »Lauf doch nicht immer hin und her. Zieh deinen Mantel aus und setz dich.«

Aber Joseph schien ihn nicht zu hören. Dann blieb er plötzlich stehen und sagte:

»Ich bin berufen, David. Wie du. Von Christus berufen. Ich fühle es, ich weiß es.«

»Das weiß ich schon lange«, erwiderte David und stand auf. »Darüber haben wir doch schon gesprochen. Das ist doch nichts Neues.«

Joseph stand in der Mitte des Zimmers.

»So wie heute habe ich es bisher nicht gewußt. Eben, inmitten dieser Burschen, ertönte der Name Christi in mir wie ein Donnerschlag. Ich habe ...«

Er beendete den Satz nicht. David näherte sich ihm.

»Du brauchst weiter nichts zu sagen. Ich verstehe dich auch so«, sagte er leise. »Ich habe immer gewußt, daß Gott dich auserwählt hat.«

Sie standen so dicht nebeneinander, daß ihre Schultern sich berührten, und sahen schweigend auf die Bäume des kleinen Gartens.

»Erinnerst du dich noch an die Nacht, als wir zusammen beteten?« fragte David endlich. »Damals hatte ich das Gefühl, daß Er in unserer Nähe war.«

»Ich auch«, sagte Joseph, »ich hatte den Eindruck ...«

»Glaubst du, er würde uns so lieben, wenn wir verdammt wären?«

Auf diese Frage antwortete Joseph nicht, aber seine Hand ergriff die Davids und drückte sie leicht. Mehrere Minuten vergingen, ohne daß einer von ihnen das Bedürfnis gehabt hätte, zu sprechen. Plötzlich öffnete David den Mund und flüsterte:

»Sieh mal, es schneit.«

Ja, langsam fielen Flocken durch die graue Luft, durch die schwarzen Zweige, die man kaum erkennen konnte. Ein Beben überlief Josephs Schultern, und er wollte sagen, daß er den Schnee nicht liebte. Aber das schien ihm nicht ganz der Wahrheit zu entsprechen: Schnee war die Freude der Kindheit. Aber dennoch verursachte ihm diese Weiße, die sich in der Dämmerung ausbreitete, tiefes Unbehagen. Er hatte den Eindruck, als senkte sich ein Vorhang vor die kommende Nacht, um sie vor seinen Augen zu verbergen, und sein Herz krampfte sich zusammen.

David zündete die Lampe an und zog den Vorhang zu. Wie gut schien jetzt das Leben zwischen diesen Wänden. An der Decke leuchtete sanft die gelbe Scheibe der Lampe, und etwas von diesem ruhigen Licht fiel auch auf die Bücherreihen. Die beiden jungen Menschen setzten sich einander gegenüber, und Joseph erzählte, was er in der Cafeteria erlebt hatte, wie er in dem Lärmen und Fluchen gemeint hatte, die Stimme des Höchsten zu hören, und wie er dann plötzlich ein anderer Mensch zu werden glaubte. Das war wie ein Wunder.

»Aber es ist ein Wunder«, bemerkte David. »Die größten Wunder sind von dieser Art. Die Auferstehung des Lazarus ist nicht erstaunlicher als die plötzliche Rückkehr der Seele zu Gott.«

»Wenn ich doch so sprechen könnte wie du«, rief Joseph.

Und aus einem unwiderstehlichen Drang heraus vertraute er ihm sein Verlangen an, vor einer Menge zu sprechen und Menschen dem Teufel zu entreißen. In seiner Geburtsstadt hatte er erlebt, wie sich Menschen plötzlich erhoben und mit außerordentlicher Überzeugungskraft die Botschaft Gottes verkündeten. Einmal war ein kleiner Schreiner, den man fast nie in der Kirche sah, auf eine Seifenkiste geklettert und hatte, wie von jenem prophetischen Geist besessen, von dem im Korintherbrief die Rede ist, gesprochen. Drei Frauen hatten sich sofort bekehrt, und alle hatten Halleluja gerufen.

David war hinsichtlich derart improvisierter Predigten etwas mißtrauisch.

»Man muß dessen, was man tut, wirklich sicher sein«, sagte er.

»Man muß sich dem Geist überlassen, wenn der Geist über einen kommt!« rief Joseph mit funkelnden Augen. »In dieser Stadt, in dieser Universität droht Tausenden von Seelen die Gefahr des ewigen Feuers. Gott will, daß sie gewarnt werden. Wenn es nötig ist, werde ich zu ihnen sprechen. Ich werde auf einen Stuhl steigen und zu ihnen von der Hölle sprechen.«

»Aber du hast mir doch so oft gesagt, du könntest nicht sprechen.«

»Wenn es notwendig ist, werde ich es können.«

»Was hast du denn vor?«

»Irgendwo, vielleicht in meinem Zimmer oder unter freiem Himmel werde ich die Studenten versammeln und sie aufrütteln, David, so aufrütteln, daß die Furcht vor Gott sie auf der Erde kriechen läßt wie kranke Tiere. Ich habe die Furcht vor Gott in mir, und ich werde sie ihnen ins Gebein jagen, bis ihre Eingeweide flüssig werden, wie es in der Heiligen Schrift heißt, und sie keiner Frau mehr in die Augen sehen können. Die meisten fallen in Verdammnis, fast ohne es zu wissen, weil sie keinen Glauben haben, und sie stürzen in die Hölle wie Tiere. Wie Tiere laufen sie zu den Dirnen in der Stadt...«

Die ruhige Stimme Davids unterbrach diese Rede.

»Joseph, es gehört viel Mut dazu, auf einen Stuhl zu steigen und den Spöttern die Stirn zu bieten.«

Etwas glitt über Josephs Gesicht, das sich plötzlich zu verändern schien.

»Gott gibt den Mut«, sagte er, »Gott gibt alles. Du bist nicht unter den Spöttern, du hast nie auf der Bank gesessen, von der im ersten Psalm die Rede ist, aber du glaubst noch nicht an mich. Du liebst den Herrn in Frieden, mich aber beherrscht der Zorn Gottes. Ich kann nur mit Gewalt lieben, weil ich ein Mensch der Begierde bin. Deshalb bin ich dem Verlust der Gnade stärker ausgesetzt und in gewisser Weise der Hölle näher. Du aber wirst das niemals sein. Du weißt nicht, was die Hölle ist, ich aber weiß es, weil ich weiß, was das Feuer ist. Das Feuer ist meine Heimat. Einmal, als Kind, wurde ich in die Glut der Gegenwart Gottes geworfen; ich weiß, wie das Feuer im Herzen der Apostel in Emmaus brannte, und auch im Herzen Wesleys in der Nacht des 24. Mai. Aber es gibt auch die Glut, die durch die Abwesenheit Gottes angezündet wurde. Denn Gott ist Feuer, David, und er ist es so sehr, daß sich noch der Schrecken seiner Abwesenheit ausdrückt durch Feuer, durch schwarzes Feuer...«

»Was sagst du da?« sagte David. »Du sprichst wie ein Erleuchteter.«

»Ich sage, wie es ist«, erwiderte Joseph, der seine etwas heisere Stimme zu mildern versuchte. »Seit meiner Kindheit habe ich immer nur an den Himmel und die Hölle gedacht, und ich weiß, daß die Auserwählten vor Liebe brennen, die Verworfenen aber vor Zorn und Haß. Wenn ich die Bibel lese, meine ich manchmal, meine Brust stünde in Flammen. Das beruhigt mich mehr als alles andere. Wir werden brennen, David, werden brennen in einer ewigen Freude.«

Er sprach jetzt so leise, daß der Klang seiner Worte kaum das Schweigen durchbrach.

»Wir sind vom Himmel nur um die Breite einer Flamme getrennt. Schon in diesem Leben. Das muß man sagen. Das wissen die Menschen nicht.«

David sah ihn an, ohne zu antworten.

»Höre«, fuhr Joseph nach kurzem Zögern fort, »ich

will dir etwas gestehen. Aber unterbrich mich nicht. Ich lasse mich nicht unterbrechen. Du sollst es wissen, auch wenn du es lächerlich findest.«

»Nun?«

»Den Anzug, der für sonntags bestimmt ist, und den ich in der Woche trage...«

»Ja...«

»... habe ich angezogen, um einer Frau zu gefallen. Ich hoffte, sie in der Bibliothek oder sogar in der Kirche zu treffen, wenn sie auch nicht oft in die Kirche geht. Um welche Frau es sich handelt, weißt du. Ich begehrte sie, David. In meinem Herzen hatte ich mit ihr die Sünde schon begangen, als ich sie ansah, damals, als ich in ihr Zimmer ging, um meinen Sweater zu holen.«

»Daran darfst du nicht denken.«

»Ich denke nicht mehr daran. Das ist vorbei. Aber ich wollte dir das sagen.«

Sie schwiegen beide verlegen nach diesem Geständnis. Es vergingen noch ein paar Minuten, dann zog Joseph sich zurück.

21

An diesem Abend verließ er David nach dem Essen etwas früher als sonst und begab sich in sein Zimmer. Es schlug gerade neun. Er ging zum Fenster, dessen Vorhänge er schließen wollte, und sah einen Augenblick hinaus in den Schnee, der unaufhörlich in den kleinen Garten am Rande der Straße fiel. Im Laternenlicht konnte man die Bäume erkennen, deren Zweige sich unter der Last des Schnees bereits bogen und rundeten. Sie kreuzten einander vor dem schwarzen Hintergrund des Himmels in einer außerordentlich feinen Zeichnung, die die Aufmerksamkeit fesselte wie die

Zeichen einer geheimnisvollen Inschrift. Joseph lehnte die Stirn gegen die Scheibe, um besser zu sehen, als er hinter sich das leise Knarren eines Schlüssels im Türschloß hörte. Als er sich umwandte, sah er Moira.

Sie stand ein paar Schritte von ihm entfernt. Langsam ließ sie die Finger in den Ausschnitt ihres Kleides gleiten.

»Ja, ich bin es«, sagte sie.

Joseph rührte sich nicht. Er hatte den Eindruck, als bewegte sich die Frau in einer Art Nebel auf ihn zu und dann wieder zurück.

»Sehen Sie mich nicht an, als ob ich der Teufel wäre«, sagte sie.

Sie hatte eine tiefe Stimme und einen etwas singenden Tonfall. Da Joseph schwieg, begann sie zu lächeln.

»Warum sagen Sie nichts?« fragte sie.

Er sah, daß sie ein schwarzes Kleid trug, das ihre Schultern verbarg, aber die Arme über den Ellbogen frei ließ, und in dem unsicheren Licht, das die kleine Lampe am Kopfende des Bettes spendete, ging eine Würde von ihr aus, die er bisher an ihr noch nicht entdeckt hatte. Ein paar Sekunden lang fragte er sich, ob sie die junge, anmaßende und harte Frau war, die er in Erinnerung hatte. Vor allem ihre Stimme schien anders, von einer fast zärtlichen Milde, trotz der leichten Ironie, die er darin zu vernehmen meinte. Aber den roten Mund, den er heimlich betrachtete, erkannte er wieder.

Sie blickte sich im Zimmer um.

»Komisch, so ein Junggesellenzimmer«, sagte sie. »Nichts liegt herum ...«

»Gehen Sie!« sagte er plötzlich.

»Nein, Herr Day. Seit mehr als einer Viertelstunde warte ich auf Sie. Sehen Sie, ich habe meinen Mantel auf Ihr Bett gelegt, damit er trocknet.«

Er folgte ihrer Bewegung und sah den marineblauen Mantel auf dem Bett liegen. Ohne sich zu rühren, sagte er wieder:

»Gehen Sie!«

»Aber nein. Dazu müssen Sie erst Ihren Schlüssel da wegnehmen, wo ich ihn hingesteckt habe (sie faßte an ihre Brust), und ich hoffe, daß Sie das nicht wagen.«

Diese letzten Worte wurden von einem ruhigen Lächeln begleitet, das an das listige Lächeln eines Schulmädchens erinnerte. Dann sagte sie:

»Ein seltsames Gefühl, dieser Schlüssel auf der Haut. Heiß und eiskalt zugleich. So ungefähr wie Sie, jedenfalls sagen das die anderen.«

Er wurde rot.

»Weshalb sind Sie zu mir gekommen?« fragte er.

»Das werden Sie schon noch erfahren. Ich habe mir vorgenommen, hier ein paar Stunden zu verbringen. Sollte meine Anwesenheit Sie aber auf schlechte Gedanken bringen, was man so schlechte Gedanken nennt, dann rate ich Ihnen, sie von vornherein aufzugeben. Deswegen bin ich nicht gekommen.«

Er fühlte, wie der Zorn in ihm aufstieg und ging einen Schritt auf Moira zu, die sich nicht rührte.

»Darf ich mich setzen?« fragte sie leise.

Diese Frage verwirrte ihn, und er blieb stehen. Sie kam geradewegs auf ihn zu und setzte sich, ohne ihn anzusehen, in den Schaukelstuhl, der einen Meter entfernt von ihm stand.

»Gut«, sagte er und bemühte sich, seiner Erregung Herr zu werden. »Da Sie das Zimmer nicht verlassen wollen, werde ich es tun.«

»Und der Schlüssel?« fragte sie und setzte den Schaukelstuhl in Bewegung. »Wie wollen Sie die Tür ohne den Schlüssel öffnen?«

Er zeigte auf das Fenster.

»Oh, nein«, sagte sie lächelnd. »Wenn Sie das Fenster auch nur berühren, schreie ich Zeter und Mordio. Ich kann sehr laut schreien, wenn ich will. Und dann, Herr Day, welcher Skandal! Man würde in Ihrem Zimmer eine Frau finden...«

»Das wäre für Sie genauso schlimm wie für mich.«

»Keineswegs. Mir ist das einerlei. Ihnen aber nicht. Oder doch?«

Er sah sie mit irrem Blick an. Seit einigen Minuten war er derartig verwirrt, daß er nicht mehr wußte, was er sagen sollte. Die Frau mit Gewalt aus dem Zimmer zu entfernen, war wegen des damit verbundenen Lärms unmöglich. Mit ihr zu sprechen, sie zu überzeugen, schien ebenfalls schwierig. Sie hatte auf alles eine Antwort. Und dann konnte er nicht gut sprechen. Er sah sich vor ihr auf den Knien liegen und sie anflehen, das Zimmer zu verlassen. Aber schon der Gedanke an eine derart demütigende Haltung machte ihn wütend. Moira würde sich über ihn lustig machen. Sie hatte ihn einen Augenblick lang durch ihr sanftes, fast bescheidenes Gesicht überrascht, aber dieses artige Jungmädchengesicht war eine List: sie erinnerte an jemand, der einen Nachbarn besucht und nach einem Gesprächsstoff sucht. Joseph fürchtete vor allem das Lachen, das er eben gehört hatte, und wieder ließ die Wut das Blut in seinen Ohren dröhnen.

Plötzlich fiel ihm ein, was Killigrew ihm gesagt hatte: Man wollte ihm einen Streich spielen. Ja, das war es. Man kannte seine religiösen und moralischen Anschauungen und fand es komisch, ihm eine Frau ins Zimmer zu schicken, und Moira gab sich zu diesem üblen Scherz her. Gott sei Dank! Wenn es sich nur um einen Spaß handelte, so sah alles sehr viel weniger ernst aus.

»Wie lange wollen Sie bleiben?« fragte er.

Sie lehnte den Kopf an die Rückenlehne des Schaukelstuhls, und ihre großen, meergrünen Augen wurden verträumt. »Stundenlang, das habe ich Ihnen doch schon gesagt.«

Er senkte den Blick und sah, daß sie halbhohe Gummistiefel trug, die ihre Beine gegen den Schnee schützen sollten. Ohne zu wissen, weshalb, kamen sie ihm gemein und unpassend vor. Er wandte den Blick ab.

»Ärgert Sie das?«

»Was?«

»Daß ich bleibe.«

»Nein«, erwiderte er und zuckte die Schultern.

Er lachte.

»Ihr Lachen klingt nicht gut«, sagte Moira. »Sie haben gar keine Lust zu lachen und hassen mich.«

»Ich möchte, daß Sie jetzt gehen«, sagte er.

»Sie müssen nicht immer dasselbe sagen, das geht mir auf die Nerven und dann ... Außerdem darf man einer Frau niemals sagen, was man bei ihr erreichen möchte. Wußten Sie das nicht?«

Frech schaukelte sie sich in dem Stuhl, und in den folgenden Sekunden hörte man nur diesen hin- und herschaukelnden Stuhl und das Knarren einer locker gewordenen Diele. Von da, wo Joseph stand, sah er Moira fast von vorn; sie war so beleuchtet, daß eine Hälfte ihres Gesichtes im Schatten lag. Sie kam ihm kleiner vor und viel zerbrechlicher, als er gedacht hatte. Ihr schwarzes Haar, die leuchtenden Augen und eine gewisse Zerbrechlichkeit ihrer ganzen Person ließen an einen Vogel denken. Plötzlich erreichte ihn der Duft des Parfüms, das sie benutzt hatte, leichter Fliederduft, so zart, daß er sofort verflog. Aber er erkannte ihn doch gleich wieder, und eine seltsame Erregung kam über ihn, die aus Freude und zugleich aus Wut über diese Freude bestand.

»Warum sehen Sie mir nicht in die Augen?« fragte sie. »Sie sehen aus wie ein Kind, das unartig gewesen ist.«

Er schwieg. Sie schaukelte in dem Stuhl hin und her und fuhr mit ihren Fragen fort:

»Haben Sie Angst, Herr Day?«

»Angst? Vor wem?«

»Vor sich selbst.«

Diese Antwort traf ihn wie ein Schlag ins Gesicht, und er fühlte, wie er rot wurde. Leise fügte sie hinzu, wie jemand, der in der Dunkelheit spricht:

»Vor mir doch sicher nicht?«

»Ich habe vor niemandem Angst«, erwiderte er und machte dazu eine Handbewegung.

Wieder hatte sie das tückische Lachen, das verletzender für ihn war als die härtesten Worte. Augenscheinlich machte sie sich über ihn lustig, über sein linkisches Wesen, aber sie erriet wohl auch die Wirkung ihrer spöttischen Worte auf Joseph, denn plötzlich schwieg sie.

»Können Sie mir nicht etwas zu trinken geben?« fragte sie endlich mit gespielter Schüchternheit.

Ohne zu antworten nahm er die Wasserkaraffe vom Kamin, füllte ein Glas und reichte es Moira. Sie betrachtete ihn mit halbgeöffnetem Munde.

»Wasser!« sagte sie verdutzt.

Er stand vor ihr und hielt das Glas in der Hand.

»Herr Day«, sagte Moira, »Sie sind von einer Unschuld . . .«

Sie suchte ein passendes Wort, fand es nicht und sagte dann schließlich.

». . . die erschreckend ist.«

Sie starrte ihn an.

»Woher kommen Sie eigentlich?« fragte sie.

Er nannte seinen Geburtsort.

»Ach so«, sagte sie, als wäre das eine Erklärung für das Glas Wasser und alles andere. »Aus den Bergen . . .«

»Ja, aus den Bergen«, erwiderte er, ohne sich zu rühren.

»Hier«, sagte sie mit rauher, fast männlicher Stimme, »meinen wir Alkohol, wenn wir um etwas zu trinken bitten.«

»Alkohol . . .«

Moira sah, wie der Zorn in Josephs Augen aufflammte. Seine Hand begann zu beben. Sie erriet seine Absicht und stieß die Hand, die das Glas hielt, zurück. Das Wasser ergoß sich zwischen ihnen auf den Fußboden. Mit einem Stoß ihres Absatzes versetzte die junge Frau den Stuhl wieder in Bewegung.

»Verzeihung«, sagte sie, »aber Sie waren im Begriff, eine Dummheit zu begehen. (Sie lachte leise.) Sie wollten mir das Wasser ins Gesicht schütten.«

Er stellte das Glas auf den Kamin.

»Geben Sie zu, daß Sie ein mieser Charakter sind«, sagte sie, ihm die Augen zuwendend, »und mit Frauen nicht sprechen können.«

»Ich will mit Ihnen nicht sprechen«, sagte er und verschränkte die Arme.

»Meinen Sie, ich hätte das nicht schon längst gemerkt? Und gerade das macht mir Spaß.«

Ohne darauf einzugehen, durchquerte er das Zimmer und setzte sich auf den Bettrand, neben den kleinen Tisch, auf dem die Lampe brannte. Mit einer Bewegung, die ihm vertraut war, griff er nach seiner Bibel. Aber er legte sie gleich wieder hin, als wäre es ungehörig, in Gegenwart dieser Frau in der Heiligen Schrift zu lesen. In Wirklichkeit aber scheute er sich und fürchtete, daß sie sich über ihn lustig machen würde. An Stelle der Bibel öffnete er den kleinen Shakespeare, den David ihm geschenkt hatte.

Moira schaukelte noch ein paar Minuten lang, dann stand sie auf und ging durch das Zimmer. Ihre Gummistiefel dämpften das Geräusch ihrer Schritte, und sie ging in diesem Zimmer hin und her, als wäre sie allein, und betrachtete die altmodischen Stiche an den Wänden. Kein einziges Mal sah sie Joseph an, aber von der Seite beobachtete sie ihn, wie er sich eifrig über das Buch beugte. Er hatte die Beine übereinandergeschlagen, und sein kämpferisches Profil zeichnete sich wie ein Scherenschnitt auf dem Schirm der kleinen Lampe ab: wie eine Garbe fiel das dichte, goldene Haar über die niedrige Stirn, und unter den Brauen funkelten die tiefschwarzen Augen. Sie ging jetzt an Joseph vorbei, um eine kleine Stickerei zu betrachten, die in einem schwarzen Rahmen in der Nähe des Bettes hing: es war ein Alphabet, und darunter stand in gotischen Lettern der Satz: »Der Herr behüte unser Heim.«

Als sie schließlich ihre Neugierde befriedigt hatte, blieb sie mitten im Zimmer stehen und sagte plötzlich:

»Herr Day, ich möchte einen Brief schreiben. Geben Sie mir doch bitte einen Bogen Papier.«

Er hob den Kopf. »Sie finden alles in meiner Schreibtischschublade«, antwortete er mit ruhiger Stimme.

Sie setzte sich an den Tisch, der an der Wand stand, etwa einen Meter vom Bett entfernt.

»Aber hier kann ich nichts sehen«, sagte sie.

Ohne ein Wort zu sagen, stellte er die Lampe so, daß ihr Licht auf die Hände der jungen Frau fiel. Nach kurzem Zögern nahm Moira einen Briefbogen und einen Umschlag aus der Schublade und begann zu schreiben:

Meine liebe Célina,

bis jetzt noch nichts. Wenn ich sonst mit einem Mann allein zwischen vier Wänden bin, geschieht meist etwas. Aber mein heutiger Kunde ist ein wenig anders als die anderen. Ja, lache nur. Ich lache nicht. Ich langweile mich und wünschte, das alles wäre vorbei. Im Grunde ist mir die Wendung, die die Geschichte genommen hat, unangenehm.

Ich habe mich ohne Schwierigkeiten in sein Zimmer geschlichen. Das war wirklich nicht schwer. Ich brauche dir nicht zu sagen, daß man hier alles offenstehen läßt, wie in einer Mühle.

Aber da ich wußte, daß ich es mit einem scheuen Wild zu tun hatte, habe ich die Tür abgeschlossen und den Schlüssel in den Ausschnitt gesteckt. Ich wußte, wenn er hier erst einmal suchte, wäre er verloren, aber das scheint er auch zu wissen. Jedenfalls ist er wütend auf mich. Gewöhnlich ist das ein gutes Zeichen, denn Wut, meine Liebe, ist eine Form der Begierde und nichts ist der Zärtlichkeit näher als Schläge. Augenblicklich komme ich nicht weiter, denn er schmollt. Er liest oder tut wenigstens so.

Ohne den Kopf zu bewegen, hob sie die Lider und wagte einen Blick zu Joseph.

Du glaubst gar nicht, wie böse er aussieht, wenn er liest. Als wollte er gleich beißen. Er ist noch rothaariger, als ich dachte. Ich mag die Rothaarigen nicht. Sie haben eine milchige Haut, und dieser ist derart unbehaart ... Manchmal sieht er aus wie eine sehr schöne Frau. Ja, er gleicht der Statue der Republik oder der Freiheit, die die Welt erleuchten. Er ist nicht mein Typ. Du glaubst vielleicht, daß ich das hier lustig finde, aber wenn ich richtig darüber nachdenke, habe ich gar keine Lust, mich über ihn lustig zu machen. Ich wünschte, er machte mir ganz artig seine Erklärung, dann könnte ich ihn abblitzen lassen und gehen. Ich habe wahnsinnige Lust auf eine Zigarette, aber ich habe mein Zigarettenetui bei MacAllister liegengelassen, und Du kannst Dir ja vorstellen, daß der Würgengel nicht raucht. Eben habe ich ihn um etwas zu trinken gebeten, und er hat mir ein Glas Wasser gebracht. Ein Glas Wasser! Wenn ich auch wußte, daß er ein seltsamer Kerl ist, das hat mir doch die Sprache verschlagen. Wenn er sich jemals in eine Frau verliebt, wird das eine langweilige Geschichte. Er wird sie achten, und das ist schlimmer als alles andere.

Ich schreibe weiter, obwohl ich Dich in ein oder zwei Stunden treffen werde, weil ich irgend etwas tun muß. Wenn ich das Haus hier verlasse, werfe ich den Brief in den Kasten: wir werden uns darüber totlachen, morgen nachmittag. Augenblicklich kann ich hier noch nicht fort, ohne mich in den Augen dieses Herrn lächerlich zu machen, der zweifellos glauben würde, er hätte die Partie gewonnen. Einen Moment lang sah es so aus, als wollte er mich ohrfeigen. Mit einem Mann, der einen ohrfeigt, kommt man schon zurecht. Das bildet den Ausgangspunkt eines Gespräches, das sehr interessant sein kann, aber dieser Mensch beherrscht sich immer zur rechten Zeit. Immerhin hatte er die Absicht, mir sein Glas Wasser ins Gesicht zu schütten, ich habe ihn aber daran gehindert wegen der Schäden, die das verursacht hätte: meine Dauerwellen, meine Schminke und so weiter. Ich hätte ausgesehen wie ein begossener Pudel. Aber ich gebe die Hoffnung nicht auf, ihn zu meinen Füßen liegen zu sehen. Ich kenne die Männer und weiß, woran sie denken. Aber es wird lange dauern, und es ist bereits halb zehn. Jetzt scheint er mich ganz vergessen zu haben, aber er vergißt, die Seiten umzublättern. Es sollte mich gar nicht wundern, wenn er das Buch verkehrt rum hielte, wie damals der Junge im Park, von dem Bill uns erzählt hat.

Es ist nicht einfach, einen solchen Klotz zu verführen. Ich bedaure es fast, mich darauf eingelassen zu haben. Man glaubt, es genügten ein paar gepfefferte Frechheiten, um ihm Feuer in die Adern zu gießen, daß sie brennen wie Weihnachtspudding, aber dieser Kerl ist von ganz besonderer Art. Seine Unbeweglichkeit hat etwas Beängstigendes. Am liebsten würde ich »Joseph« rufen, damit dieser Bursche, der über sein Buch gebeugt dasitzt, sich mal bewegt. Er ahnt gar nichts von der Verlegenheit, in die er mich stürzt. Er ist wie ein Schauspieler, der seinen Text vergessen hat. Das Stück geht nicht weiter. Aber ich kann doch nicht die ganze Nacht hier sitzen und Dir schreiben, was mir durch den Kopf geht. Am Ende würde ich Dir noch sagen, was ich denke. Als er sich damals in meinem Zimmer vor mir bückte, um seinen Sweater aufzuheben, habe ich gesehen, wie gut er gebaut ist. Schließe aus dieser Bemerkung nichts, denn ich mache sie nur, um wieder eine Zeile voll zu haben. Und dann weiß ich auch nicht mehr, was ich Dir schreiben soll. Du hast mich dazu veranlaßt, MacAllisters dumme Herausforderung an-

zunehmen. Ich war ja auch so selbstsicher, so überheblich, nicht wahr? Sagen wir es ruhig. Wenn irgendwo ein schöner Junge auftaucht, dann gehört er immer zuerst Moira, nicht wahr? Du glaubtest, daß das bei dem Würgengel vielleicht nicht klappen würde. Im Grunde magst Du mich nicht, Célina. Du hast einfach Angst vor mir. Aber ich bin doch nicht das Biest, für das ihr mich alle haltet. Ich bin es leid, die Freudenmaschine zu sein.

Sorgfältig und so, daß sie unleserlich wurden, strich sie die letzten Zeilen aus, die sie geschrieben hatte.

Dann fügte sie hinzu:

Ich bin verloren, Célina. Ich habe mich verliebt.

Seit einer Viertelstunde hatte sich Joseph nicht gerührt. Seine rechte Hand begann zu ermüden, aber er schien zu glauben, daß er, wenn er sich nicht bewegte, die Gefahr von sich fernhielt. Zehn- oder zwölfmal schon hatte er, ohne sie zu verstehen, die Worte Othellos vor dem Dogen und den Senatoren von Venedig gelesen:

Sehr mächtige, würdige und verehrte Herren . . .

Vielleicht kam David auf den Gedanken, bei ihm anzuklopfen. Was würde er in diesem Fall tun? Vor ein paar Stunden noch hatten beide vom Himmel gesprochen. Und jetzt . . . dies. Aber er würde es David erklären. Wie sehr bedauerte er jetzt, ihm verschwiegen zu haben, was Killigrew ihm über den beabsichtigten Streich erzählt hatte. Die Frau schrieb immer noch. Wie lange wollte sie eigentlich bleiben? Sie schrieb sehr langsam, machte immer wieder eine Pause, aber einmal würde ja der Augenblick kommen, wo sie genug hätte und nach Hause ginge. Über den Rand des Buches hinweg sah er ihren Kopf und ein wenig von ihrer Brust. Man sah ihre Brüste, wenn sie sich vorbeugte, aber das kam von der Haltung: Die zusammengepreßten Brüste wölbten sich nach vorn. Vielleicht wußte sie gar nicht, daß er das sah, aber Killigrew hatte ihm zu verstehen gegeben, daß sie einen schlechten Lebenswandel führte, und Frauen ihrer Art stellten sich zur Schau, zeigten Teile ihres Körpers, ihre Arme, ihre Brust. So eine gab es auch in seiner Heimatstadt, aber nur die Verworfenen wagten es, sie anzusehen. Man wußte, daß der Apothekergehilfe ihr drei Dollar gegeben hatte, damit sie mit ihm sündigte, und auch andere, die es nicht zugaben. Man nannte sie Goldie, wegen ihres Haares, auch sie zeigte ihre Brüste, aber nie hatte er an sie gedacht. Wenn er sie von ferne sah, ging er einfach auf die andere Straßenseite, und sie existierte für ihn nicht, und wenn er heute abend an sie dachte, dann war Moira daran schuld. Aber Moira war schöner, trotz der rot geschminkten Lippen. Ihre Augen waren sehr groß. Ihre Haut glänzte ein wenig, wie Seide, an den Armen und der Brust. Sie war da, so nahe, daß er sie atmen hörte. Sie war gekommen, um ihm einen Streich zu spielen. Zum Glück hatte er das erfahren. »Wenn Sie auf schlechte Gedanken kommen...« oder vielmehr »was man so schlechte Gedanken nennt...« Er wußte nicht genau, was sie damit meinte. Vielleicht sie auf den Mund küssen, oder sogar die Sünde mit ihr tun. Die Sünde mit ihr tun. Aber sie würde gehen, wenn sie erkannte, daß er sich nicht rühren würde. Mit ihr das tun, was der Apothekergehilfe mit Goldie getan hatte. Deshalb hatte sie gesagt: »Wenn Sie auf schlechte Gedanken kommen...« Sie hoffte vielleicht, daß er vor ihr auf die Knie sinken und ihr eine Liebeserklärung machen würde wie auf dem Theater, um ihn dann auslachen zu können. Aber er würde sich nicht rühren. Wie aus Stein gemeißelt würde er dasitzen, bis sie seines Anblickes überdrüssig würde; dann würde sie gehen. Sie würde den Schlüssel da herausnehmen, wo sie ihn verborgen hielt, aus dem Ausschnitt ihres Kleides, zwischen den Brüsten. Sie würde die Tür öffnen und fortgehen, und sie würde nicht sagen können, daß er ihr eine Liebeserklärung gemacht hatte. Sie würde sich nicht über ihn lustig machen können, das würde sie nicht wagen.

Langsam fühlte er sich ruhiger und stärker. Es war nicht seine Schuld, wenn er sie begehrte. Sein männlicher Körper begehrte sie, aber der Körper führte in die Hölle, wenn man ihm nachgab. Was sein Körper wollte, das wollte seine Seele nicht. Wie Paulus, hatte auch er einen Dorn im Fleisch, und der Engel Satans peinigte ihn. Deswegen klopfte ihm das Blut in den Schläfen, deshalb zogen seine Eingeweide sich zusammen. Und es gab noch etwas anderes, das peinlich und demütigend war, wofür er nichts konnte.

Warum schrieb die Frau plötzlich so schnell? Und jetzt strich sie durch, was sie geschrieben hatte, nahm einen Umschlag, auf den sie eine Adresse schrieb, und klebte den Umschlag zu.

»Wollen Sie mir bitte eine Briefmarke geben, Herr Day?« fragte sie leise.

Ohne aufzublicken, sagte er nach kurzem Zögern:

»In der Schublade steht eine kleine Schachtel, in der liegt ein Markenheftchen.«

»Danke.«

Er hörte, wie sie in der Schublade nach der Schachtel suchte, und den Blick auf die Seiten des kleinen Buches geheftet, fragte er sich, was sie nun wohl tun würde. Ob sie noch einen Brief schreiben würde? Das würde er nicht ertragen. Er würde ihr das Papier wegnehmen. Sie hatte kein Recht, hier zu sein, und am liebsten hätte er sie geschlagen, aber jedesmal, wenn er seine Augen über den Rand des Buches hob, machte seine Wut einer großen Unruhe Platz. Satzfetzen kamen ihm in den Sinn, die er gehört hatte, als er noch bei Frau Dare wohnte, alles, was die Studenten über die Frauen gesagt hatten. Und das war so deutlich gewesen, daß man es nie wieder vergessen konnte.

Sie klebte die Marke auf den Umschlag und sagte:

»Sie können zufrieden sein, Herr Day. Ich gehe jetzt.«

Er machte eine derart heftige Bewegung, daß ihm das Buch aus den Händen glitt.

»Sie wollen gehen?« fragte er verdutzt.

»Ja. Aber weshalb sind Sie darüber so erstaunt?«

Er fühlte, wie ihm die Röte ins Gesicht stieg, und beeilte sich, den kleinen Shakespeare-Band aufzuheben.

»Ich bin nicht erstaunt«, murmelte er. »Aber Sie hatten doch gesagt, Sie würden stundenlang bleiben.«

»Ich hab's mir anders überlegt«, erwiderte sie, nahm den Brief und stand auf.

Wieder sah er ihre Gummistiefel und wandte den Blick.

Als er sich aufrichtete, hielt er immer noch den Kopf ein wenig gesenkt, denn seine Ohren und Backen glühten, und er schämte sich dieser Röte, die nicht weichen wollte.

»Die Frauen ändern dauernd ihre Meinung«, erwiderte sie. »Wußten Sie das nicht?«

Er stand auf und stellte die Lampe wieder an ihren alten Platz.

»Geben Sie mir bitte den Schlüssel«, sagte er.

»Ich schließe schon alles auf«, erwiderte Moira und ging zur Tür. »Oder haben Sie Angst, ich würde Ihren Schlüssel behalten?« fügte sie lächelnd hinzu.

»Ja«, sagte er und ging hinter ihr her.

Erstaunt öffnete sie den Mund.

»Ich glaube, Sie wissen gar nicht, was Sie sagen, Herr Day.«

Joseph biß sich auf die Lippen: sie hatte recht. Er wußte wirklich nicht mehr, was er sagte. Plötzlich machte er ein so verlegenes Gesicht, daß Moira lachen mußte.

»Sie bekommen Ihren Schlüssel schon wieder.«

Sie griff in den Ausschnitt ihres Kleides.

»Er ist runtergerutscht«, sagte sie ein wenig verwirrt. »Ihr Schlüssel ist runtergerutscht. Ich muß ... sehen Sie bitte weg.«

Fast heftig drehte er sich zur Wand und verschränkte die Arme, während sie mit der Hand unter das Kleid griff. Einen Augenblick später hörte er den Schlüssel auf den Fußboden fallen.

»Sie können sich wieder umdrehen«, sagte Moira.

Er gehorchte und sah ihr in die Augen.

»Was werden Sie Ihren Freunden sagen?« fragte er.

»Nichts. Die Wahrheit.«

»Werden Sie erzählen, ich hätte Ihnen eine Liebeserklärung gemacht?«

Sie lachte laut auf.

»Eine Liebeserklärung! Rausgeschmissen haben Sie mich. Heben Sie den Schlüssel auf. Glotzen Sie mich nicht so an, Herr Day. Heben Sie den Schlüssel auf.«

Er bückte sich, und seine Hand nahm den Schlüssel, der sich, wie er meinte, noch ganz warm anfühlte. Im gleichen Augenblick fühlte er Moiras Finger in seinem dichten Haar.

»Angsthase«, flüsterte sie kaum hörbar.

Er fuhr in die Höhe.

»Weshalb haben Sie mich angefaßt?« schrie er.

Sie wich zurück, mit dem Rücken zur Tür, und ihr Gesicht wurde kreidebleich. Im Halbdunkel sah sie Josephs Augen funkeln, wie sie es noch bei keinem Mann gesehen hatte, und plötzlich packte sie das Entsetzen.

»Öffnen Sie die Tür«, sagte sie.

Er machte einen Schritt auf sie zu. Auf ihrer Stirn und ihren Augen fühlte sie den Atem des jungen Mannes, der wie ein wildes Tier den Kopf vorstreckte.

»Nein«, sagte Moira mit leiser Stimme. »Nein! Ich will nicht. Ich will nicht.«

22

Ein Gefühl, als müßte er ersticken, riß ihn aus dem Schlaf, und mit einer plötzlichen Bewegung warf er die schwere Decke zurück. Seine Augen blickten nach der Zimmerdecke, die er zuerst nicht erkannte, weil eine Art Feuerschein über ihr lag. Unwillkürlich schaute er nach dem Kamin. Aber er hatte doch kein Feuer angemacht. Dann erinnerte er sich, daß die kleine Lampe während des Kampfes bis unter das Bett gerollt war, ohne dabei zu zerbrechen.

Sein Körper triefte vor Schweiß. Er zog ein Knie an, um die zu schwere Decke noch weiter zurückzuschieben, und in dem ungewissen Licht sah er seinen nackten Körper. Gewohnheitsmäßig wandte er den Blick ab. Neben ihm, in seinen Arm geschmiegt, lag jener andere Körper, dessen glücklicher Atem seine Brust streifte. Langsam erinnerte er sich aller Einzelheiten: die Frau, die sich flehend wehrte, zuerst auf dem Fußboden, wohin sie gefallen waren, dann auf diesem Bett, und die plötzliche Einwilligung, diese unfaßbare Hingabe: plötzlich hatte sie jeden Widerstand aufgegeben, plötzlich war sie geworden wie ein Tier... Er legte die Hand auf dieses furchtbare Fleisch und sprang aus dem Bett.

In der Kälte begann er mit den Zähnen zu klappern, und vom Nacken bis zu den Fersen fühlte er, wie ein Schauder über seine Haut lief. Killigrews Wort fiel ihm ein: *lupa,* die Wölfin. Ja, das war sie, Moira, und das war auch die Liebe. Er zog seinen Morgenrock an, dessen Gürtel er wütend um den Leib band, und ging dann wieder zu dem Bett, wo Moira mit geschlossenen Augen und schlaffer Hand nach dem leeren Platz tastete.

»Wach auf«, befahl er.

Sie strich mit dem Handrücken über ihr Gesicht und öffnete die Augen halb.

»Ich friere«, flüsterte sie.

»Du frierst«, sagte er mit veränderter Stimme.

Mit beiden Händen ergriff er die schwere, graue Decke, die auf den Fußboden geglitten war, und warf sie plötzlich der jungen Frau über den Kopf. Moira machte eine plötzliche Bewegung, bei der sie fast aus dem Bett gefallen wäre, aber Joseph hielt sie fest unter der schweren Wolldecke, aus der ein Klagelaut erklang, der dem Schrei eines Kindes glich.

»Du frierst!« wiederholte er wütend. »Du frierst, Moira.«

Mit ungeheurer Kraft bäumte sich der kleine Körper auf. Plötzlich steckte eine solche Energie in ihm, daß Joseph fürchtete, er könnte ihm entweichen, und seine Hände gruben sich so tief in die Decke, daß sie die Form des Gesichtes fühlten.

Er stand über sie gebeugt und keuchte. Zusammenhanglose Worte kamen über seine Lippen, und plötzlich weinte er, ohne es zu wissen. Als sie sich nicht mehr rührte, stieß er einen tiefen Seufzer aus und hob die Decke, aber vor dem Gesicht, das ihn anstarrte, wich er einen Schritt zurück.

Er zog sie an. Als er ihr das Kleid überstreifte, mußte er ihre noch warmen Arme beugen, und mit seinen ungeschickten Händen versuchte er, ihr Haar zu ordnen. Er wollte vor allem die langen schwarzen Strähnen zurückschieben, die ihr bis auf das Kinn fielen und eine Art Vorhang bildeten. Dann breitete er ein sauberes Taschentuch über das Gesicht der Toten. So erschien sie weniger furchtbar. Er zog ihr die Schuhe und die Gummistiefel an, aber aus den Strümpfen und der Unterwäsche, die er vom Teppich aufhob, machte er ein Paket, das er plötzlich unentschlossen in der Hand behielt. Schließlich steckte er es in die Tasche des marineblauen Mantels, in den er Moiras Leiche hüllte.

Alles geschah mit sorgsamer Langsamkeit. Eine Art

Erstarrung lag auf seinem Gesicht, das an eine Maske erinnerte, und sein Mund war halb geöffnet. Als er fertig war, legte er sich neben die Tote und versank in dumpfen Schlaf.

Nach einer Weile träumte er, er würde an der Schulter gerüttelt, und er öffnete die Augen. Der Feuerschein lag noch auf der Decke. Er schloß die Lider, um ihn nicht zu sehen, und versuchte, wieder einzuschlafen, aber mit erbarmungsloser Genauigkeit führte ihm sein Gedächtnis die Ereignisse dieser Nacht noch einmal vor. Mehrere Minuten lang rührte er sich nicht, dann suchte seine Hand die Uhr in der Schublade des Nachttisches. Es war ein Viertel nach zwei.

Was er nicht sehen wollte, lag neben ihm, berührte ihn fast, in diesem dunkelblauen Mantel und mit dem weißen Taschentuch über dem Gesicht. Leise, als könnte er jemanden wecken, sagte er langsam:

»Viertel nach zwei.«

Plötzlich stand er auf und zog sich an, zog den dunkelgrauen Anzug an, den er getragen hatte, um einer Frau zu gefallen; und diese Frau lag da, in seinem Bett. Nichts von dem, was er tat, schien ihm wirklich. Aber er hatte seinen Entschluß schon gefaßt. Nachdem er Hose und Rock angezogen hatte, mußte er sich bükken, um seine Schnürsenkel zu binden, mußte zurück zum Bett, Moira unter die Arme und die Füße greifen und sie aus dem Hause schaffen. Hier konnte sie nicht bleiben. Er hob sie auf, als wäre sie ein Kind. Sie war leicht, trotz des schweren Mantels und der Schuhe, aber plötzlich erinnerte er sich, daß die Tür abgeschlossen war, und er mußte seine Last wieder auf das Bett legen, den Schlüssel aus der Hosentasche nehmen und die Tür öffnen.

Jetzt ging er geräuschlos durch den Flur, der zu der Hintertür führte, an Davids Tür vorbei. Kein Geräusch im ganzen Haus, nur das seines eigenen Atems in der Dunkelheit. Moiras Arme hingen über Josephs rechte Schulter, er hielt sie mit kräftigem Griff um die Taille gefaßt. Im Zimmer war das Taschentuch von dem Gesicht geglitten, und gegen seinen Willen hatte Joseph das Gesicht gesehen, das ganz finster war.

Als er die Tür erreichte, drehte er den Schlüssel mit hastiger Hand, und es gab ein Knacken, das die Nacht mit einem lauten Knall zu erfüllen schien. Er wartete einen Augenblick, dann öffnete er die Tür und ging die Stufen der Freitreppe hinab. Die Kälte sprang ihm ins Gesicht. Es schneite immer noch, aber so dunkel der Himmel auch war, dank des matten Lichtes, das vom Boden aufstieg, konnte man etwas sehen. Alles verschwand unter dem Schnee. Joseph aber wußte, daß er nur geradeaus zu gehen brauchte, und ein paar Minuten lang watete er durch die weiße Masse, während die Flocken sein Gesicht streichelten, von denen einige in seinen Wimpern hängen blieben und andere ihm auf den Lippen brannten.

Als er die kleine, niedrige Mauer erreicht hatte, legte er Moiras Leiche sachte in den Schnee und ging in die Hütte, wo er die Wände abtastete, bis er die Gartengeräte fand, die David ihm gezeigt hatte. Er nahm einen Spaten, den er über die Mauer warf, bückte sich dann erneut und nahm die Leiche wieder auf. Die Mauer war so niedrig, daß er darübersteigen konnte. Einen Augenblick lang irrte er zwischen den Bäumen umher, dann fürchtete er, er sei zu weit gegangen und könnte den Spaten nicht wieder finden. Vom Hause aus konnte man ihn nicht hören, er war weit genug von ihm entfernt. Er mußte also die Leiche wieder auf die Erde legen, zurückgehen und den Spaten am Fuß der Mauer suchen.

Das alles erforderte einige Zeit, aber jetzt grub er in der Erde, wie damals, als er auf den Feldern arbeitete. Aber in dieser Nacht leistete der von der Kälte verhärtete Boden dem Spaten Widerstand, und es war so dunkel, daß sich der junge Mann von der Tiefe des

Grabes nur überzeugen konnte, indem er von Zeit zu Zeit hinabstieg und mit der Hand die große, schwarze Leere abtastete. Die Helle des Schnees gestattete ihm, ein ziemlich regelmäßiges Grab zu schaufeln, und er zwang sich, weiterzugraben, obwohl seine Hände vor Erschöpfung bebten. Als er endlich wieder in die Grube stieg, reichte sie ihm bis zur Taille. Erschöpft hörte er auf zu graben. Über ihm, zwischen den Zweigen der Bäume, fielen Hunderte von Flocken. Er dachte: »Wenn das so weiterschneit, bin ich gerettet.«

Er faßte die Leiche unter den Schultern und Knien, legte sie in die Grube und schlug einen Zipfel des Mantels über das Gesicht. Dann zögerte er auf einmal. Das Totenamt kam ihm in Bruchstücken ins Gedächtnis, die Worte Hiobs und des heiligen Johannes, die der Pfarrer spricht, wenn er langsam zum Altar geht und ihm die Männer folgen, die den Sarg tragen: »Der Mensch, vom Weibe geboren, lebt nur wenige Tage... Ich bin die Auferstehung und das Leben. Wer an mich glaubt...« Aber er konnte keinen Ton hervorbringen. Er kletterte aus dem Grabe und begann es zuzuschaufeln.

Als er wieder durch den Garten zurückging, schneite es immer noch; der Schnee verwischte seine Spuren, verwischte alles. Als er wieder zu Hause war, zog er sich aus und legte sich nackt in das eiskalte Bett. Er bebte vor Kälte; aber schließlich wurde er doch warm und schlief ein.

23

»Und doch hat Gott kein Wort gesagt«
Robert Browning

Gegen sieben Uhr wurde er wach, wusch sich und zog sich an wie sonst auch. Es schneite immer noch. Von der Straße her klang das Klirren von Schaufeln bis zu ihm, die das Trottoir vom Schnee säuberten; aber es war immer noch dunkel, und vergeblich näherte er das Gesicht der Fensterscheibe; der weiße Vorhang, der vom Himmel auf die Erde wehte, verbarg alles.

Im Zimmer hatte sich nichts verändert. Nur das zerwühlte Bett konnte etwas ungewöhnlich erscheinen. Joseph glättete die Laken und Decken und schüttelte das Kopfkissen in seinem Bezug, um allem sein gewöhnliches Aussehen zu geben. Die Lampe fand ihren Platz wieder auf dem Tisch, und jetzt sah er Moiras Brief in dem Umschlag. Seine erste Bewegung war, ihn zu öffnen, aber ein Bedenken hielt ihn zurück. Noch nie hatte er einen Brief gelesen, der nicht an ihn gerichtet war. Lange hielt er den Brief unentschlossen in den Händen. Dann steckte er ihn in die Tasche und blickte um sich, als suchte er etwas. Er ging dabei so weit, unter die Möbel zu sehen. Aber er fand nichts. Nichts war zurückgeblieben, alles lag draußen in dem Grab unter dem Schnee.

Er ging wieder zum Bett, schlug die Decke zurück und beugte sich über das Kopfkissen: dieser Duft, der nicht weichen wollte, beunruhigte ihn ein wenig. Aus dem ganzen Bett stieg er auf, wie von einem warmen Körper, ein Duft von Menschenfleisch, der sich mit Fliederduft mischte, ein lebendiger, rebellischer Duft. Joseph schlug das Bett auf und durchquerte das Zimmer, um das Fenster weit zu öffnen. Sofort brach die Luft ein wie ein Strom. Der junge Mann löschte die Lampe, und ein Schauder überlief ihn. Hinter dem Vorhang aus Schnee erhob sich ganz hinten am Himmel, der sich grau färbte, der Tag. Unbeweglich und vor Kälte bebend stand er da. Er sprach sein Gebet nicht.

Etwas später frühstückte er mit David wie immer. David sprach mit seiner milden Stimme mit ihm, reichte ihm Brot und Kaffee, und es war ein anderer, der antwortete und aß. Das schien Joseph seltsamer als alles andere: er war da, und ein anderer handelte für ihn. In gewisser Weise war er selbst nicht da. Das konnte er sich nicht erklären. Es gab keine Worte, würde niemals die Worte geben, die man brauchte, um gewisse Dinge auszudrücken.

Er fragte sich, ob der Duft wohl aus seinem Zimmer gewichen wäre. David hatte nichts gemerkt, er hatte nur gesagt: »Am besten machst du das Fenster zu. Es schneit herein.« Und Joseph hatte das Fenster geschlossen; der andere hatte es geschlossen.

In der Geschichtsvorlesung an diesem Morgen setzte er sich auf einen Platz, der hinten im Auditorium zufällig frei war, um vor neugierigen Blicken sicher zu sein. Denn er meinte, daß sich die Aufmerksamkeit des einen oder anderen noch mehr auf ihn richtete als sonst. Sicher sah man ihn nur seines roten Haares wegen an, aber heute waren ihm diese Blicke unerträglich.

Mit verschränkten Armen, den Blick auf eine Karte der Vereinigten Staaten gerichtet, die an der Tafel hing, verfiel er bald in eine Art Erstarrung, die einer Betäubung gleichkam. Es war behaglich in dem Vorlesungsraum, fast zu behaglich. Am liebsten wäre er eingeschlafen, und die Stimme des Professors war so eintönig, daß die Worte ineinanderflossen, als wären sie ein einziges Wort, das man nicht mehr verstand. Joseph hätte gern die Augen geschlossen, aber das wagte er nicht. Draußen schneite es nicht mehr. Das war wichtig. Als er das Auditorium betreten hatte, hatte es noch geschneit, aber nun schneite es nicht mehr. Immer wieder kam Joseph dieser Gedanke, zweimal, zehnmal, zwanzigmal, bis er ihn endlich begriff: »Es hat aufgehört zu schneien.« Stundenlang war der Schnee gefallen, und nun fiel er nicht mehr, die Sonne lächelte an einem Himmel von eiskaltem Blau.

Stundenlang war der Schnee... Seit gestern um vier Uhr bis heute morgen ein Viertel nach neun. Das war eine lange Zeit. Wieviel Stunden waren das, von Mitternacht bis jetzt? Sieben, vielleicht auch mehr. Sieben Stunden lang war der Schnee gefallen, der jetzt in der Sonne funkelte. In den Straßen würde man ihn wegräumen und anderswo, in den Wäldern, würde er tagelang liegenbleiben, bis zum Ende des Winters. Neuer Schnee würde fallen, den ganzen Winter hindurch, und unter dem Schnee lagen die toten Blätter, die der Wind hierhin und dorthin fegte, die dicke Schicht aus toten Blättern, die der Wind wie eine große Hand glattstrich. Aber jetzt schneite es nicht mehr, und Joseph starrte mit weitgeöffneten Augen aus dem Fenster.

Als die Vorlesung zu Ende war, stand er mit den anderen auf und verließ den Hörsaal. Man rempelte ihn ein wenig an, als er auf einer Stufe unbeweglich stehenblieb, geblendet von dieser funkelnden Schneedecke, die ihn mit den Augen blinzeln ließ. Durch den Schnee, der bis über die Knie reichte, war ein Weg gebahnt worden, den man gehen mußte, wenn man die offene Galerie erreichen wollte, aber viele Studenten liefen auf den Rasen, heulten wie die Indianer und taten so, als schlügen sie sich, wenn sie ihrem Gegner das Gesicht mit so viel Schnee einrieben, wie sie nur konnten. Irgend jemand rief nach Joseph, aber er antwortete nicht. Mit den Händen in den Manteltaschen ging er weiter und merkte gar nicht, daß ihm sein Geschichtsbuch unter dem Arm fortgeglitten war. Vielleicht rief man ihn deswegen, aber er hörte nicht. Als er die Ostgalerie erreichte, ging er ein wenig schneller, um eine Gruppe von Studenten zu überholen.

Er ging ein paar Stufen hinab, dann weiter um die Bibliothek herum und erreichte die große Allee. In diesem Augenblick kam die rote Straßenbahn vorbei, die ein wenig weiter entfernt hielt. Joseph begann zu laufen und sprang dann auf das Trittbrett. Die Fahrgäste drängten sich zusammen, um ihm Platz zu machen. Es sah so aus, als hätte der Schnee alle in gute Laune versetzt. Es war der erste Schnee des Jahres, ein noch fleckenloser Schnee, und was im Herzen eines jeden von der Kindheit geblieben war, begrüßte das märchenhafte Verschwinden aller Farben, doch in der Stadt wurde der Schnee schon schmutzig. Schneewälle säumten die Fahrdämme, und auf dem Trottoir wateten die Passanten durch den Matsch.

Am Bahnhof, der Endstation der Linie, stieg Joseph aus. Es war ein Gebäude von einem bräunlichen Gelb, das unter dem vorspringenden Dach schwarze Flecken zeigte. Er ging durch den Wartesaal und setzte sich auf eine lange Eichenbank, deren Sitz leicht vertieft war, um sich der Körperform anzupassen. Hier ließ er mehrere Minuten vergehen, ohne sich zu rühren. Manche betrachteten ihn, den Blick auf sein Haar gerichtet, und er bedauerte, daß er keinen Hut aufgesetzt hatte. Ein Matrose bat ihn um ein Streichholz, aber anstatt zu antworten, stand Joseph linkisch auf und verließ den Wartesaal. Lieber fort von hier als mit einem Unbekannten sprechen.

Vor dem Bahnhof befand sich ein kleines Restaurant. Er betrat es, um eine Tasse Kaffee zu trinken, aber kaum hatte er die Schwelle überschritten, als er es schon wieder verließ. So viele Menschen sahen ihn an, hier ebenso wie im Wartesaal. Meist war ihm das einerlei, aber heute konnte er es nicht ertragen.

Er ging die Hauptstraße hinauf, warum, wußte er nicht. Seine Füße setzten sich gleichsam von selbst einer vor den anderen, führten ihn, wohin sie wollten, wie im Traum. Seltsam, wenn man nicht wußte, was man mit sich und seinem Körper anfangen sollte. Aber irgend etwas mußte der Körper tun, mußte atmen und sich bewegen.

Ein großes, rotes Kaufhaus erregte seine Aufmerksamkeit. Viele Menschen gingen durch die Glastüren, traten ein und kamen wieder heraus. Er folgte der Menge, fast froh, daß sein Wille von dem der anderen aufgesogen wurde; wie ein Strohhalm im Wasser eines Rinnsteins ließ er sich von der Menge mitreißen.

Kaum hatte er die Schwelle übertreten, als ihm der Duft von Gebratenem entgegenströmte und der Lärm eines Phonographen auf ihn eindrang. Das grelle elektrische Licht ließ ihn blinzeln. Überall gingen Leute zwischen den Ladentischen hindurch, blieben stehen, stießen einander an.

Er verließ das Kaufhaus. Seit einigen Minuten umklammerte ein heftiger Schmerz seinen Kopf wie eine eiserne Krone, und er fragte sich, weshalb er nicht zur Universität zurückkehrte. Am liebsten hätte er sich hingelegt, nicht in sein Bett, sondern in das Davids, in dem warmen und ruhigen Zimmer, in dem nichts Böses geschehen konnte. David würde mit seiner sanften Stimme zu ihm sprechen, würde ihm keine Fragen stellen. Und Joseph würde schlafen. Wenn er nur schlafen könnte, dann wäre alles besser. Es waren zu viel Menschen auf der Straße, zuviel Menschen überall, zuviele Gesichter, die sich ihm mit jener stummen Frage im Blick zuwandten.

Im Matsch stehend, wartete er auf die rote Straßenbahn. Gegenüber, auf der anderen Seite der Straße, sah er zwei kleine Läden, der eine war mandelgrün, der andere schwarz. Der grüne war eine Färberei, deren Inhaber Ward hieß, während über dem Eingang des schwarzen Ladens ein chinesischer Name stand, hinter dem man das Wort »Wäscherei« las. Etwas in ihm interessierte sich für diese Einzelheiten, und er versuchte, sich das Leben dieser Unbekannten vorzustellen, ihre Gesichter und die Beziehungen, die zwischen ihnen bestanden. Vielleicht war Ling-To glücklich, aber vielleicht warf ihm Ward auch seine Rasse vor, seine

Hautfarbe, und machte sich über sein komisches Englisch lustig. Es war aber auch möglich, daß der Wäscher nicht ehrlich war, denn schließlich war er ja ein Heide. Er hatte sicher eine ganz gelbe, elfenbeinfarbene Frau und Kinder, die eine Sprache sprachen, die aus kleinen Schreien zu bestehen schien.

Die Straßenbahn kam und machte diesen Träumereien ein Ende. Joseph stellte sich dicht hinter den Wagenführer; auf diese Weise vermied er die Blicke all derer, die ihn betrachteten, denn man hob wie gewöhnlich den Blick, wenn er vorbeiging. Mindestens dreihundert Menschen konnten, wenn sie nach Hause kamen, sagen: »Ich habe heute morgen auf der Straße einen rothaarigen jungen Mann gesehen, der einen ganz seltsamen Eindruck machte.« Auch der Matrose, der ihn angesprochen hatte, würde sich seiner erinnern. Aber in der Straßenbahn fühlte er sich sicherer als auf dem Trottoir, und der Lärm der Räder auf den Schienen beruhigte ihn, aber bei jeder Haltestelle packte ihn wieder die Angst. Am liebsten wäre es ihm gewesen, die Straßenbahn hätte nie angehalten, wäre durch eine Straße nach der anderen gefahren, und dann hinaus auf die Landstraße, immer weiter, stundenlang, bis sie die kleine Stadt in den Bergen erreichte. In seiner Heimat reichte der Schnee sicher bis hoch über die Knie, und dann und wann polterte die schwere, weiße Masse vom Dach hinab in die Tiefe. Früher hatte Joseph diesen donnernden Lärm oft vom Bett aus gehört. Es war eines der Geräusche, das ihn immer wieder an seine Kindheit denken ließ, der Lärm und das seltsame Licht, das der Schnee an die Decke seines kleinen Zimmers warf.

Er merkte plötzlich, daß er an der Straße, wo er aussteigen wollte, vorbeigefahren war, und daß die Straßenbahn, die jetzt fast leer war, um die Turnhalle fuhr. An der nächsten Haltestelle stieg er aus, zusammen mit einem gutgekleideten Herrn, der ihn fragte, wo der Dekan der juristischen Fakultät wohnte. Joseph überlegte einen Augenblick. Er wußte, wo der Dekan wohnte, wußte auch, wie man von hier aus dessen Wohnung erreichte, aber er war außerstande, es dem anderen zu sagen. Es war zu kompliziert. Er schüttelte den Kopf.

»Sind Sie nicht von hier?« fragte der Unbekannte.

Wieder schüttelte Joseph den Kopf, und der Herr ging weiter. Weshalb hatte er ihn gefragt? Was ging ihn das an, ob er von hier war oder nicht? Er sah ganz freundlich aus, aber er hatte diese Frage gestellt.

Joseph ging das Trottoir entlang, das zur Turnhalle führte, und fragte sich plötzlich, wieviel Uhr es wohl wäre. Seine Uhr, die er aus der Tasche zog, war um sechs Uhr stehengeblieben. Er hatte vergessen, sie aufzuziehen. Gestern abend, um elf Uhr, hatte er vergessen, seine Uhr aufzuziehen, die er jetzt in der Hand hielt und betrachtete, als hätte er sie noch niemals gesehen. Aber er konnte hier nicht stehenbleiben, mußte weiter, oder irgendwo eintreten, um sich zu wärmen. In seiner Nähe ragte die Turnhalle mit ihren Backsteinmauern auf. Aber er konnte die Turnhalle nicht betreten, weil die Studenten hier halbnackt waren und ihre nackten Körper zeigten. Etwas weiter entfernt stand die Cafeteria mit ihrem hohen Schornstein; ihre Küchendüfte wehten herüber.

Er ging zurück, in Richtung auf das offene Land. Aber der Schnee versperrte die Wege, und er mußte zur Universität zurückkehren. In diesem Augenblick schlug die Bibliotheksuhr, und er zählte die Schläge. Erst elf. Wieder fragte er sich, was er tun sollte. Um elf Uhr war die Vorlesung über englische Literatur, aber es konnte keine Rede davon sein, daß er sie besuchte.

»Warum?«

Das Wort, das er laut aussprach, klang in seinen Ohren, als hätte es ein anderer gesagt. Er war wie vor den Kopf geschlagen. Ja, warum? Sollte denn alles in seinem Leben aufhören? Sollte er nicht mehr essen, nicht mehr sprechen oder lesen? Warum war er hier draußen, im Schnee, in der Nähe der Turnhalle? Auf diese Frage fand er keine Antwort.

Die englische Vorlesung würde er schwänzen. Das taten die anderen auch. Aber bisher hatte Joseph noch nie geschwänzt. Heute würde er in die Bibliothek gehen und würde sich mit einem Buch in eine der Nischen setzen. So würde er seine Zeit nicht vergeuden.

Einige Minuten später ging er die Treppe zur Bibliothek hinauf und öffnete die schwere Tür. Aber in diesem Augenblick beschäftigte ihn wieder die seltsame Frage von eben. »Warum?« Plötzlich meinte er, daß diese stumme Frage hinter all seinen Handlungen stand. Warum gehst du diese Stufen hinauf? Warum öffnest du diese Tür? Er trat ein. Die Wärme des großen, runden Saales umgab ihn, und er blieb ein paar Sekunden lang mit entspanntem Gesicht unbeweglich stehen. Dann zog er seinen Mantel aus und suchte einen Platz, aber die besten Plätze waren schon besetzt. Überall saßen die Studenten, lasen oder dösten, wie benommen von der Wärme unter der weiten Kuppel. In das Schweigen hinein zischten leicht die Radiatoren.

Joseph ging auf Zehenspitzen, er mußte fast durch die ganze Bibliothek gehen, bis er einen Platz fand, hinter einem Haufen von Mänteln und Halstüchern, die auf einem Tisch lagen. Vor Müdigkeit seufzend, ließ er sich auf einen Sessel nieder. Auf der anderen Seite des Tisches ließ ein Student, den Joseph nicht kannte, den Kopf auf die Brust sinken, er war dem Einschlafen nahe.

Wie behaglich es hier war! Eine köstliche Wärme strömte durch seine Hände, seine Beine, seinen ganzen Körper. Er legte die Arme auf die Sessellehne, faltete die Hände über dem Bauch und sah neugierig aus dem Fenster. Alles verschwand unter dem Schnee. Kaum sah man in der Nähe der Bibliothek die Spitzen der

Magnolienblätter, die wie schwarze Zungen durch den Schnee stachen. Der kleine Klinkerweg war gefegt worden. Oft schon hatte Joseph gehört, daß sich in der Universität niemals etwas änderte, aber heute morgen empfand er zum erstenmal eine Art Dankbarkeit gegen alles, was sich nicht änderte. Generationen von jungen Menschen hatten in dieser Ecke gesessen und hatten wie er hinausgeschaut auf den kleinen Klinkerweg. Im Frühjahr und Herbst hingen Glycinen über dem Bogen, den man zur Rechten erblickte. Heute morgen ließ der Schnee nur einen Teil der schwarzen und gewundenen Zweige sehen, aber bald würden hier wieder Glycinen blühen. Der Schnee würde schmelzen, aber unter dem Schnee lagen all diese toten Blätter... Er preßte die Hände zusammen, als wollte er sie zerbrechen. Als er den Blick nach der anderen Seite wandte, sah er auf dem Tisch ein dickes, aufgeschlagenes Buch in der Nähe des Kleiderhaufens liegen. Es war ein Band der Enzyklopädia Britannica, in dem jemand etwas nachgeschlagen hatte. Sein Blick fiel auf den Namen Holberg. Interessiert begann er die Biographie dieses Mannes zu lesen, von dem er noch nie etwas gehört hatte. Er erfuhr auf diese Weise, daß von allen Schriftstellern seiner Epoche Holberg zusammen mit Voltaire der wichtigste war, aber Joseph hatte noch nie etwas von Voltaire gelesen. Dennoch wollte er sich das merken. Warum? Wieder diese Frage. Er zuckte die Achseln.

Er beugte sich ein wenig vor und sah die Uhr der Bibliothek. Schon zwanzig nach elf. Um zwölf Uhr mußte er in der Cafeteria sein, aber er würde nicht hingehen. Er war müde, als hätte er einen Tagesmarsch hinter sich. Er legte die Arme auf den geöffneten Band der Enzyklopädia, ließ den Kopf sinken und schlief ein.

Als er wach wurde, schlug es zwölf. Joseph rieb sich die Augen und warf einen flüchtigen Blick in die Runde. Der Student gegenüber war nicht mehr da. Auf seinem Platz saß der kleine, schüchterne John Stuart, den die anderen betrunken gemacht und dann mit in die Stadt genommen hatten. Er und Joseph tauschten ein Lächeln, und dann vertiefte Stuart sich gleich wieder in sein Buch. Er wirkte so ernst, daß Joseph kaum glauben konnte, was Killigrew ihm über ihn erzählt hatte... diese unglaublich gemeine Geschichte. Wie ein Kind sah er aus – oder beinahe, trotz seiner gelehrten Brille. Und er hatte Joseph zugelächelt. Mehrere Minuten lang empfand Joseph hierüber eine unklare Freude, die alle Unruhe besiegte, und er behielt ein Lächeln auf seinem Gesicht, das erst langsam schwand.

Eine Viertelstunde später bemerkte er, daß viele Studenten die Bibliothek verließen, und machte sich ebenfalls auf, wenn auch ein wenig ungern, aber vielleicht war es richtiger, sich nicht zu lange am selben Ort aufzuhalten. Andererseits aber wußte er nicht, wohin. In der Cafeteria wunderte man sich sicher über sein Fernbleiben: die barsche Frau, die Studenten in den Schürzen und der Student mit den schwarzen Augen, mit dem er gesprochen hatte. Er schüttelte den Kopf, als wollte er einem Gespräch ein Ende machen, und ging die Treppe der Bibliothek hinunter. Der durch den Schnee gebahnte Weg führte zu den Galerien. Aber warum sich dorthin begeben? Am Ende der Galerien gab es nur Fußpfade. Der eine führte zu dem Gebäude, in dem die Literaturvorlesungen stattfanden, der andere, kaum sichtbar, versuchte, den Musikpavillon zu erreichen. Er hatte plötzlich das Gefühl, als wäre er vom Schnee eingeschlossen. In der Tat schien es, als triebe er ihn in die große Allee und zu der roten Straßenbahn, die ihn in die Stadt gebracht hatte. Aber um nichts in der Welt wollte er zurück in die Stadt. Anderswo aber waren die Wege versperrt.

Er fror und begann hungrig zu werden. Im Augenblick schien es das beste, einfach weiterzugehen, bis er zu einem Entschluß gekommen wäre. Er ging um die Bibliothek herum und zwischen zwei Schneewällen auf die Turnhalle zu. Als er die Tür des großen Backsteingebäudes erreicht hatte, verlangsamte er seine Schritte. Andere konnten es zweifellos betreten, er aber nicht. Nie würde er die Schwelle dieses Gebäudes überschreiten. Er betrachtete den hohen Schornstein der Cafeteria, den man zwischen den Bäumen erblickte. Vielleicht war es richtiger, bis zur großen Allee weiterzugehen. Und wenn er die erreicht hatte, was dann? Aber er ging weiter, in Richtung auf die Allee, die Hände in den Manteltaschen und den Kopf auf die Brust geneigt. Plötzlich blieb er stehen: hinter ihm pfiff jemand leise.

24

Er wandte sich nicht um. Wieder ertönte der Pfiff, aber diesmal lauter. Viele Gedanken jagten durch Josephs Hirn, und er meinte, sein Herz hätte aufgehört zu schlagen. Laufen war nicht möglich. Stehenbleiben ebensowenig. Mit ungeheurer Anstrengung wandte er den Kopf, und am Ende der Straße sah er Praileau.

Er ging aufrecht, trug schwarze Handschuhe und einen Sweater aus weißer Wolle, der im Schnee gelb aussah. Wie Joseph war auch er barhäuptig, und der Wind hatte ihm das Haar zerwühlt. Ohne sich von da, wo er stand, wegzubewegen, winkte er Joseph, näherzukommen. Aber Joseph zögerte. Da verließ Praileau den Pfad und entfernte sich durch den Schnee, in dem er bis an die Knie versank, wandte sich aber noch einmal um und winkte Joseph, ihm zu folgen.

Hintereinander gingen sie zwischen den Bäumen. Bei jedem Schritt versanken sie mit den Beinen im Schnee. Nach ein paar Minuten erreichten sie den Fuß des bewaldeten Hügels, den sie schweigend hinaufkletterten. Praileau ging ohne jede Hast. Er trug den Kopf hoch erhoben, und seine Ohren waren rot wie Kirschen. Augenscheinlich kannte er die Gegend; er stieg mit festen Schritten den Hang in schräger Richtung empor. Joseph folgte ihm mühsam, stolperte in seinem Mantel, dessen Länge ihn beim Gehen behinderte, und keuchte.

Eine Viertelstunde später standen sie sich gegenüber, ein paar Meter voneinander entfernt, inmitten eines verschneiten Gehölzes. Um sie her herrschte eine solche Stille, daß sie das Blut im Kopf rauschen hörten.

»Ich habe gegen Mittag in der Nähe der Cafeteria auf dich gewartet«, sagte Praileau endlich. »Ich muß dich unbedingt sprechen.«

Fast sogleich fügte er hinzu:

»Hier stört uns niemand.«

Joseph antwortete nicht. Er hatte den seltsamen Eindruck, als zerschnitten die Worte, die zu ihm drangen, die Luft, wie man Eis zerschneidet. Praileau sah ihn mit seinen zugleich ernsten und leuchtenden Augen an. Die Kälte hatte seine Backen leicht gerötet. Auch er schnaufte ein wenig, während er oberhalb von Joseph stand, der zu ihm aufsah und nichts sagte.

»Warum sagst du nichts?« fragte Praileau. »Du siehst aus wie jemand, der eine große Dummheit gemacht hat.«

Er ließ ein paar Sekunden vergehen, und als Joseph immer noch schwieg, fuhr er fort:

»Ich bin hierher gekommen, um dir zu helfen. Das kommt dir seltsam vor? Aber du hast dich immer in mir getäuscht, wegen unserer Auseinandersetzung im vergangenen September, am Teich.«

Als Joseph immer noch schwieg, ging er auf ihn zu, zog die Handschuhe aus, die er vor sich hinlegte, und nahm mit beiden Händen einen Haufen Schnee, mit dem er die Backen des erstarrten Kameraden einrieb.

»Werde doch endlich wach«, rief er. »Du bist wie ein Schlafwandler am Rande eines Daches. Werde ruhig wütend. Dein Zorn gefällt mir besser als diese Beklommenheit. Du bist verloren, wenn du nichts unternimmst.«

»Was meinst du?« fragte Joseph und wischte sich mit dem Mantelärmel über das Gesicht.

Praileau zog seine Handschuhe wieder an.

»Es geht um Moira. Nein, bleib ruhig stehen. Du mußt mich anhören. Ich wußte, daß sie zu dir ging. Alle wußten das, leider. Alle... nur nicht dein kleiner Pastor. Der weiß überhaupt nichts.«

Joseph machte eine Bewegung, aber Praileau packte seinen Arm, damit er nicht fortliefe.

»Ich habe alles versucht, diesen absurden Plan zum Scheitern zu bringen. Ich bin nicht dein Feind, Joseph. Aber Moira wollte unbedingt zu dir, und ich wußte, daß das kein gutes Ende nehmen würde. Ihre Freundin Célina hat sie dazu ermutigt. Sie bewohnt bei Frau Dare das Zimmer eines Studenten, der die Universität verlassen hat. Als Moira heute morgen noch nicht wieder zu Hause war, ist sie gegen neun Uhr zu Frau Ferguson gegangen. Man hat Moira gesucht.«

»Gesucht...«, wiederholte Joseph.

»Ja, man hat sie gesucht, aber nicht gefunden. Ist sie fortgelaufen? Vielleicht vor Angst... Nun rede doch!«

Joseph sah Praileau an und antwortete nicht. Auge in Auge schwiegen sie einen langen Augenblick. Endlich fuhr Praileau mit leiser Stimme fort:

»Ich hatte gehofft, sie wäre fortgelaufen. Das Schlimme ist, daß Célina den Kopf verloren hat und bei der Polizei gewesen ist. Wenn, wie ich fürchte, in der vergangenen Nacht etwas Ernstes passiert ist, dann darfst du nicht wieder in dein Zimmer zurück, Joseph. Du könntest dort jemandem begegnen, der

Fragen stellt, und in der Tasche eines Mannes, der solche Fragen stellt, befinden sich meistens ein Paar Handschellen.« Bei diesen Worten wurde Joseph blaß, und sein Mund öffnete sich, als wollte er etwas sagen.

Etwas wie Verachtung huschte über Praileaus Gesicht, der plötzlich den Blick senkte.

»Ich weiß nicht, was du vorhast«, sagte er. »Aber wenn du nicht gleich verschwindest, kannst du dich heute abend der Polizei stellen.«

Er wartete. Dann fragte er:

»Soll ich dir bei der Flucht helfen?«

Nach kurzem Schweigen erklang heiser Josephs Stimme:

»Wie kommt es, daß du mir helfen willst?«

Diese Frage schien Praileau zu verwirren, aber er war gleich wieder Herr seiner selbst.

»Das geht nur mich an«, sagte er. »Wenn du nicht ganz verrückt bist, dann tust du, was ich dir sage, denn es ist durchaus möglich, daß man dich bereits sucht. Hör gut zu. Der Wald, in dem wir uns befinden, zieht sich eine gute Meile lang an einer der Straßen hin, die aus der Stadt führen. Wenn du in dieser Richtung weitergehst, kommst du zu einer Schlucht. Hörst du, was ich sage?«

Joseph nickte.

»Du bleibst bis zum Anbruch der Nacht im Wald. Dann gehst du in die Schlucht und kommst wieder auf die Straße. Hier wartest du etwa eine Stunde, bis ein Wagen vorbeikommt, der auf der Höhe der Schlucht langsamer fährt und dann hält, um dich einsteigen zu lassen. Dieser Wagen bringt dich bis in den Hafen von Norfolk. Hier erfährst du, was du tun mußt, um an Bord eines Handelsschiffes das Land zu verlassen. Leicht wird das nicht sein. Du brauchst dazu Mut und Kühnheit und Geschicklichkeit, aber es ist deine einzige Chance. Einverstanden?«

Joseph antwortete nicht.

»In dem Wagen sitzen zwei Männer«, fuhr Praileau fort. »Ich stehe für sie ein wie für mich selbst. Du brauchst keine Angst zu haben.«

Er wartete. Dann sagte er schärfer:

»Ich gebe dir mein Ehrenwort.«

Bei diesen Worten errötete er.

»Ich verstehe nicht, warum du das für mich tust«, murmelte Joseph.

Praileau betrachtete ihn von oben bis unten.

»Ich warte immer noch auf deine Antwort«, sagte er.

Er stand jetzt mehrere Schritte von Joseph entfernt, ein wenig oberhalb und betrachtete ihn schweigend. Seine durch die Kälte belebte Gesichtsfarbe wechselte von Rosa zu Rot und schien den dunklen Augen, die unter dem stolzen Bogen seiner Brauen funkelten, mehr Glanz zu verleihen. Unwillkürlich senkte Joseph den Blick, und unwillkürlich heftete dieser Blick sich auf die unbeweglichen Hände in den schwarzen Handschuhen, und aus einem ihm unbekannten Grunde erinnerten sie ihn an die Hände eines Folterknechtes... wegen der schwarzen Handschuhe. Er selbst lehnte mit leblosen Armen an einem Baum. Müdigkeit und Angst warfen grüne Schatten um seine Augen, und er atmete mühsam.

»Einverstanden«, sagte er schließlich.

Praileau näherte sich ihm sichtlich erleichtert.

»Ich gehe nun zurück«, sagte er mit sanfterer Stimme. »In einer Stunde habe ich alles Notwendige erledigt. Wenn du tust, was ich dir gesagt habe, dann bist du gerettet. Bestimmt, Joseph. Wollen wir einander nicht die Hand reichen? Diesmal frage ich dich.«

Gleichzeitig zogen sie die Handschuhe aus, und ihre Hände umschlossen einander.

»Erinnerst du dich noch an den Abend, als wir uns schlugen?« fragte Joseph.

»Natürlich.«

»Du sagtest, eines Tages würde ich vielleicht wissen,

weshalb du nicht mehr mit mir sprechen wolltest.« Praileau schlug die Augen nieder.

»Jetzt ist es zu spät. Unsere Wege werden sich nicht mehr kreuzen.«

»Ich will es wissen.«

»Das kann ich dir nie sagen.«

Vorsichtig löste er die Hand aus der des anderen. Lange sah er Joseph an.

»Viel Glück«, sagte er mit belegter Stimme.

Joseph sah, wie er seine Handschuhe wieder anzog, und blickte ihm nach, bis er zwischen den Bäumen verschwunden war.

24

Regungslos blieb Joseph eine Zeitlang stehen, dann machte er sich auf den Weg in die Richtung, die Praileau ihm gesagt hatte.

Er ging langsam, und in der tiefen Stille des Waldes vernahm er nur sein eigenes Atmen. Aber bald hörte er in der Ferne einen Schneepflug auf der Straße, die er durch die Bäume hindurch sah. Rings um Joseph schien das Sonnenlicht von dieser funkelnden Weiße absorbiert, die es gegen den Himmel zurückstrahlte, und immer wieder hob er die Hände an die leicht schmerzenden Augen. Dann blieb er stehen, um sich auszuruhen. Er sah den Schneepflug, der sich mit dumpfem Geräusch zwischen zwei blendend weißen Garben weiterbewegte.

Dieses Geräusch beruhigte ihn. Alles war besser als diese Stille und der beunruhigende Klang seines Atems. Er lauschte und folgte in Gedanken der schweren, dunklen Maschine, die sich entfernte. Jetzt hörte er nichts mehr. Er schloß die Augen und sah sich auf einem Bett liegen wie auf warmem Schnee, auf einem

Bett wie seines zu Hause. Kindheitserinnerungen bestürmten ihn seit heute morgen, vor allem dachte er immer wieder an einc kleine Krankheit, die ihn acht Tage ans Zimmer gefesselt hatte, dessen Duft ihm wieder in Erinnerung kam, der Duft der Bretterwände, der sich mit dem Geruch einer Decke vermischte, die ihm die Mutter bis unter das Kinn zog, denn er sollte schön warm zugedeckt sein.

Mit plötzlicher Anstrengung riß er sich von dem Baum los, an dem er lehnte, und machte sich wieder auf den Weg. Aber diesmal in entgegengesetzter Richtung. Er brauchte seine Füße nur in seine eigenen Spuren zu setzen, und diese Löcher im Schnee führten ihn, erleichterten ihm das Gehen. Es war, als zögen sie ihn weiter, und er folgte ihnen fast im Schlaf. An einer bestimmten Stelle zeigten sich zweierlei Spuren, und er erkannte die Stelle, wo Praileau mit ihm gesprochen hatte.

Bald darauf ging er wieder an der Turnhalle entlang und erreichte dann die große Allee. Jetzt ging er schneller. Noch zwei- bis dreihundert Meter, und er hatte den Anfang der Straße, in der er wohnte, erreicht. Es war etwa zwei Uhr, und die meisten Studenten waren auf dem Weg in die Stadt. Die, die ihn sahen, blieben nicht stehen, um mit ihm zu sprechen, er erkannte keinen von ihnen, er lief fast, aber kurz vor Frau Fergusons Haus blieb er vorsichtshalber stehen. Wie ein Warnruf tönten auf einmal Praileaus Worte in seinen Ohren:

»Kehre nicht in dein Zimmer zurück.«

Er zögerte ein paar Sekunden und schlug dann einen schmalen Weg ein, der um das Nachbarhaus führte. Auf diese Weise erreichte er das große, mit Bäumen bepflanzte Gelände, das sich bis zu den Eisenbahnschienen erstreckte. Gegen seinen Willen suchten seine Augen die Stelle, wo er das Grab geschaufelt hatte, aber er konnte nichts erkennen, er sah immer nur den Schnee, auf dem die Sonne ein feuriges Netz zu weben schien.

Sein Herz klopfte so stark, daß er stehen bleiben

mußte, um zu verschnaufen. Dann stieg er über die niedrige Mauer und eilte durch den Garten. Als er vor Davids Fenster stand, zog er einen Handschuh aus und klopfte an die Scheibe. Es dauerte einige Zeit, und er glaubte, vor Erschöpfung zusammenzubrechen, als das Fenster hochgeschoben wurde und Davids Gesicht erschien. Joseph öffnete den Mund, aber kein Laut kam über seine Lippen. Ohne ein Wort zu sagen, packte David ihn bei den Schultern und half ihm, in das Zimmer zu klettern. Dann ließ er das Fenster wieder herunter und schloß die Tür seines Zimmers ab.

Joseph stand mitten im Zimmer, mit bebenden Knien, die Hand auf die Lehne eines Stuhles gestützt. Er blickte um sich und schloß gelegentlich die Augen, wie jemand, der vor Erschöpfung geblendet ist. Dann fühlte er, daß jemand ihn zu dem Bett führte, auf das er niedersank, halb sitzend, mit herabhängenden Beinen. In diesem Augenblick sah er wie durch einen Nebel David, der vor ihm kniete, um ihm die Riemen seiner Schuhe zu lösen. Er murmelte: »Laß nur, David. Laß nur...«

Aber er war nicht imstande, eine Bewegung zu machen, um ihn an seinem Tun zu hindern. Einen Augenblick später fielen die Schuhe auf den Fußboden. David zog Joseph den Mantel aus, zwang ihn, sich auf das Bett zu legen, und deckte ihn mit einer großen Wolldecke zu. Dann drehte Joseph sich mit dem Gesicht zur Wand, und sein Haar leuchtete auf dem weißen Kopfkissen.

»Hör zu, David.«

»Sprich nicht. Schlafe.«

»Wenn du wüßtest...«, sagte Joseph mit undeutlicher Stimme.

»Du sollst jetzt schlafen. Du kannst später sprechen.«

Kurzes Schweigen. Dann erklang wieder Josephs Stimme, aber diesmal formte sie jedes Wort mit ungewöhnlicher Genauigkeit, trotz des heiseren Flüsterns.

»Ich habe Moira umgebracht...«

Er wartete einen Augenblick, dann fuhr er fort:

»Sie liegt unter den Bäumen begraben, jenseits der niedrigen Mauer.«

David rührte sich nicht, sagte nichts, aber ein Schatten legte sich über sein Gesicht, das aschgrau wurde. Die Hand am Kopfende des Bettes, bewahrte er eine absolute Unbeweglichkeit und schien den Atem anzuhalten. Sein Blick ruhte nach wie vor auf Josephs Kopf, dessen Ohren über den Rand der Decke hinausragten. Endlich hörte er das Geräusch eines tiefen und regelmäßigen Atems.

»Deswegen waren sie also hier«, dachte er.

Er entfernte sich vom Bett, nahm einen Stuhl und schob ihn gegen die Tür, als könnte er auf diese Weise verhindern, daß jemand das Zimmer betrat. Dann setzte er sich, die Hände auf den Knien, den Blick auf die Gestalt unter der Decke gerichtet. Einige Augenblicke später zog er ein kleines Neues Testament aus der Tasche und schlug es auf, aber er zitterte derart, daß er das Buch fallen ließ. Dann sank er auf die Knie, versuchte, ein Gebet zu sprechen, und brach dann plötzlich zusammen, mit dem Gesicht auf dem Fußboden, als hätte man ihn von hinten gestoßen.

Als er sich endlich wieder erhob, machte er den Zipfel eines Handtuchs naß und fuhr sich damit über das Gesicht, um die Tränenspuren zu verwischen. Dann setzte er sich in die Nähe der Tür und wartete. Ein Sonnenstrahl fiel auf seinen Arbeitstisch und bewegte sich dann langsam weiter durch das Zimmer, als zeigte er erst auf diesen, dann auf jenen Gegenstand: zuerst auf den Schnitt eines Buches, dann auf eine Tapetenrose über dem Kopf des Schläfers, dann auf eine Ecke des Kopfkissens.

Plötzlich wurde Joseph wach.

»Der Wagen!« rief er.

David stand auf und trat zu ihm.

»Du hast geträumt«, sagte er sanft.

»Ja, ich habe geträumt«, sagte Joseph und öffnete die Augen.

Er fragte: »Wieviel Uhr ist es?«

»Nach vier.«

Joseph richtete sich halb auf.

»Nun wird es bald dunkel«, sagte er wie zu sich selbst.

Er ergriff Davids Hand, hielt sie in der seinen und sah ihn mit Kinderaugen an.

»Weshalb ist alles so gekommen?« fragte er.

David schüttelte den Kopf.

»Ich weiß es nicht«, murmelte er. »Gott läßt manchmal...«

»Sprechen wir nicht von Gott«, sagte Joseph mit plötzlich veränderter Stimme.

Er ließ Davids Hand los, erhob sich aus dem Bett und setzte sich auf einen Stuhl, um seine Schuhe wieder anzuziehen. Er beugte sich nach vorn, zog aufmerksam an den Schnürsenkeln, und das Haar fiel ihm dabei über die Augen.

»Von nun an«, sagte er, indem er die Schuhe zuband, »werde ich alle diese Dinge in meinem Herzen verschließen.«

David näherte sich ihm ein wenig und fragte:

»Was hast du vor? Vorhin war man in deinem Zimmer. Später habe ich dann jemanden in der Nähe des Hauses auf der Straße gesehen.«

»Ich weiß, was ich tun muß«, sagte Joseph und zog seinen Mantel an. »Ich halte es nicht mehr aus. Ich werde alles sagen.«

Er wandte sich David zu, faßte ihn plötzlich bei den Schultern und sagte mit heiserer Stimme: »David, du und ich glauben dasselbe. Erinnerst du dich, daß Christus verboten hat, zu verdammen?«

»Ich verdamme dich nicht, Joseph. Das habe ich nie getan«, erwiderte David überschwenglich und fast übereilt. »Ich habe dich immer für wertvoller gehalten als mich. Ich tue das auch heute noch. Ich werde immer nur ein kleiner Pastor sein. Aber du ...«

Die Worte blieben ihm im Halse stecken, und er legte die Hand auf Josephs Brust, als wollte er durch diese Geste einen Satz beenden, den er nicht zu Ende brachte.

»Ist schon gut«, sagte Joseph. »Geh heute abend zu einem Studenten namens Praileau. Er wohnt Nr. 44 in der Ostgalerie. Sag ihm von mir ...«

»Ja, Joseph, ich höre ...«

»Sag ihm einfach, es wäre nicht möglich gewesen.«

»Wird er das verstehen?«

»Er wird verstehen, was ich jetzt selbst verstehe.«

Die beiden sahen einander an. Dann öffnete Joseph die Tür und verließ das Zimmer.

Ohne Hast verließ er das Haus und ging durch den Garten, dessen kleine Pforte er öffnete. Ein paar Leute waren auf der Straße, aber niemand achtete auf ihn. Er ging das Trottoir entlang, von dem man den Schnee geschaufelt hatte. Plötzlich fiel ihm Moiras Brief ein. Er öffnete den Mantel und zog einen Handschuh aus. Der Brief steckte noch in seiner Rocktasche. Er konnte ihn, wenn er wollte, zerreißen oder in den nächsten Briefkasten stecken. Er blieb stehen und überlegte. Dann beschloß er, ihn da zu lassen, wo er sich befand, mit seinem Inhalt, den er nicht kannte, der aber ein Teil seines Schicksals war. Langsam knöpfte er den Mantel wieder zu.

Das Licht stand noch hinter den Bäumen; weiß ragten ihre Zweige gegen den Himmel, dessen Blaßblau sich zu Grau wandelte. In der Ferne schlug die Uhr der Bibliothek, und in die Dämmerung ertönte die helle und kräftige Stimme eines Zeitungsjungen, der die Abendausgabe ausrief. Mit klopfendem Herzen setzte Joseph seinen Weg fort.

Am Ende der Straße kam ein Mann auf ihn zu.

Albert Cohen im dtv

André Gide im dtv

Die Falschmünzer

Paris zu Beginn dieses Jahrhunderts. Eine Gruppe junger Gymnasiasten hat sich zu einem literarischen Zirkel zusammengeschlossen, um der großbürgerlichen Scheinwelt der Eltern entfliehen zu können. Die geistreiche Eleganz ihrer älteren schriftstellerischen Vorbilder erweist sich als verführerische Droge. Aber es geht nicht nur um intellektuelle Falschmünzerei. Einige Schüler werden bei der Verbreitung von Falschgeld ertappt...
dtv 1749

Die Verliese des Vatikan

Gegen Ende des letzten Jahrhunderts kommt im Süden von Frankreich das Gerücht auf, Papst Leo XIII. sei von internationalen Verschwörern entführt worden und werde in Rom gefangengehalten, während zum Schaden der katholischen Christenheit ein Doppelgänger den Stuhl Petri besetzt habe. Ein Apotheker aus Pau macht sich als moderner »Kreuzritter« auf den Weg und wird im Schnellzug von Rom nach Neapel von einem jungen Abenteurer ermordet. Ein grotesk-satirischer Schelmen- und Kriminalroman. dtv 1750

Die Schule der Frauen
Erzählungen

Die Stellung der Frau in Ehe und Gesellschaft und der Kampf um die Freiheit ihrer Persönlichkeit stehen im Mittelpunkt dieser drei zusammenhängenden, nun schon klassischen psychologischen Erzählungen: Das Tagebuch einer jungen Frau, die am raffinierten Egoismus ihres Mannes zerbricht; sein Versuch einer Rechtfertigung; und die Stellungnahme der inzwischen erwachsenen Tochter zu den Ereignissen.
dtv 1751

John Steinbeck
im dtv

Früchte des Zorns
Roman
dtv 10474

Autobus auf Seitenwegen
Roman
dtv 10475

Geld bringt Geld
Roman
dtv 10505

Die wilde Flamme
Novelle
dtv 10521

Der rote Pony
und andere Erzählungen
dtv 10613

Die Straße der Ölsardinen
Roman
dtv 10625

Das Tal des Himmels
Roman
dtv 10675

Die Perle
Roman
dtv 10690

Der Mond ging unter
Roman
dtv 10702

Tagebuch eines Romans
dtv 10717

Stürmische Ernte
Roman
dtv 10734

Tortilla Flat
Roman
dtv 10764

Wonniger Donnerstag
Roman
dtv 10776

Eine Handvoll Gold
Roman
dtv 10786

Von Mäusen und Menschen
Roman
dtv 10797

Jenseits von Eden
Roman
dtv 10810

Laßt uns König spielen
Ein fabriziertes Märchen
dtv 10845

Logbuch des Lebens
Im Golf von Kalifornien
Mit einer Vita von Ed Ricketts
dtv 10865

Meine Reise mit Charley
Auf der Suche nach Amerika
dtv 10879

Der fremde Gott
Roman
dtv 10909

Die gute alte und die
bessere neue Zeit
Erzählungen
dtv 10921